人生就是文学课

 汪政 著

东南大学出版社
·南京·

图书在版编目（CIP）数据

人生就是文学课 / 汪政著 . -- 南京：东南大学出版社，2024.7. --（六朝松文库）. -- ISBN 978-7-5766-1234-9

Ⅰ. I267.1

中国国家版本馆 CIP 数据核字第 2024UV9624 号

责任编辑：王艳萍　　责任校对：张万莹　　特约编辑：赵小龙
封面设计：鸿儒文轩·末末美书　　　　　　责任印制：周荣虎

人生就是文学课
RENSHENG JIUSHI WENXUEKE

著　　者：	汪　政
出版发行：	东南大学出版社
出 版 人：	白云飞
社　　址：	南京市四牌楼 2 号　邮编：210096　电话：025-83793330
网　　址：	http://www.seupress.com
经　　销：	全国各地新华书店
印　　刷：	三河市华东印刷有限公司
开　　本：	880 mm × 1230 mm　1/32
印　　张：	9
字　　数：	194 千
版 印 次：	2024 年 7 月第 1 版第 1 次印刷
书　　号：	ISBN 978-7-5766-1234-9
定　　价：	68.00 元

本社图书若有印装质量问题，请直接与营销部联系，电话：025-83791830。

目 录

一

让我们创造新的年	002
春节人生课	006
吃的是性格	010
家　声	013
感谢你，父亲！	017
坐着动车回故乡	021
富　养	025
十颗花生	028
科技阅读的馈赠	032
高考，我的成人礼	038

为了分别的高考	042
门当户对	046
开车的境界	050
我的书法老师	053
我的高考,我的大学	056
棋　谱	062
江北,城北	065
九龙口遐想	069
老街,老街	077
灵山思	082

二

木匠与作家	090
如果没有描写,我们将失去什么?	094
"非典型阅读":如何做一个优秀读者	100
游戏会不会失传	111
文学:我们如何应对机器写作	116
熟人社会,如何论作家	125
旅游文学的"核心素养"	133

散文散谈　142

我们如何与物相处　151

老年社会呼唤老年文学　160

文学更在文学外　169

三

劳动中的语文　180

培养一个孩子需要一个村庄　187

大考前，我们怎样上一堂作文课　194

说儿歌　198

请谁来讲文学课？

　　——从《外卖骑手，困在系统里》说起　207

好语文与好社会　216

四

博物的情怀

　　——刘旭东《吾乡风物》序　226

一夜飞渡镜湖月

　　——写在葛芳《白色之城》的前面　230

一部诗性的教育叙事
——读唐江澎《好的教育：把理想做出来》　237

让我们唱起那些歌
——戴军《心谣》序　245

我的诗从钢铁走来
——月色江河诗集《淮钢记》序　251

落花时节读华章
——写在徐循华《另一种情感与形式》前面　258

乡村大地上的书写
——杨刚良《田野上的歌谣》序　267

思想的魅力
——张华随笔集《幸福的尺度》序　272

让我们创造新的年

又要过我们的中国年了。今年的年注定是让大家纠结的一个年,还不知道该怎么过,在哪儿过,但不管怎么说,年会如期而至,真是应了那句老话,"年年难过年年过"。这句话我第一次是从祖父那儿听到的。每年的过年对祖父来说都是一件难事,怎么个难法是我稍稍长大之后才体会到的。我老家在苏中高沙土地区,没什么拿得出手的物产,也就是说非常穷,逢到过年,可以说是家家愁。但再怎么愁,年总是要过的,而且要过得喜庆、祥和。所以,我小的时候就留下了对年的矛盾印象,一方面,左邻右舍都在叹苦经,另一方面又都是欢声笑语、披红挂绿、鞭炮齐鸣。祖父是这样说的,越是穷,越是要把年过好、过高兴。年不是为今年过的,是为明年过的,明年一年的指望就在这年怎么过上了,五谷是否丰登,六畜是否兴旺,就看你这年是否过得吉祥。祖父说,穷年一定富过,而且要从心里觉得富,要从心里透着喜庆和虔诚。这对孩子们来说实在是一个过高的要求。所以,到了过年,大人们对孩子的要求非常高,一方面严防死守,尽量让孩子们少开口,免得说出不吉利的话,一方面则是在物质上尽量满足孩子们的愿望,穿好衣、吃好饭,特别是玩具和零嘴,反正是平时不能满足的愿望过年时大差不差地都给他们兑现。其实孩子们是很好哄骗的,一点点糖果就能让他们快活到天上去。这正如《红楼梦》中所说的是"惠而不费"的事。

也就在这一年又一年回环往复的过年中,我渐渐明白了过年的本质,明白了过年在中国人心中真正的意义。说白了,对中国人来说,过年就是我们的"宗教",就是我们最隆重的祈福。过年时特有的规矩和仪式都是为这个宗教与祈福而设计的。只是与真正的宗教不同,它是日常的,它是生活的,它是以物质的方式来表达心中的愿望。昨天是腊八,中国人的年大约就是从这一天开始的。腊八节的标志就是喝腊八粥。这腊八粥是由八样农产品熬煮而成的,要放八样,各地都一样;但具体哪八样,不同的地方又不一样,就这同中有异包含了文化的秘密。八是中国人的吉祥数字,预示着兴旺发达,而具体食材则是根据不同地区的特产决定的。这就是文化。文化是什么?文化源于自然。在生产力不发达的远古,人们的生活与生产方式完全依赖于他所处的自然环境,所谓"靠山吃山,靠水吃水"。别小看了这八个字,文化的要义它说得最清楚。因此,还要再补充一句,为什么黄河以南地区大都有腊八粥?腊八粥的食材告诉我们,它们都是农产品。所以,过年的习俗过去是以空间决定差别的。我们平常谈到的年基本上是黄河以南的年,也是农耕文明的年。腊八粥是个典型的意象,对腊八粥这一文本的剖析基本上可以运用到对过年所有习俗的理解上。为什么要除尘？那是人们对洁净与健康的向往。为什么要祭祖？那是为了慎终追远。为什么要回家团聚？那是对血缘宗亲的维系。为什么一定要有美食？那是对民以食为天的肯定和追求。别小看了过年时的每道饭菜，夸张一点说，它里面的每样食材都是格言，都是诗，都蕴含了无穷的语义。用一句现在非常主流的话说，过年时所有的环节表达的都是人们对美好生活的向往。你看《白毛女》，哪怕只能扯上二尺红头绳，那也是幸福的红头绳。当喜儿拿到父亲送给她的红头绳时，父女俩是多么欢乐啊，欢快的音乐是他们的心声，一直响到现在。

说到这儿，也就会理解现在的年味为什么越来越淡了，就会理解为什么现在的孩子们再也没有过年的快乐了，甚至也会理解现在的人们为什么竟然起了各过各的年的念头，至于那些带有明显的民间宗教的仪式更是渐渐失传了，因为它们与当下的生活脱节了。这些仪式，包括传统的过年的食品已经不能代表现在的美好生活，甚至落后于现在的日常生活。以大油、高糖、风腊为标志的年味已经是与现代人的健康生活为敌了。现在的普遍情形是，到了过年，便是怀旧，便是对过去时光的追溯，便是对旧日过年习俗的科普。过年变成了一种知识，一种纸上的文字，变成了文人们的抒情，它与生活早已经没了关系。而年在本质上就是生活，而且是人们日常生活的浓缩，是日常生活的精华，是日常生活的辉煌与高光，它是人们几千年来对幸福生活指标的反复选择与确认的结果。它是生活与人生的模板，是典型，是榜样。它不是一天两天的节日，它是意义，是理想，是设计。这年的方向是要贯穿三百六十五天，是要统领一辈子乃至世世代代的，为什么几千年没变？因为农耕文化太悠久了，生活方式与生产方式都没变，正所谓天不变年亦不变。

谁也没有想到，几千年不变的年现在要变了。过去的年是祖先们从他们的生活出发设计的，现在生活变了，我们也应该有适应于我们当下生活的年的过法，聪明的祖先用年概括了他们的幸福生活，他们对美好生活的向往，现在轮到我们了。尴尬的是，我们拥有了新的生活，但却还在使用过去的年。为什么一定要去过旧知识的年呢？我们不能只有知识的年而没有生活的年，我们也应该有美好生活的象征。要知道，一切文化习俗，包括节令仪式都是人们创造和制定的，因此也不是一成不变的，它们的本质都是以人为本，新时代催促着我们要创造新的文化、新的习俗。我们理应有这样的文化担当。

我们，要过新的年！

春节人生课

每到过年过节就会想到小时候在老家的时光,在我的印象中,祖父祖母平时总是和蔼得很,对儿孙可算得上溺爱有加,但到了过年过节反而变得严肃起来,礼仪程式,让我们处处小心,用祖父经常说的话就是,不能坏了老祖宗留下来的规矩。祖父是大字识不了几个的农民,但却又是个仪式感很强的人,平常也不见他讲什么,更少对我们耳提面命。祖父说,"我只管供你们上学,说道理是学校先生的事。"但逢年过节,他的话总是说个没完没了,他一边指挥我们忙这忙那,一边滔滔不绝地述说着年节中种种礼仪的来由,许多的做法都伴随着富于传奇性的人物和生动有趣的故事,我们常常听得如痴如醉以至忘了手里的活计。

毫无疑问,过年是我们家的头等大事,祖父有句名言:"过年就是把日子过一遍。"他的意思就是说过年虽然就那么几天,但人生的重要内容都在里面了。一个人不管活多长,生命中重要的事情在这个年里面几乎全有了。所以,祖父特别看重这几天。

按家乡的习俗，祖上传下来的仪式要一一走过，至于大小规矩自然不容我们越雷池一步。长大了，每到过年，总会时时想到儿时的日子，想到在祖父指挥下过的那些眼花缭乱的"复杂"的年。把祖父的话细细地过一遍，真的觉得许多的道理，还是这位老农民说得清，道得明。刚进腊月，祖父便开始安排计划，准备过年的家什，置办年货。到了腊月初八，按祖父的说法，这年便开始了。前一天晚上祖母便开始选料，腊八这天早上，天还没亮，灶间的风箱便响了起来，那是祖父祖母开始为全家熬"腊八粥"了。我们一边喝着别致的粥，一边听祖父讲腊八粥的由来。祖父问我们为什么要吃腊八粥？腊八粥里为什么是这八样？祖父说这不是为了好吃，比腊八粥好吃的东西多了去了。这八样其实平常，都是我们田里长出来的，米也好，黄豆也好，还有赤豆、花生、青菜、胡萝卜、芋头、山芋，都是我们地里长出来的庄稼，就是这些庄稼养活了我们。祖父说进了腊月，开始过年了，首先要吃腊八粥，这是要让我们记住粮食、记住庄稼对我们的恩情。喝着腊八粥，要在心里把一年的收成盘算一下，检点一下自己有没有亏待庄稼，得罪土地，是勤快了，还是懒惰了？更要好好地算计一下来年，腊月虽闲，却要为来年的农活儿早作准备，千万不能误了农时。

　　这哪是过年？这简直就是自然课，是人生课。前些日子还看到微信上许多人在晒腊八粥，为到底是哪八样争得不可开交。若按我祖父的说法，地方不同，庄稼就不同，养活人的食物自然不同，这有什么好争的呢？再如腊月二十四的掸尘，也是非常隆重而又忙碌的。全家老小齐上阵，扫帚抹布总动员，直到把家里收拾打扫得一尘不染。祖父说，过了这一天，其实就是新年了。掸尘可不只是打扫卫生，更要紧的是除旧布新。"旧的不去，新的不来"，屋子一新，人的心里也就亮堂了，要的就是这种日子的新鲜劲。就是关于这一天，祖父说过一段让我永远记住的话。黎明即起，洒扫庭除，早晨的扫地抹桌子，就如一个人早上的洗脸刷牙，一清扫，就精神了，一天也就有了好的开始。其实人也是要掸尘的，祖父摸着我的头说："你这小脑瓜里有没有坏东西脏东西呀，有就把它掸了。"长大了，每每静夜反思，我都会想到祖父的话，做人确实要时时掸尘的，祖父真是我的人生导师。

我确实是这么认为的，中国的传统节日文化就是一系列的人生课，老祖宗们把每堂课的教学内容都安排好了，甚至连教具与教学程序都为我们设计得丝丝入扣。中国是个农业大国，农业文明有着悠久的历史，而节日文化的内容也基本上是围绕这一传统来安排的，人与自然，人与社会，人与自我，人与彼岸世界，我们生活的哪个维度老祖宗没为我们考虑好呢？还说过年吧，我们家乡，年三十要祭拜祖先，这是慎终追远，不忘来路。到了大年初一，就开始拜年走亲戚。中国乡村的社会根基与人伦关系是建立在血缘纽带上的，这根带子一定要系牢。然后有送穷、迎财神等待，这都是我们对美好生活的向往啊！记得送灶、迎灶也是过年中的重要仪式。灶神或灶王爷在民间宗教中并不是位大神，我问祖父为什么对灶王爷这么恭敬隆重。祖父反问我：有什么比吃更大的事？民以食为天啊！灶王爷虽官不大，但有实权。何况，有哪位神仙与我们常年在一起呢？腊月二十三送灶，大年三十再迎回来，除了七天上天述职汇报，三百多天都和我们在一起，都成了我们的亲人了，对这位神亲近一点真是应该的。最让我倍感温馨的是我们过年从没忘了鸡、犬、猪、羊、牛、马这些动物牲畜，它们在每年过年的时候都有自己的日子，还都排在前面，我们人类自己的日子要到初七，初七才是"人日"。我们的祖先是多么的谦卑啊，他们时刻记着我们活命路上的朋友。还有什么比这更和谐，更生动的生态课呢？

这才是节日由来的初心吧，它们是我们每年都要上的人生课。

吃的是性格

以前过年过节有许多的讲究，有的讲究是场面上的、礼仪性的，有的讲究则与吃有关。记得小时候进入腊月后，祖母总要全家人吃慈姑炖白肉，不放盐，对一般人家来说，这可是奢侈品，但是味道一般。祖母说这个时节吃这个好，吃下去可以补一年，嫌不好吃就当补品吃吧。

后来我发现，一年到头，祖母按时令吃的菜还真不少，腊月里吃酸菜，是胡萝卜叶腌制的。清明时节则吃杨柳面饼，就是将刚发芽的杨柳叶子采下来和上面薄薄地摊在锅里，非常好吃。到了麦子灌浆将熟未熟的时候会将麦粒捋下来做"嫩仁"吃，这种食物究竟怎么称呼我到现在都没弄明白，我们那儿都这么叫，是将要熟的青麦子搓去壳，上锅蒸，再上石磨磨成颗粒状，清香可口，河南著名的小吃"捻转"的做法就是这样的。我们邻县也有直接将青麦粒炒了吃的，称"炒青仁"，味道也不错，现在好像都没有这些吃法了。端午节就不用说了，鸭蛋、青蚕豆是我们喜爱的,但雄黄酒和苦艾汤我们就不爱喝了。

仔细想想,我们祖辈的饮食起居始终和自然保持着大致相同的节律。自然的节律太厉害了,春夏秋冬,寒来暑往,日出日落,斗转星移,潮起潮落,草木枯荣,直到生老病死,哪一样不是自然的节律在主宰着?是自然教会我们如何安排生活,于是有了四季,有了十二个月,有了二十四个节气,有了春种秋收……为什么要在清明时节吃杨柳饼?那是提醒春天到了,该安排活计了。为什么急不可待地将未熟的麦粒抹下来蒸着吃?那是老天告诉我们这样可以度过青黄不接的日子。而苦艾和雄黄酒则是为了预防即将到来的暑毒……

在我的印象中,祖辈们对天地总是怀着十分的敬畏而又无比亲近的心情,自然就在他们的心中,他们就是自然的一部分。我祖父从来不看日历,他也不识字,但却不会弄错日子,他记的是农历。我祖父活了近九十岁,几十年过下来,月大月小,还有那么多的闰月,他竟然毫厘不爽。哪天拜神,哪天祭祖,清清楚楚,有条不紊。他也不听什么天气预报,我问他不听怎么知道今天几度。他反问:你连冷暖都不知道?我说好歹要晓得明天下不下雨啊,他说那看看天不就晓得了。小时候天没亮时,常常听到开门的声音,那是祖父出门看天了。

祖母说起吃来既重又轻。她经常说不要管吃多吃少,也不要问好吃不好吃,吃嘛,"不就是吃个性格",这话真的经得起琢磨。食物是有性格的,特别是来自大地上的草木。菜蔬应时而生,带来的是大自然的消息。是寒了,还是温了?是干了,还是湿了?是软了,还是硬了?是甘了,还是苦了……这些都不仅仅是质地和味道,它们还是性格,是大自然应时而发的脾性。大自然通过草木将消息传递给我们,与我们交流、对话,提醒我们跟上它的节律,与它一起生活。祖母真是个自然哲学家!

　　古代有个词,叫"月令",一年四季,就该按月令生活,而现在呢?全乱了。不见了四季,没有了寒暑,草木也被勒令易季而生。现在什么吃不到呢?祖母若是活到现在,该不知怎么吃惊哩!

家 声

小时候刚会拿笔握管,父亲便在过年时让我给左邻右舍写春联。他要求高,说写门对子不光是写字,还得会出新对联,不能只抄现成的,所以常常帮邻居写完了,到了最后写自家门对子的时候早已腹中告罄、毫无灵感。每到这时,父亲反而很宽容:"想不出来就还写那一副吧。"他说的那一副就是"越国家声远,颍川世泽长",据说这是汪家传下来的门对子,往门上一贴,南来北往的人一看,就知道是汪家门第。那时候也不知道这对子的含义,越国在哪里?颍川又在何方?也记不清父亲是不是向我们细说过家族播迁的历史,但父亲一再强调"家声"这两个字,说家声就是一个家庭的荣誉和声望,不管家族如何迁徙延续,每一个子孙都要对得起列祖列宗,为家族的荣耀添光增彩。他拍拍我们的脑袋说,"汪家未来的家声就指望你们了"。

这已经是几十年前的事了,如果不是今年到梅州,我真的快忘了这个古老的词汇。梅州是客家人的聚集地,客家,客家,这两个南辕北辙的字组合在一起真让我有一种苍凉而又悲情的感觉。客于他乡不可为家，但偏偏客家人就有这样的家族流徙与人生图景。若到梅州客家文化博物馆，迎面看到的是一堵百家姓墙，中间一个大大的"厓"字，这是客家人的自称，相当于"我"。作为会意字，它形象地表明了客家人从中原来到南方倚山而居的生存状况。但我宁愿将这个字理解为人在悬崖，这才是客家人在逃亡避难迁徙时的心态，战战兢兢，如临深渊，如动物般警醒，须臾不可大意。一个辗转千里万里的族群，一个在陌生环境寻找栖身之所的民系，一个不断需要重建家园、救亡图存的群体，这样的家族大概都十分看重成员的精神追求和道德品格吧！都十分在意自己家族的荣光，在意开拓、进取、永续生存的能力吧！总之，他们十分看重自己的"家声"。

所以，当走过梅州那些客家围屋和连排新居，或新或旧的对联中"振家声""美家声""远家声""昭家声""扬家声""播家声"总是令人目不暇接，这些对联不仅自豪地叙述了各自家族辉煌的历史，更在昭示后人光前裕后、薪火传承。特别是那些围屋，一走进去，几乎处处有楹联、间间有匾额，这是一种特殊的文化，客家人大概早就知道环境育人的道理吧！这些楹联和匾额汇聚了万千家族对自己历史的回望和思考，对家族价值观的申述和张扬，于耳提面命中充满了殷殷嘱托。"念先人积善余庆，支分六脉，孰为士，孰为农，孰为商贾，正业维勤，方无忝祖宗之遗训；在后嗣报本反始，祀享千秋，告以忠，告以孝，告以节廉，大端不愧，庶几可称之能贤。""尊祖敬宗，岂专在黍稷馨香，最贵心斋明以躬节俭；光前裕后，诚唯是簪缨炳赫，何非家礼乐而户诗书。"毋庸多引，这样的训诫传承无疑是家族声望兴隆的理念支撑。由于家族发祥地不一，迁徙过程中的经验教训不一，家族成员生存技能也不一样，所以我们在客家不同家族中会看到不同的家训家规及对家声不同的期望。但是，又由于环境相同、经历相近，客家人又会在长期的生存中形成大致相同的民系价值认同，那就是"耕读传家"，这是客家人共同的家声。"东种西成，经营田亩须勤体；升丰履泰，出入朝端必读书。""创业难，守成难，涉世尤难，且从难中立志节；耕田乐，读书乐，为善最乐，须向乐里作精神。""继先祖一脉真传，克勤克俭；教子孙两行正路，惟读惟耕。""汝水源长，惟读惟耕绳祖武；南疆裔盛，克勤克俭贻孙谋。"我在客家文化博物馆看到梅州黄氏族谱《江夏渊源》中记载的家训是这样十五条："戒轻谱，畏法律，戒异端，戒犯上，戒非为，戒争讼，戒犯违，修坟基，隆师道，端士品，务本业，明礼让，和乡里，睦宗族，敦孝悌。"如此的具体，如此的周详！客家人之所以能有今天，之所以英才辈出，民系遍布海内外，正是因为秉承了这样的传统，弘扬了这样的家声吧！

家庭是社会最小的细胞，也是一个社会道德风尚最基本的载体和践行单元，由家庭而家族、而乡里、而地方、而整个社会，公序良俗正是这样形成的，核心价值也是这样凝聚的。我不知道现在还有多少家庭在自觉地维护自己的家声。我的故乡叫汪陈庄，顾名思义，这个村子的大姓就这两家，但在我的记忆中，人们好像都是姓汪的。那是一个庞大的熟人社会，家庭的每一个成员都有相当的压力和责任感。我们从小就被告知，不能有少许的行为不端,否则影响的是整个家庭乃至家族的声誉,惕惕于心的是"不能让人家背后说我们姓汪的不是"。现在,这样的熟人社会不多了,家庭群居不再,单个的家庭散落在陌生的地方,他们还有家声的意识吗?在一个家族社会评价稀薄的时代,家声又如何体现呢?想起年初央视记者的随机采访,问到家风、家教、家训,懵懂无知、言不及义者多矣,遑论家声?不禁忧从中来。

让我们回到家庭,回归家声。

感谢你,父亲!

对于一个人的成长来说,父亲和母亲都至关重要。不过到了具体的家庭,可能情形并不一样,对我来说,父亲的影响要大得多,而且我对这种影响的理解直至现在还不完全,虽然父亲离开我已经好多年了。

按理说,母亲应该对我的影响大一点,她出身于一个大家族,连她在内,外婆生了十几个儿女,母亲排行倒数第二,哥哥姐姐中参加革命的不少,有几位后来地位可以说得上显赫。我小的时候,父亲长年在乡下工作,只有周末才回家,平时都是母亲照顾三个孩子和乡下的爷爷奶奶,条件不上不下,也够难为她的,家里的难事小孩子能知道多少呢?常常是母亲在一边抹眼泪,我们却在一边嬉笑打闹。

父亲周末回家对我们来说是一件大事,大概也是他的一件大事。现在想来,父亲是一个负责任的人,因为平时不在家,那时又没电话,他就把对子女的教育都集中在这一天了。他是做老师的，教育孩子对他来说是轻车熟路，他把三个儿女叫到一起，让我们把这一周的学习与生活情况说一遍，各说各的，他一边听，一边翻着作业本。我父亲是师范毕业的，属于那种全科老师，没有他不会的学科，语文、数学和音乐更是他的强项。我觉得他听的时候好像也不怎么认真，甚至觉得他是不是在走神，但等我们说完了，他的眼睛立马放起光来，总能一下子抓住我们的要害。他特别不能容忍我们惹母亲生气，因为他不在家，母亲不容易，这种严厉里大概也有对妻子的愧疚吧？

父亲是个传统的人，守着耕读传家的古训，这传统或许来自他的家族，来自他的父母亲。好像我祖辈没有念过书，但是，对念书却特别执念，祖父母特别以他们这个唯一的、也是念过书的儿子为骄傲，我们回乡下，爷爷奶奶教育我们，树立的榜样就是他们的儿子、我们的父亲，仿佛天底下只有他们的儿子念过书、能识字、有才学。我的文学启蒙就是父亲读师范时留下来的课本，那时师范的语文是语言与文学分开来编的，祖父小心翼翼地把吊在屋梁上的一大堆书拿下来，掸去灰尘，打开一层层裹纸说，这是你爸爸上学时的书，你接着念吧。于是，我看到了那三大册文学书，与我们的语文课本完全不一样的书。我不但看到了父亲当年的课本，还看到了父亲在书上的五颜六色的眉批，看到了父亲的读书生活，甚至能够隐约体会到了父亲内心的世界，以及他对文学、对生活的理解。

父亲是一个文字功夫很好的人，他做过记者，做过秘书，做过检察院的书记员。稍大以后，我在档案馆看到父亲在南通的《江海晚报》、家乡的《海安报》上写的新闻和通讯，有的大通讯整整一版。父亲做记者的时间不长,好像没在省报上发过作品,所以他动不动就说:你要在《新华日报》上发文章啊!这不是我发不发的问题,这里有他的理想,搞得我压力很大。

父亲对我说:文章立身。这四个字我一直记着,不仅我记着,我还教给我女儿、教给我的学生。父亲对这四个字的理解并不是说一个人会写文章就可以了,不是说以文章谋生,就像当年科考一篇文章跃龙门。他的意思是,人的一生就是一篇文章,人的一生也是在写一篇文章,从立意,到起承转合,直至语言和标点符号,都不能错啊。我记得他说这四个字的时候一声喟叹——"都不能错啊!"然后又补充说,如果能注意修辞、写得精彩就更好了。

父亲是一个多才多艺的人,而且兴趣广泛。每到一个地方,每换一个工作,他都会成为大家喜欢的人,都会发现不同的乐趣。许多人经常惊讶地对父亲说,你怎么会发现这个的?我们在这儿住了十几年了都不知道。有几年,我随父亲到他任教的农村小学。那地方真是荒凉啊,大片大片的草荒田,一眼望不到边。白天,父亲带着我侍弄他辟出的一块小药圃,教我怎么辨形、它们的药性是什么、又能治什么病。晚上,代课教师与当地的民办教师都回家了,学校里就剩下我们父子俩,父亲就着煤油灯给我讲故事、讲唐诗宋词,讲到高兴处,他会忘了我在旁边,独自一个人在低矮的宿舍里来回踱步,高声吟哦。有时,他会拿出一支箫,吹着我听不懂的曲子,箫音呜咽,在那风声月光里,有一种说不出的惆怅与感伤。就是这箫声,让我觉得我父亲心里其实是有许多不快乐的,那种我不懂的大人的不快乐。我想问父亲,想问他是不是不高兴？想问他为什么工作岗位越调越往乡下走，从我没去过的"大城市"南通、到县城，直至这鸟不生蛋的蛮荒之地，搞得我连一个可以玩的小伙伴都没有。

我没问，父亲也一直没有说。父亲只希望他的孩子过得比他好。看得出他是喜欢我的，甚至有些偏爱与宠溺，对我的需要他几乎有求必应。他说，你身体不好，要有一技之长。他跟邻居、著名的书画家仲贞子先生说，你看这孩子在书画上有没有灵气？其实，仲老师就是我们学校的书画老师。仲老师说，书画要从基础的学起。转而对我说，不要写现在的字帖，写我的。边说边拿起一本大字簿，在每一页的第一行，用朱笔写下四个正楷字，让我临着写。父亲对他的小儿子真是操心，他说，你把书画学好了，以后即便下放，也可以出黑板报挣工分，不用下地干活了。

父亲希望他的孩子一切都好，唯独对自己不放在心上，很有点名士气。他的一生真是个往低处走的人，但走得自在、从容，到哪里都全无愧怍，他为身边每一个取得成绩的人高兴，特别是那些青年人，不管到哪里，都能处到朋友，看门的、打铁的，哪怕临时摆摊的，都能拉上话。

我没听他说过哪个人不好，后来我长大了，道听途说，和他提起那些对他不好的人、那些整过他的人，他头直摇、手直摆，说忘了忘了，弄得我一下子渺小起来。

我说过，我有一个缺点，就是不会恨，没学会恨。恨，是一种情感，也是一种能力，但我没学会，我的父亲没教会我，他就没教过我。

父亲，我的一切都是你给的。感谢你，父亲！

坐着动车回故乡

五月十五日,母亲终于坐上了南通至南京的动车,由姐姐姐夫陪着,来看她的重外孙女了。母亲的高兴自不必说,八十岁的老人,为了这趟南京之行,激动得夜里三点钟就醒了。姐姐说,不止母亲一人激动,整个动车上的人都在兴奋。母亲一下车就拉着我的手说,那个扛着摄像机的小伙子怎么不采访我呢?我有许多话要说,采访年轻人有什么意思呢?他们不稀奇的,应该让我这个老太婆讲讲的呀。

母亲其实经常来南京小住,但这两年来得少了。特别是听说要开通宁启高铁就更不愿意我们去接了,老是拖着,说小车坐着不舒服,蜷在里面几个小时,下了车脚都迈不动,又说开车这么远,不安全的。她说,你们开车也累呀,还是等高铁吧,快了,快了。微信圈里,朋友问我为什么老打听宁启高铁通车的时间,为什么那么期待、那么着急,原因就在这儿。母亲要坐上动车,才来我这里。

这真是件让人高兴的事儿。中国进入了高铁时代，大概天天都有这里那里通高铁通动车的消息吧，但我显然最牵挂宁启高铁，因为这条线连着我的故乡。从此，我从南京到海安就可以早出晚归了。想到这一点，心里就踏实。再不用慌张，再不用紧赶慢赶，再不用筹划算计，不就是一顿饭的工夫吗？好像是拔腿就到了家。

我们的生命里有多少时间是花在路上的？我们的人生有多少关于道路的记忆？我们又有多少故事发生在旅途中？我们的生活因为交通发生了多少变化？提起这些，大概每个人都会说上一大堆的。

我童年的许多场景都是在路上。由于父母亲的工作经常调动，我也就随着不停地从一个地方到另一个地方，海安、雅周、大公、丁所、北凌、西场，这些地方现在看上去相距并不远，但在童年的我看来却十分遥远。这种遥远一方面是因为孩子对空间的感受和认知与大人不同，另一方面显然是因为当时交通的不发达。记得当年从西场到王垛祖父母那里去就是件十分麻烦的事。从西场到海安一般有三种方式：农村公共汽车、运河小轮船、自行车。因为那时王垛还没通汽车，只有到孙庄的小轮船，所以我们得一早就出发，到海安吃午饭赶那班小轮船。小轮船中午从海安轮船码头出发，黄昏时才到孙庄。出发前好几天就写信告诉祖父，约好时间他到孙庄接我们，接到后祖孙一行再步行从孙庄经营溪到王垛，最后到连庄的老屋。这么走下来，到家时早已天黑，疲惫得根本顾不上吃饭，一个个东倒西歪地和衣倒头便睡。小轮船每天一班，头天中午从海安出发，第二天早上从孙庄返回。这样，我们的回程就又要起个大早，真正是披星戴月。最考验的就是寒假结束以后回父母处上学。天寒地冻，北风呼啸，祖父推着独轮车，一边是行李，一边是我们姐弟几个轮流坐。惨白的月光下响着独轮车的吱吱声，到了码头，我们几个大都冻僵了。

"文革"时，父亲下放到北凌二灶小学。二灶那时叫红旗大队，不通汽车，路说远不远，从大公到二灶大概二十来里土路。去看父亲，我们一般都是步行，背着装着换洗衣服的书包，赤着脚一路走去。记得那一带好像是沙土，大风起时，尘土蔽日，嘴里鼻子里都是泥沙。累了，坐在田埂上歇会儿；渴了，跑到小河里掬几口水；饿了，就到农民的窗前屋后摘几个瓜果。兴致高时，我们会爬上土围子，钻进胡桑田里躲猫猫、挖野菜。等到了二灶，一个个灰头土脸，浑身汗馊味儿。

我现在还清楚地记得大公通汽车的情景。一条土公路，从海安到贲家集，再到大公，再到北凌，修了好几年。通车的时间一拖再拖。终于有一天真的通车了，那是全镇的节日，万人空巷，人们聚集在路口，等了老半天才看到汽车从西边由小到大缓缓开来，车后是卷起的黄土，如同龙卷风一样。汽车来了，人们蜂拥而上，在司机的呵斥声中把它围得水泄不通。许多人只在电影上见过汽车，当真的汽车来到眼前，竟有些张皇、不知所措，抖抖瑟瑟地上去摸一把，不知谁发一声喊"有电！"立刻吓得缩了手，接着便是一阵哄笑……

这都是几十年前的事了。故乡的交通今天已经进入了一个日新月异的时代，海安成了苏中的交通枢纽，而西场也已经是沿海高速的出口，宁启铁路从王垛穿行而过。今年清明我回王垛扫墓，开车从海安经新204国道后右拐向西，那里的乡村公路竟然是双向四车道，宽阔的马路、整齐的绿化带、沿途的农民新居，目不暇接地就到了目的地。小时候要起早摸黑赶上大半天的路，现在个把小时就到了。父亲在世时便说海安的交通变化大。早年父亲不管在哪里工作，逢年过节都要骑车回去看望祖父母。我曾经坐在父亲的自行车上回去过，顶风时父亲弓着腰奋力骑行，大冬天脱得只剩下一件汗衫。到家时祖父抱怨怎么这么慢，你就不能骑快点；父亲喘着气说一百多里呢，路又不好走，何况我也不是个小伙子了。听到王垛通了公路后父亲长舒了一口气，说再也不用骑车了……

这次母亲还与我谈到父亲，她说前些年启扬高速通车时父亲就说这下好了，孩子们回来路好走多了，也快多了。要是他知道现在通了高铁不知道有多高兴呢。

我知道父亲会高兴的，清明扫墓时我就告诉他了。我对父亲说，这次我是坐绿皮火车来看你的，下次，就坐高铁啦。

富 养

如果时间再倒回去几十年,我相信邻居李大妈也许会是痛说家史的一位名嘴。关于她的过去,作为比她小几十岁的邻居,我们也已经能倒背如流了。说实话,搬到这个小区没几天,她就自来熟地到我们家串门,这在现在的城市是非常少见的。没多少日子,我们对她不幸的几十年便了如指掌了。她常常以"我的命真苦……"开始讲述,她说她父母生了八九个孩子,只有一个男孩。丫头本来命就贱,再加上她长得又不漂亮,挨打挨骂那是常事。那时候大人走亲戚吃人情酒,总会带一个孩子去,但从来不带她。有一年她仗着过生日便斗胆要求父亲带她去,结果掉到河里差点没淹死。1949年前夕,家里逃难,还曾经把她送到孤儿院。后来她阴差阳错有了工作,成了苏北小镇的一名普通职工,但与她那些都在北京、上海、苏州这些大城市的姐妹们相比,总是自惭形秽。说起这个她不免懊悔,就是因为嫁了个乡村小学教师,才一直在乡下生活,而最近老伴儿又离她而去……看着窗外不时走过的对对老人,她的眼泪就要流下来,叹上一口气:"唉,我的命真苦啊……"

李大妈常常说起小区的许多老人。我们很吃惊院子里有这么多的老头老太,而我们一个都不认识。这些人都是李大妈羡慕的对象,他们小时候没吃过苦,他们是退休或离休的干部,他们是有文化的教授,他们的子女不是高官就是富商……有时候,李大妈来敲门好像就是为了告诉我们一些老人的行踪:楼下晨晨的奶奶跟儿子出国了,东边7号楼张老太的女儿给她新买了一套衣服,后面高层的王老头做了八千元的体检套餐,然后又是一声叹息,说她身体也不好,"先天不足,再加后天不足""坐月子的时候,婆婆连一只鸡也舍不得杀呀"。她时常咨询我们什么叫低血压,什么叫压差,什么是气虚,并且对照《万家灯火》上专家的说法,断定自己是虚寒。

但是,接触多了,在同情之余我们又觉得李大妈似乎并不像她说得那么凄苦,而且,好多的抱怨未见得不是一种荣誉,比如她的那些大城市的姐妹不少功成名就,有的嫁入豪门,说起来竟然是些在报上才能见到的人物,而且一直与她来往,还常常邀请她去住上一两个月。她的子女好像也挺有出息,对她也挺孝顺。有时她会失忆般地忘记自己的苦处夸起儿子媳妇、女儿女婿、孙儿孙女的好来,恨不得个个都让她骄傲。更何况,她都八十多岁的人了,能吃能动,再加上四千多的退休工资,全国各地去玩,还去了香港和澳门,玩遍了迪士尼的所有项目,包括过山车。但就这样,她说着说着,到最后还是长叹一声,不是抱怨身体又不好了,就是抱怨老头子为什么要先她而去,最后是为如何安排自己的余生而忧从中来："我该怎么办啊？"

她为什么就没有幸福感呢？

每次送走李大妈，我们都要关起门来讨论一番，她到底幸福不幸福呢？幸福是个体的体验，所谓如人饮水，冷暖自知，我们虽然觉得李大妈未必不幸福，起码也可以算个小康，能达到知足常乐吧，但李大妈她自己觉得不幸福，那又有什么办法呢？看到她一把鼻涕一把眼泪，仿佛全世界只有她一个人最不幸时，心里真的很难过。我和妻子把李大妈的身世翻过来扒过去，最后的结论是一切皆根源于她的童年，李大妈童年的不幸一直影响着她整个的人生。而她童年的不幸就不幸在没有"富养"上。李大妈的父母对她不但没有富养，简直就是"穷养"。这个"穷养"不仅穷在物质，或者不一定穷在物质，而是穷在知识，穷在文化，穷在情感，穷在心理。细究李大妈的童年，似乎也说不上饥寒交迫，但确乎没上过学，确乎没有得到过父母的爱，确乎处在同龄人、处在亲戚朋友的冷言冷语中。她童年贫瘠的土地上疯长着的是孤独、自卑、嫉妒和仇恨，直到人生的晚年，她也未能走出这样的心境，对身边的幸福总是视而不见。幸福都是别人的，她只有不幸。

这是个发现，也是个问题。现在满世界都在说女儿要富养，如何富养？就是让孩子有吃有穿吗？可能精神上的富养才更重要吧，唯有精神富有了，才会有高尚的境界、宽厚的胸怀与健康的人格。否则，长大了，变老了，会不会出现一个又一个的李大妈呢？而更关键的问题是，年轻的父母们，你们为富养下一代储备好了足够的精神养料了吗？

十颗花生

仔细翻检一下，自己写过年的文章已经有好些篇了，说人说事说风景的都有，内容各异，但有一点是相同的，那就是说的都是过去的年。好像不是我一个人这么写年，凡是写过年的，写春节的，大都是回忆。有人写未来的年吗？比如明年春节、后年的节怎么过？好像没有，至少我还没有看到过。

所以，过年，就是回乡，回味过去的时光。

这里面肯定是有讲究的。年是节日，更是一个时间的标尺，对人生来说，年之所以重要是自己又长了一岁，所谓"天增岁月人增寿"。这每一年、每一天都是实实在在的，是由许多具体的人事景物、心情意绪构成的，它们是生命中无数丰满的细节，是我们生命的确证。在我们的记忆中，总有许多特别的年，定格了特别的人和故事，承载了对自己来说重要而又意味深长的意义，它们是一个个坐标，如同人生之书中的目录，指向了那些生命中别样的章节。每当新年到来，这些旧年就会如约而至，让我们在复习中重新体味许多道理。

这大概是每个人过年时的必修课吧。

今年的回忆来得有些早，原因是前些时回老家朋友问我要不要从乡下带点"年货"？我笑着说现在办年货是不是有些着急啊，但思绪却一下子回到了过去。

我们都置办过哪些年货呢？日子好起来之后办的什么年货已经没什么太深的印象，反而是早年物质贫乏时候的那几样可怜的年货记忆深刻。刻在脑子里的似乎就是咸带鱼和猪头。猪头现在还有，只是不知道还在不在年货之列，咸带鱼真的好些年见不到了。我的老家在如皋、海安和泰兴的三县交界处，是贫瘠的高沙土地区，离海比较远。那时还没有冷冻保鲜技术，海产品对老家人来讲是稀有的奢侈品，能见到的也都是腌制过的了，比如咸带鱼。因为我父母亲是"吃公家饭的"，所以每年单位都会分些年货，是那个时代难得的职工福利，咸带鱼即是其中重要的一款，父母亲一般都是要如数送回老家的。老家村里人过年有轮流做东请客的习俗，我们家的饭是左邻右舍盼着的一顿，就因为有咸带鱼。

咸带鱼带回老家了，我们的年怎么过呢，猪头！记忆中吃猪头好像不是我们一家的年事，而是许多人家过年的食事。我小时候很奇怪，平时很难买到肉，但一到过年为什么会出现那么多的猪头呢？鲜的，咸的；整个的，半个的。煨猪头是我家一年最隆重的事情，从买猪头、煺猪毛，到煨猪头、拆猪头，这是一个充满知识、充满期待、充满仪式、充分酝酿、汇聚食欲从而使年夜饭纯粹而美好的过程。我们从小就这样被培养成了猪头的解剖学家、烹饪高手和美食家。猪头的各个器官、部位皆有民间的称谓,烹饪自然不同,味道也各有其胜,哪里还需要其他的菜肴?一桌猪头全宴胜过许多的山珍海味。

　　对孩子们的嘴巴来说,过年的享受当然不止于猪头,一些乡间的土产也是蛮有吸引力的,比如花生。花生,这才是我今天故事的主角。家乡有民谣这么唱:"雪花飘飘,馒头烧烧;咸肉炖炖,吃吃困困;烟袋磕磕,花生剥剥。"这是老家人对过年幸福场景的描绘,花生在其中承担着相当分量的幸福指数。我小时候虽然生活在乡下,但却是乡下的小镇,是乡下的城里人,因此,吃到当年的新花生也是不容易的事。寒假时小伙伴们一起玩耍,常常会交换小零食,我最期盼的就是新鲜的炒花生。记得有一年我的同桌新年碰到我,急急地将我从人堆里拽出来,掏了两大把花生塞到我口袋里,悄声吩咐:就带了这么多,别给别人看见。为了这两把花生,我放弃了与小朋友们的游戏。那花生太好吃了,又香,又甜,又酥,又脆。我之前真的没吃过这么优秀的花生,后来也没再吃到过。我漫无目的地在大街小巷里游荡,慢慢地享用这美味。吃到剩下一小半的时候,我忽然想到应该带回家给妈妈吃的,她也一定没有吃过这么好吃的花生。但是,花生的诱惑实在太大了,又想带给妈妈,又舍不得停下嘴来。我在口袋里数了又数,不停地安慰自己说还有不少,我还可以再吃几颗。时光在花生的香味中不知不觉过去了,我发现花生真的越来越少了,而我面临的纠结也越来越大。最后,我决定留十颗花生给妈妈,吃到剩下十颗时坚决不吃。难题就在我自己定下的十颗,十颗到了,吃,还是不吃……

这个过程实在不忍心再写下去，回到家时，我将最后一颗花生给了妈妈。

　　这个故事我给许多人讲过，女儿曾问过她的奶奶是不是真的，奶奶笑着说：真的，你爸爸当时还直怪他的同桌小气，只给了他两颗花生。

　　快到回乡过年的时候了，今年我要见见当年的同桌，他的花生给了我铭记至今的人生课。

科技阅读的馈赠

在我的读书生涯中，科技阅读的成分远远大于文学阅读。我在提到少年读书生活时，总会提到两本书，这两本书说出来与我现在的研究似乎毫不相干，一本是《科学家谈21世纪》，这是一本图文并茂的科普作品，作者都是中国当时享有盛誉的科学家，如钱学森、谈家桢、李四光……现在想来，我很为这些科学家感动，因为那是一本为孩子们写的书，谈的是科学在未来能为人们生活做些什么，我还记得另一本书，不，严格地讲是一套书，那就是《十万个为什么》。如果说《科学家谈21世纪》让我感奋激动的话，那么《十万个为什么》则让我严谨成熟，它写得通俗、认真，讲的都是那个时代发生在我们这个世界上的事和环绕我们生活的奥秘，并教会我们该如何科学地生活。

随着年岁的增长，对科学当然不再似过去童稚的态度。科学就在我们身边，生活中到处充满了科学。在文明社会中，人们一旦离开科学就寸步难行，这确实是再朴素不过的真理。我曾经建议我的学生去读两本很不错、很有趣的书，一本是罗伯特·路威的《文明与野蛮》，一本是德博诺编的《发明的故事》，这两本都不是高头讲章，说的就是文明而科学的生活是如何建立起来的。我要学生看了以后谈谈自己的看法，我指出关键的就是把普通的看得严肃，把习以为常的都还原为来之不易，建立起"我们生活在科学之中"的意识。说其中两个小问题吧，保准能将不少人问住：第一个，城市排水系统，讲白了，也就是下水道是怎样设立起来的；第二个，拉链是怎样发明的。现在的人们谁还去注意这两种事物呢？但是罗伯特·路威会告诉你，没有排水设备的城市是怎样的肮脏！他讲了一个有趣的故事，在某一个古代王朝，没有排污系统时的城市曾经每户人家都挖有一条污水沟，整天臭气熏天，一位皇帝因楼板不牢，掉到下层的臭水沟里差一点淹死。附带说一下，厕所的发明也是一大贡献，中世纪的欧洲巨都巴黎就曾经是随地便溺的地方。再说拉链，这是再小不过的东西了，但夸张地讲，它的发明却使人类的生活发生了划时代的变化，原先需要反复捆扎、反复钮锁的事物现在只要"刺拉"一下就成了，据说，现在拉链已用于医学中的外科手术，比如定期开放胸腔，以更换人工心脏起搏器的电源。

这实在是一些小例子，严格地讲，它们还是技术，还不是科学，但就是为了这些技术的发明，有多少人、有几辈人在反复试验，皓首以求呢？更不用说为了科学而献身了，是的，在有趣的背后或同时，在进步的兴奋与庆幸的同时，存在着的是悲壮、是付出、是牺牲。所以，科学又是与人类精神及与人类思想的自由、民主、进步息息相关的。地球是圆的，在今天是一个简单的道理，地球绕着太阳转也是再简单不过的道理，但就是为了这简单的道理，有多少科学家痛苦地放弃了自己的宗教信仰、精神支柱；有多少科学家忍着良心的责备，忍辱负重地生活过；更有科学家，为此而献出生命。科学与宗教、与神学、与愚蠢的习惯势力的斗争故事可以说上一大堆。不仅如此，还要意识到即使科学本身也是在斗争中成长起来的，派别的相左、新旧的交替，有时就是为了那么一条简单的定理，也会使科学家献出青春与生命。一位老数学工作者就曾给我讲过这样一个悲壮的故事，古希腊数学家毕达哥拉斯曾自豪地认为，任何一个量或数都可以用分数来表示，这就是我们通常讲的有理数，毕达哥拉斯学派贡献很大，自然规矩也大，老师的理论是不容置疑的，后来他的学生希伯斯用正方形的边长去量正方形的对角线，其结果实际上是，它是不可能用整数、分数去表示的。希伯斯的发现是对老师的挑战，他实际上发现了"无理数"，我们现在已经很难想象希伯斯当年的心情，他远不是我们惯常想象中的兴奋；相反，恐怕更多的是恐惧、是无奈、是痛苦。他将这个秘密在心里深藏了多年，后来，科学家的良知使他按捺不住了，他偷偷地告诉了他的同学，结果，他的同学向老师告了密，于是一个数学的天才，一个可以说在数学上引发了"哥白尼"革命的杰出青年被无情地捆绑起来抛进了爱琴海……我稍作详细地复述这个故事就在于指出人们总习惯于思想史上斗争的酷烈，其实，科学史又何尝不是如此呢？了解这类史实，获得如希伯斯这样的科学理性与科学良知，应该是一个现代文明人的必要素质吧！

　　要想从根本上讲清楚科学知识在我们知识体系中的作用和

地位是很不容易的，要想讲清科学在人文学科中的意义，将我们传统文化中人文与科学的冲突在现代意义上予以弥合就更不容易了。也许，这要从科学的本质说起。一般而言，所谓科学，即人们关于自然现象和规律的知识体系，它是一种社会的观念形态，也是人类探索自然规律的文化活动。从这个一般的概念中我们看出了什么呢？在现代社会观念形态中，科学不是工具的，而是有关我们对世界的认识，有关我们看世界的角度和方法，有关我们与世界的构成关系，所以自近代科学体系不断演化之后，首先改变的倒不是人的生活状况，而是人在这个世界的位置，人与世界的关系以及这些关系不断改革而对人们造成的精神上的震撼、改变，以及人对世界的应对方式和思维方式的重新构建。比如当地心说被否定后，"人"，这个当初被哈姆雷特大歌特颂的"万物的灵长"会不会有一种失望的张皇的感觉？事实上正是，它动摇了当时整个宗教伦理的思想体系。科学发展到近现代早已与哲学、与思想界密不可分；有时，哪是科学问题，哪是哲学问题，哪是思维问题已经说不清楚，也不必说清楚，更重要的是，不要去说清楚。比如，数学的发展早已不是《九章算术》的时代了，不管是集合论的公理化学派，还是逻辑主义学派，抑或是直觉主义学派、形式主义学派，他们所讨论的问题绝不是具体的运用问题、具体的数的关系问题，而是在讨论数学究竟是演绎科学还是经验科学的问题，数学的研究对象问题，数学对象的客观性问题和数学理论的真理性问题……这些又何尝不是哲学问题呢？再比如，物理学的革命对人们世界观的挑战，从伽利略的相对性原理到牛顿的绝对时空观，再到马赫、法拉第、麦克斯韦，最后到爱因斯坦的广义相对论和等效原理，终于揭示了时间、空间、物体及其运动之间的内在联系，丰富并深化了时空是物质存在形式的原理；揭示了物理世界各事物固有的绝对性与相对性，提高了人类对于绝对与相对辩证关系的理解水平。爱因斯坦对人类的贡献是巨大的，当人们第一次听说整个空间不再是"刚性"的，而是"柔性"的，在一定的条件下，时空结构不再是平直的、均匀的，而是"弯曲"的时候，那种惊讶简直是无法形容。

说句实话，我是文科大学毕业的，我的知识系统应该说基本上是人文学科的。但当我从《科学家谈21世纪》后走了一段科学的准空白时期而接触到爱因斯坦时，我又一次认识到了科学对我的重要，但这一次重要不再是少年时给我的直观想象甚至有时是顽皮式的捣鼓了，我认清了学科之间的联系。以思维为中介，人文学科与科学哲学碰撞后产生的智慧火花给我内心世界的烛照现在想来还鲜明灿然如在眼前。我永远忘不了哥本哈根学派的科学群星们，玻尔、海森堡，我会永远记住他们的名字。老实说，他们的著作我看得很吃力，可以说似懂非懂，我缺乏数学和物理学的基础训练和系统教育，但幸运的是，同时也是现代科学家们论著的特色，他们并不总在公式里绕圈，我清楚地记得与其说玻尔、海森堡的一些著作是物理学的，倒不如说他们是哲学的更为合适，他们对微观世界的神奇描述，尤其是他们关于认识的无限性和测不准原理的提出给予我对文艺批评的帮助实在是一言难尽。就我个人而言，我还要提到比利时著名科学家普里高津的耗散结构理论，我曾经直接运用这一理论撰写过文学论文。当然，作为科学哲学的著名人物，我必然要提到英国人卡尔·波普尔，大约是八十年代末九十年代初，波普尔的著作被大量翻译到中国来，他的代表作《客观的知识》《猜想与反驳》至今还是我案头经常翻阅的著作，他广博的知识、宏大的思想、敏捷的思维和汪洋恣肆而又严密的表达令我们那时的大学生们如痴如醉，从教室到图书馆，再到寝室，有谁不读波普尔呢？他对猜想的描述，对"反驳"的重视，对"可证伪"的强调以及他自己有关三个世界构成的理论多么令人着迷，我们在波普尔的框架中争论文学究竟属于哪一部分，它与其他世界的关系如何……争得热火朝天、不亦乐乎，不少论文就产生在这样的争论中。当年的意气风发、思维激荡真是令人怀想不已。

而这，都是科技阅读的馈赠。

高考,我的成人礼

我是恢复高校招生考试的第一届考生,俗称七七级。1977年高考,1978年初入学,算来今年刚好四十年。

现在的孩子恐怕很难理解四十年前的中国吧?我发现连许多的同龄人好像都回不去了。看了许多的高考回忆文章,几乎全是在说怎么盼着上大学,怎么欢欣鼓舞高考招生制度的恢复,又是怎么头悬梁锥刺股地复习迎考……我有点奇怪,当年怎么没人和我有一样的状态?

对高教史稍微懂点的人都知道,1966年取消了全国高考,1970年大学重新招生后实行的是群众推荐、领导批准和学校复审相结合的招生方式。后来将那些从工农兵中选拔上大学的人称为"工农兵大学生"或"工农兵学员"。现在确实不能准确地说出这样的招生方式对青年学生的影响,但我当年实实在在地觉得我是不会有上大学的机会了,怎么也上不了。1977年我高中毕业,因为年龄不够,没和同学们一起被下放到农村。当然，我也可以写个决心书要求提前下放，但我个子太小了、身体太弱了，我清楚地记得，高考体检时我的身高才一米五八，体重四十八公斤。我妈妈怎么也舍不得把这个瘦骨伶仃的孩子提前送到广阔天地去，她说能挨一天算一天吧。

不下放又怎么能上大学呢？你要么是工人，要么是农民，要么是解放军。到我高中毕业时，推荐上大学已经好几年了，小镇上也出过两名大学生，那种荣耀！一人上学，全家骄傲，不仅是上了大学，关键是这一身份同时证明了你在岗位上是优秀的，否则，广大人民群众不会推荐你。我们镇上的两个大学生都是下放知青，其中一个还被请到我们学校给我们做过报告，如何与贫下中农打成一片……除了表现，你还得有很深的人脉，否则你又如何通得过层层审查？或者你有惊天之举，比如像张铁生，凭的是交白卷上的大学。还记得看到张铁生交白卷的新闻时同学们的兴奋，几个班上成绩不好的尤其得意，好像他们马上就可以上大学似的，但他们忘了，你得有交白卷的机会。当年有部电影叫《决裂》，讲述的就是无产阶级和资产阶级两条教育路线的斗争，其中有一个细节，大学党委书记举着一位工农兵大学生长满老茧的手回答老教授的质疑说："这，就是资格！"我确实偷偷地看过自己的手，细皮嫩肉，真的令人沮丧。

我手上没有老茧，我也没有过硬的家庭背景，没有让我交白卷的机会。我接受的就是这样的现实，我不知道人们曾经是可以凭考试上大学的。当年的现实让我根深蒂固地认为，大学是与我无缘的。这也许是我与老三届们的区别，他们之所以对恢复高考那么相信、那么投入，很简单，他们知道，这只不过是将颠倒的历史再颠倒回来。这句话当年很流行。

所以,当恢复高考的政策颁布后,我一点也不兴奋,当许多同学纷纷加入高考补习大军时我也无动于衷。老师喜滋滋地跑到我家,摸着我的头说你不是喜欢文学吗?这下子可以去中文系学习了,我不知道什么中文系,我只知道没有"后门"肯定上不了大学。妈妈更是激动得了不得,因为这一来她的宝贝儿子不用下放吃苦了。但我就是不相信。我嘲笑父母和老师的天真与幼稚,我当然懒得去看书、去写作业,更不返校读补习班。无奈之下,父亲为我请来了他的朋友们到家里来为我补习,好像有位徐老师,是海安县中老三届的数学高才生,徐老师替我补习数学,他先出了几道代数几何试试我的基础,我不管会与不会,胡答一气,看得徐老师直摇头,他对我父亲说:"你看看,你看看,他那眼神!整个抗拒学习,我教不了。"拍拍屁股走人了。

实在没办法,父母将我送到我哥哥下放的盐城农村,说你去看看哥哥吃的什么苦,你不好好复习,上不了大学,明年就下放挑粪挖河吃苦去。我去一看,哥哥真的在吃苦,天不亮就要上工,芦柴棒一样的身子挑着担子晃晃悠悠,真担心会压断了他。哥哥只比我大三岁,但很有个性,从小就喜欢看书,成天泡在书堆里。在我眼里,他非常有思想,是我崇拜的对象。他好像看透了我的心事,知道我宁愿下放吃苦也不愿受骗。他叹口气对我说,"你小,真不知道世事变化。你怎么知道这不是真的呢?考一次吧,就当人生的一次经历。何况,知识是无罪的,你干吗要和知识作对呢?"晚上,知青们常常三五成群地聚在一起,油灯下,是一张张年轻、黝黑而兴奋的面孔,他们一边复习,一边议论国家大事，我不能全懂，但从他们的谈话中我感到，国家真的变了。风起萍末，在以后的日子里，当说起改革开放，我的眼前不时会浮现起那群可爱的大哥哥们的神情。

在盐城步凤知青点的日子，我和哥哥挤在一张床上，白天陪他出工，晚上复习。逢到星期天，哥哥会请假骑车几十公里带着我去盐城中学听复习课，那么大的教室，里面乌泱乌泱的如饥似渴而又满怀憧憬的人啊……

我应该是受到了很大的触动吧，高考复习确实是我的人生课，是我的成人礼。原谅一位少年的轻狂，但在那个冬天，他终于明白，历史是可以改变的，人是可以掌握自己的，而知识真的会改变命运、创造人生。我在淅淅沥沥的冷雨中走进了考场，写下了高考作文《苦战》，拿到了录取通知书。确实如我的老师所希望的，我上了中文专业，成了一位文学评论工作者，兴趣竟然成了自己的职业。在我看来，没有比天天阅读文学更幸福的事了。每到高考季，我就禁不住会想到自己，也会想到许多作家朋友，不知江苏几代作家都有怎样的高考经历与大学人生，如果让他们来说，一定会很有趣吧？

高考都是相似的，但高考的故事却一定是不同的。

为了分别的高考

高考又要到了,老师家长都在为考生加油。其实,考生最大的动力在他们自己。我们有许多堂而皇之的口号,有许多放之四海而皆准的理想可以为高考背书,但是我们真的知道考生的心吗?

一般而言,大概没有哪个孩子不想上大学,也没有哪个孩子不想上好的大学,但是支持着他们这些愿望的动力还真不是我们想得那么宏大。他们的动力有时很具体,具体到了我们的想象之外。

不说这些,因为这些说不清,还是说点轻松的。反正没几天就高考了,再讲什么大道理也迟了。

就讲个故事。

这是一对朋友,两个男生。两家可以说是世交。什么叫世交,就是他们长辈们的交往已经很深了,差不多到了指腹为婚的地步,只不过后来两家生的都是男孩。往上不说,说他们的父亲。一个男生的父亲1949年前就参加了工作,五十年代在县上工作时还挎着盒子枪。另一个男生的父亲年纪要轻得多,那时刚刚师范毕业,临时分配给那些工农干部上文化补习课,年长的是学生,年轻的是老师,两人由此结下了深厚的友谊。老革命得子晚,老师得子早,两家的孩子竟然也就相差一两岁。虽然不是同一个年级,但天天一块儿上学,放了学也腻在一起。男孩子玩的游戏他们都玩,都在一起玩:推铁环、砸钱墩、掏鸟窝、打弹弓、上树、下河,反正都在一起。终于一个小朋友到了小学毕业的时候,要考初中了,而另一个还得在小学读一年。两人要分开了,这可愁死了两个小朋友。有一天,大年级的男小朋友对低一年级的男小朋友严肃地说,晚饭后我们到小池塘边碰头,我有重要的事情要跟你说。月上柳梢头,人约黄昏后,两个小朋友走到了一起。他们像我们在电影、话剧、相声、小品里经常听到的那样,异口同声地说出了他们的心里话,一个说,你就留一级吧;一个说,我再留一级吧。

这是两个小男生大胆的阴谋。大一级的男生真的这么做了。他的学习成绩断崖式下跌,小学都毕业不了。他的父母亲自然着急,当然也搞不明白,但剧本就这样按照小朋友们的阴谋演了下去。他们一起小学毕业,一起考上同一个初中,又一起考上了同一所高中,县中。

已经没有什么故事可以说的了,他们肯定住在一个宿舍,肯定你帮我、我帮你,肯定你吃我的、我吃你的。他们形影不离。

那时的中学生活条件远不如现在,家里也不像现在这么宠着孩子。正在长个子的男生,到了半夜常常饥饿难熬。于是,时不时地,他俩晚自习后会不约而同地问,我们去找点吃的?于是,他们翻过学校的围墙,来到那时并不繁荣的街上,像饿狼一样四处游荡。有时,他们会幸运地找到一个馄饨摊子;有时,他们一无所获。更糟糕的是,他们经常被巡夜的老师抓获;有时,他们被同样饥饿的小伙伴们举报。老师喊他们到办公室,首先就问是谁的主意?是谁主使的?他们立刻都说是自己。两个年轻人在那儿,一个比一个声音高,反把老师晾在了一边。争得面红耳赤,最后也没个结果,老师只好各打五十大板。后来有一天,同样的错误,同样被老师逮住了。老师以为他们又会争着往自己身上揽,没想老师还没开口,一个男孩就说是他的主意。老师笑了,说你们又来这一套。没想另一个男孩说是的,确实是他让我跟着他的,老师疑惑地问是这样吗?两个男生齐声说是的。下面的情节大家可以脑补。他们还是继续犯着错误,那些无伤大雅的错误,每次被抓,都有一个男生会主动承认是他的错,这次是他,那么下次就是另一个。所以,后来,只要两个男生一进办公室,老师头也不抬地问,我也忘了,这次轮到谁了?

多好的朋友啊。

这么好的朋友,他们在高考时应该填相同的志愿,应该上同一所大学。他们应该永远在一起,如同他们在小学、初中、高中一样,而且他们的成绩都那么好,不是你第一,就是我第一。终于,到了商量高考志愿的这一天,他们又一次来到了家乡的池塘边,还是月上柳梢头,还是人约黄昏后。一个说,你外语好,应该考外国语大学,到国外去;一个说,你语文好,应该到最好的中文系去,以后当个作家。他们说,我们都在江苏,在中国的中间,中国的南边什么样?中国的北边什么样?我们应该分头去看一看,见识见识。那这样好了,你外语好,就去北京外国语学院吧,北京有许国璋;你语文好,就去武汉大学吧,武汉有姚雪垠……

高考,成了他们的分别,商量好的分别。

我在许多年之后才见到这两位青年才俊,听说了他们的故事。他们现在都已经成家立业,都已为人父。他们每年都要见面,至少见一面。

他们现在一个是作家,一个是外交官。

门当户对

终身学习实在是太重要了，人不光一辈子需要学习，什么事都需要学习。不要以为在学校是学习，出了学校门还是要学习。知识固然要学习，技能，包括生活的能力都需要学习。

没有哪个人生而知之，要学习的东西实在太多。生活中出现的许多问题，比如与人闹矛盾啊，自己老是升不了职啊，一般都习惯把原因归到别人那儿去：说别人脾气不好，说主管看不到自己的努力和成绩。其实，要说根本的原因，都是自己学习不好。为什么老是与别人闹矛盾？就是因为没学会如何与人相处。天下没有两片相同的树叶，人与人就更不一样了。有脾气是正常的，如何与不同脾性的人合作太需要学习了。责怪别人看不到自己的努力与成绩，也是没好好学习。如何与人沟通，特别是如何恰当地展示自己，在职场上实在重要。这不仅是从功利的角度考虑升不升职的事儿，更重要的是展示自己的能力和业绩，以便获得更好地为社会做贡献的机会。

在我看来,没有什么不需要学习。不会的,通过学习去掌握;会了的,通过学习可以做得更好。不妨从家庭生活谈起。家庭之所以会产生矛盾,大部分原因都是家庭成员没能学好如何扮演和承担自己的角色。不要以为有了孩子自己就自然成为父母,那是需要学习的。家庭中经常出现问题的是夫妻、姑嫂、婆媳,那说明这几个角色要做好难度比较大,更需要学习。如何做婆婆,又如何做媳妇,学问实在太大。现在社会上开了不少家政学校,也有这方面的课程。我在网上看了几段免费试听的课,实在太理想化,小姑娘在那儿口吐莲花,说的都是有关仁义道德的话,就差三从四德了。这不行,一是没有与时俱进,远离生活;二是没有实操案例,这样的课真的容易误人婆媳。这样说不是说学习没用,相反,更说明学习的重要。上家政是一条路径,向成功的婆媳学习更是一条阳光道,我是搞文学的,向文学作品学习也不错,那里面正面的、反面的例子都有。

家庭是社会最基本的单位。家庭问题太重要了,夸张一点说,家庭和谐事关社会的稳定。所以,家庭建设要从娃娃抓起。比如夫妻、姑嫂、婆媳的和谐实际上与恋爱关系就非常大,所以要获得良好的家庭关系,学习就要提前、超前,说白了,要从学习恋爱做起。恋爱是人生的重要活动、重要生活,也是人生的必修课。人不是动物,到了一定的时候凭本能求偶生殖。恋爱固然与生理心理相关,但是,第一,它不能是自然而然的事;第二,它不能由着自己的性子来。如何恋爱?这方面的指导书汗牛充栋,这方面的导师如过江之鲫,这方面的节目秀五花八门。我只强调一点,就是那句古训:门当户对。不要小看这句古训,门当户对能成为成语自然有它的道理，它是世世代代无以计数的家庭的经验、教训换来的，说得恐怖一点，这教训包含着血的教训。

我知道，强调这一点会招来反对，说我封建、思想陈旧、有阶层歧视。打破门第观念确实一直是社会成员逆袭的路径，往大处说，它也是社会资源重新分配，促进社会公平的渠道。何况，它也经不起实例的指责，比如谁谁谁，门不当户不对，不是很成功很幸福吗？反面的也有，那谁谁谁，不是门当户对吗，最后还不是掰了？但我们要看主流。社会学是不是有过这方面的统计？如果有，那肯定门当户对的婚姻和谐度要高得多。

我们要对门当户对有全面的理解。这四个字绝不是百度百科说的"男女双方的社会政治地位和经济状况不相上下，适宜通婚结亲"这么简单，它应该包括两个家庭的方方面面。不仅是家庭，而且是家族；不仅是政治与经济，还有文化与教育，等等。我经常对即将恋爱的小朋友们说，你嫁的不仅是那个男人，而是嫁给了一个家庭、一个家族，是嫁给了他的全家，嫁给了他的全部亲戚；你娶的也不是一个姑娘，你要分担的是一个新的家庭、家族的责任。即使结婚了，即使现在不四世同堂了，但那些家族、家族问题，你一个都躲不掉。你以为你们是二人世界，是三四个人的小家庭，其实，夫妻双方的背后站着的都是各自庞大的家庭与家族，黑压压一片。小朋友常问，那到底什么是门当户对，门当户对了以后好处又是什么？我说很简单，不用开口就能心有灵犀，一旦开口话总能说到一块儿。不走动但大家庭信息互通，走动了坐下来绝不冷场，绝没有没话找话说的那个累，旗鼓相当、坦然泰然。至于遇到事儿，更没有装聋作哑、高高挂起的。

总之,恋爱,别由着自己的性子来,更不要迷信那些纯情的戏文。相信只要我俩好了一切都好的,基本上都是爱情课不好好学习的不及格的差生。

开车的境界

我没拿到驾照,不能开车,按理没资格对开车说三道四。但就像食客品菜一样,没要求他们都是厨子啊!

天天坐爱人的车上班。她学车时的各科考试都是满分,车当然是开得好的,但也就是好,还说不上到了境界。比如,只要一上路,嘴里就不得消停,动不动就按喇叭,你会不会开车啊?这么慢,打瞌睡啦?催催催,你有本事飞过去呀!按什么按,闪什么闪,没看见红灯啊?想挤我,没门……我说你怎么就不能开个平和车?快一点、慢一点有多大区别?开个车说这么多话,累不累?她说我:这也叫话多?你是没见过话多的!一上高速就不停地问,到了没?要下了吧?是从这儿下吗?导航怎么没反应?我说没到,她说到了,有时争来争去我只能说,你往前开,错了算我的,大不了今天住旅店,带着钱和身份证呢,权当旅游。有的路线已经走了许多次,但她还是坚持不懈地问,上次是这样走的吗?怎么看着不像……

那开车的境界是怎样的？丁师傅就达到了。丁师傅是一家企业的驾驶员，今年春节我因有事偶然坐了他一回车，真的让我肃然起敬。一上车，他就跟我招呼，好像老熟人一样；也只瞄了一眼，低头把副驾驶的座位调了调，一坐上去，就觉得前后高低都那么合适。车上放着轻音乐，他说时候还早，你眯会儿，只要我电话一响，他就把声音调低。他做的都是你想的。前一天下了雪，路上结了冰，但他开得很稳。刚进入邻县，他就说，人家交通部门做得比我们的好，我说为什么，他说人家晚上都给路上撒了盐了，桥上还铺了沙。我发现他的车速、与非机动车和行人的距离，按喇叭和避让的方式都有了不同。他说，这儿与我们那儿不一样。十里不同风，五里不同俗。虽然一河之隔，脾气还就有差别，骑车、行走、过马路、对机动车的态度也都不一样，所以，这车也不能一样地开。他说，他一到陌生的地方，首先就是观察那里的人的交通习惯，找准他们的脾气，这样，就知道怎么跟他们在路上打交道了，是快，是慢；是你让他，还是他让你，心中都有数，不但减少事故的机会，更是让自己处在主动的位置，有了应对的方法，特别是让自己有了平和自在的心情，否则，能把你急死。他开玩笑说你知道我们那儿的人怎么开车吗？他们大都不太管后面的车，看到快遇到红灯了，也不紧不慢，只要自己能过去，后面能过几辆，不管。

这些都是我以前很少听说的，驾车本来是个技术的活儿，到了丁师傅这里竟然有了这么大的学问。这哪里是开车，简直就是文化。其实什么事情都是这样，到了一定的境界，不管大小、高低、深浅、贵贱，都会有了文化，都能见出一个人的修养、品性和精气神。开车,靠的不仅是技术,技术不过是个基础,下些功夫,对多数人来说都不是难事。但你若是将车开成了自己的身体、自己的灵魂,心到哪里,手就到哪里,车就到了哪里,那多少就要些修炼。当车成了你的躯体,那车就是你了,就是个大活人,车走,就是你在走。这时,驾车就不是在驱动一个交通工具,而是与人相处,与环境对话,与万事万物在打交道。丁师傅说,车开到一定的时候,是想不到车的,想的就是环境,是怎么与道路上的人、车和谐相处。一个人到了一个新单位,一个陌生的地方,首先需要的不就是了解对方、熟悉环境,找到自己的行为方式吗?但我们开车的常常忽视了这一点,平时人好好的,聪明得不得了,但一握方向盘就像换了个人似的。看他开车真替他急,哪里是开车,整个地是与周围的世界较劲。许多人,也就在他生活的地方开车,但是,却看不出他与这个地方的情感,他与这个地方的亲密关系,找不着路,但却碰得着人。他永远在开陌生车。这样开车,太累。

这不是我这不开车的人能悟出来的,是一个老驾驶员开车的哲学,你们信不信?反正我信了。

我的书法老师

不知从什么时候开始,文人圈子里开始晒起毛笔字来了,我想我也是会写那么几笔的,于是,也跟着在朋友圈子里时不时地贴上一张字,也许是出于友情,说好、点赞的还不少,竟有人问我的书法老师都是谁。

书法老师说不上,但小时候,确有几位对我影响很深的写字老师。

第一位就是我的父亲。想起父亲对我的教育就是从写字开始,从一笔一画开始的。是他给我讲点画,示范横竖撇捺。说字要写得端正,要站得住,要摆得平,字就像人一样,歪了,是要摔跟头的。我父亲在对子女的教育上是一个非常严格的人,打骂是经常性的事情,但在写字上,他一直对我非常宽容,且鼓励有加。虽然他教我写字,给我说许多写字的道理,但只要我一落笔下去,哪怕是开始的涂鸦,他总是说好。在农村,过年写门对子是一件大事。在我很小的时候,我父亲就让我给邻里乡亲们写门对子。小时候我个儿小,都要站在凳子上写,乡里识字的本来就少,看到一个小孩儿站在凳子上费力地写大字,没有人不夸赞的。我一直很奇怪父亲为什么对我写字这么鼓励,他自己鼓励还不够,还创造机会让别人来夸我。

父亲教我写字的故事很多,许多场景如在昨天。有一年放寒假,我回爷爷家过年,已经到了贴门对子的时候了,父母亲还没有回来。实在等不及了,爷爷便让我写好了贴上去,其中米柜上有一横条,写的是"社会主义好","主"的一点写偏了,偏到右边去了,我想重写,但已经没有红纸了,只能将就着贴上去,但心里一直惴惴不安。当天下午父亲带着母亲回到老家,几十公里的车骑下来,父亲已经是大汗淋漓,头上直冒热气。他把车支好,来不及喝口水,就这间屋跑到那间屋的,看我写的字,边看边说好。到了米柜旁,我担心的事发生了,母亲说那个"主"字的点写偏了,父亲连连摆手,说这你就不懂了,"主"字的三横太往右上斜了,多亏了这一点,才给压住了,这样整个字也就站住了。现在想来,他对儿子的写字实在是宽容得没了原则,但如果不是因为父亲当年的宽容,我对写字也就不会这么喜爱,甚至有那么一点儿自信了。

第二位是我中学时的仲贞子先生。仲先生家是我们镇上的大户人家,书香门第。仲先生毕业于上海美专,诗书画印皆精。我们很幸运,他竟然是我们中学的美术老师,教我们写字画画。记得有许多孩子买不起字帖,仲老师就在这些学生大字簿每一页的第一行用朱笔写上正楷,让他们照着写。仲先生虽然是大家,但一点架子都没有,经常写字画画送人,他是篆刻家,时常给人刻章，还会将证词刻了，铃好，裱成条幅送人。长大后我才知道书画是可以卖钱的，我就想，仲先生那是送了多少钱给人啊！到了过年，仲先生就帮人家写春联。我母亲在邮电所工作，邮电所说大不大，说小不小，办公加上住家，二十几间房总是有的，仲先生给邮电所写春联，从大门一直写到每户人家，红红的一片。

再一位书法老师是南货店的一个营业员，他姓什么叫什么我已经忘了。店里卖纸，什么颜色的都有。人们去买纸都是有事的，要么是过年过节，要么就是有红白事，都要在纸上写字。我经过南货店，几乎每次都会看见这个营业员在为别人写字。不知道这是不是过去开店的规矩，卖纸的就得帮人家写字，但这样做起码生意会好一点。上学、放学经过南货店，只要看到他在写字我就凑过去，他很和蔼，知道我喜欢写字，常常边写边讲，高兴了就说你也来一笔？

到了过年，这两位先生就要忙着给镇上的人家写春联。整个小镇，除了有几户家里有读书人的自己写以外，都是他们俩写的。大年初一，我必定把我们那个小镇东西南北走一遍，大街小巷、每户人家，就是为了去读他们的春联。现在想来，每年的正月，就是他们的书法双人展。

我的高考，我的大学

前几天，遇到旅美作家卢新华，他和我一样，都是恢复高考后的第一届大学生。入学的第一年，也就是1978年，卢新华就因创作短篇小说《伤痕》而名满天下，开启了中国新时期文学的第一波潮流"伤痕文学"。我们是第一次见面，不由得说起各自的经历，自然而然，高考是我们共同的记忆，我们都因为高考而开始了新的人生。他说起了他的插队，说起了他的参军，说起了他的青工经历，特别是听到恢复高考是如何的激动，如何到处寻找复习资料，如何挑灯夜战备考，又是如何盼望着录取的消息。他说一同参加高考的同厂的四个青年工人每天都聚在一起说高考，憧憬录取后的大学生活，担心落榜后的暗淡沮丧。他们把试卷的内容回忆了一遍又一遍，《苦战》的作文背了一次又一次。一天晚上，高考话题结束、长时间难堪的沉默后，一位青工忽发奇想地说道，我们打个卦吧，看谁能考上大学。他设计的"打卦"方式很简单，也很特别，就地取材，每个人烧一张白纸，看谁烧的纸灰飘得高,高的就能录取。卢新华说,真的好奇怪,其他三个同事的纸烧了也就烧了,不过在地上留下一撮灰而已,就是他的那张纸,点燃后扶摇直上,一直飘到宿舍的顶棚上。后来,四个人,就他接到了录取通知书,成了恢复高考后复旦大学中文系的第一届大学生。

这个细节卢新华至今不忘。他说不是这个没来由的、自说自话而又荒诞不经的所谓"打卦"有多灵验,而是说当年的考生们对上大学是多么的迫切、多么的期待。在说了这个故事后,他一个劲儿地问我:"你说对不对?那时你也是这样的吧?"我只得含含糊糊地应道,"是的,是的"。

其实,我不是,或者说,我的情形要复杂一些。因为我太小了,那时正处在叛逆期,还不"懂事"。也正因为如此,高考对我人生的意义更大、更特别。

我是1977年高中毕业,按惯例,因为是城镇户口,本应该到农村插队,但年纪小,还不到插队的规定年龄,虽然写了一封又一封决心书,要求提前插队到广阔天地去,其实内心的想法是,同学们都下放了,我却由于年龄小而不能到农村去,这让我很没有面子。但是,母亲死活不同意,在她看来,我不但年龄小,个子也小,她实在心疼这个看上去还是个小孩儿模样的小儿子到农村去会吃不消。她指着我对街道的干部说,你们看看,你们看看,就这么大个人,到生产队去能干什么?还不是给贫下中农添麻烦?

我是不给贫下中农添麻烦了,但她的麻烦却大了。

一个不上学的又没了同学玩伴的男生能做什么?每天睡懒

觉睡到日上三竿，爬起来就到处闲逛，这个店门口站站，那个摊位旁蹲蹲。小镇十字路口周铜匠那儿我待的时间最长。有时他出摊前我就在那儿守着了，中午饭也不回去吃，专心致志地看他做活儿计：修锁、配钥匙、做脚炉、脸盆、旱烟嘴儿……他看我实在无聊，就让我帮他拉风箱。看着小坩埚里的废铜烂铁在熊熊的火焰中熔化流淌，然后浇铸成型，在他手里变成一个个精致的小物件，我真的想跟周师傅学习这门手艺，人生做一个铜匠也不错啊……

就在父母为我越来越像个二流子而操心不已的时候，恢复高考的消息传来了，这在当时，不啻是石破天惊的大事，整个社会都因此而行动起来，生活一下子改变了。当父母兴高采烈地把这个消息告诉我，并要我赶紧准备复习考试时，我却一点兴致也提不起来，因为我压根儿就不相信一个普通人家的孩子可以通过考试上大学。我太小了，与那些老三届的毕业生不一样，他们是知道大学的，他们当年在校时就已经复习迎考过了，他们不少的学兄学姐在他们前面已经上了大学。而这样的常识我不知道。我知道的大学是电影《决裂》中的大学，我知道的大学教授在电影中摇头晃脑地讲"马尾巴的功能"。而大学生的典型是张铁生，他在招生考试时交的是白卷……学校曾经请大学生给我们做过报告，这个大学生就是我们本校的毕业生，上大学前是优秀的下放知青，他虚心接受贫下中农再教育的先进事迹曾经让我们感动不已……我固执于这样的认知，老气横秋地嘲笑父母亲的"天真"，怎么就幼稚地相信凭考试成绩就能上大学这样的事情？这种走过场的考试有什么用？

我一如既往地东游西荡，虽然学校的复习班已经开班了，虽然同学们都紧张地复习起来了，他们一个个向知青点请了假，每天又背起了书包，仿佛回到了学生时代。看着父母着急上火的样子，我迫不得已随大流地加入复习的大军，每天上学、放学，小和尚念经地拿起了书本。我哪里是去复习？不过是想着又可以与小伙伴们一起玩了。但我吃惊地发现，原来从小一起长大的老同学都好像不认识了，他们变黑了，尤其是神情，都像大人似的。他们完全不像过去在校上学的样子，一个个如饥似渴，仿佛要把书本一本本生吞活吃了。我问一个曾经和我一起玩弹弓打鸟的同学，你们怎么这样？你们真的想上大学？想上大学也不是这个样子，应该好好到生产队表现，等着推荐啊！后来一天下午上完了复习课，这个同学把我拉到学校的小河边，和我有一番对话，我至今忘不了。他说，你是没下放，不知道在农村的辛苦。我说，我虽然没下放，但农村我又不是不知道，我们这小镇的边上就是农村，爷爷奶奶现在还在农村，我每年的寒暑假都到他们那儿去。老同学说，你那是知道农村，但你去你爷爷那儿过假期是去玩儿！你没吃过农村的苦。没吃过苦的人是不会真正从心里生出改变命运的想法的。理想是什么？理想不是你背的书本上的话，是你想摆脱现在的生活生出的实实在在的希望，是那种强烈的愿望、那股劲儿。我知道你不相信，我们也怀疑过。但一个想改变生活的人宁愿选择相信，宁愿相信它是真的。老同学的话让我无言以对，我惊讶于生活的力量，惊讶于时间的力量。不过半年的工夫，就让一个原先与我一样顽劣的小伙伴长大成人了。

也是因为小伙伴的这番话，我不在镇上的中学复习了，我去了当时哥哥下放的苏北农村。如果说老同学的话让我感受到了理想对一个人引领的力量的话，那么哥哥知青点上的知青们则让我多多少少地知道国家社会的变化与个体命运的息息相关，知道在那个时代，有那么多的人关心着国家的明天。这些知青下放已经好多年了，看上去早已没了城里学生的模样，看上去是地地道道的青年农民了。他们日出而作，日落而歇，但即使再累，每晚都会在灯下复习功课。熄灯后照例有一阵闲聊。他们说着国家大事，讨论报纸上的头条文章，从小道消息中分析捕捉未来可能发生的变化。他们是一群年轻的思想者。宿舍里虽然是黑黑的，但我听得出他们激动的语气，他们引经据典、纵横捭阖。在他们的话语中，一个崭新的、朝气蓬勃的国家正在向我们走来。哥哥对我说，高考不只是个人的事，它是国家大事。高考可能不会改变一个人的命运，但它一定会改变国家的命运。你为什么不相信呢？哥哥说，有哪个朝代不通过考试选拔人才？不选拔人才国家怎么建设，怎么发展？你知道的那些古代的名人有几个不是考出来的？怀才不遇的毕竟是少数。怀才不遇的人越少，这个社会就越好。好社会就是为每个人提供机会。哥哥说这话不是我说的，是马克思说的。马克思说，理想的社会就应该让人得到全面发展。

我就这样上了大学，七七级。那是怎样的一批大学生啊。我是应届生，是班上年纪最小的，和我同座的是一位女生，比我大十几岁，已经当妈妈了。记得有一天，我和她一起去食堂吃饭，迎面过来一位认识她的老师，停下来满脸狐疑地看看她，又看看我，对我的同座说，你上学怎么把孩子也带来了？对我而言，上大学，不仅是跟老师听课，也是向我的这些大龄同学学习，他们是我的大哥哥大姐姐，他们中大多数人已经在社会上摸爬滚打了许多年，有着丰富的知识积累与人生阅历。说实话，我人生启蒙的许多方面都是从遇见他们开始的。

因为高考，因为大学，我明白人是可以突然长大的，知道了人可以因为某个机缘、某个事件而成熟起来。我的高考，我的大学，我已经讲了无数遍：对我的学生讲，对我的孩子讲，对那些因为孩子的成长而焦虑的年轻父母们讲。我告诉他们，真正让我们成长的是环境，是生活，是生活中的那些事件与变化，它们能给我们成长的力量，就看我们有没有抓住，就看它们与你成长的机缘。

棋　谱

在去年的春兰杯世界职业围棋锦标赛上，中国 90 后棋手陈耀烨战胜了韩国围棋第一人李世石夺得冠军，比分是二比一。当记者采访李世石，问他第二局的获胜感受时，李世石不愿多说，再三表示这是一盘内容不好的棋，因为对手一个意外的失误才侥幸取胜，自己很惭愧。

这种现象在围棋比赛中非常普遍。结果固然重要，但更重要的在于过程，在于取得胜利的手段与方法。在图像和记录手段不发达的年代，围棋与许多体育竞赛不一样的地方是它能够留下比赛的过程，那就是棋谱。至今我们还能够看到几千年之前棋手们对局的棋谱。所以，胜利当然可喜，但如何胜利的，是不是下出了漂亮的棋，是不是下出了新变化，甚至是不是在比赛中灵感乍现，下出了赛后被棋手们模仿的招式、成了定式，才更令人钦佩。总之，要下出有内容的棋，有内涵的棋，经得起看的棋才是棋手们所追求的。

好的棋应该是完美的。但这种理想却不是所有的棋手在所有的比赛中都能达到的。我们经常听说棋手下出了错招，下出了昏招，出了"勺子"，这样的棋当然不漂亮，也没有多大的意思。也有的棋说不上错，但是太平淡了，没有在当时的进程中下出最好的变化，这样的棋价值也不大。还有一种情况，对棋手的考验很大，就是面对棋局，你敢不敢下出"难看"的棋。围棋讲究棋型，子与子之间要配合得当，要把子的效力发挥到最大，疏朗，俊健，气息贯通，如行云流水。所以，围棋一直有美不美的说法。大竹英雄就被誉为围棋界的美学家，是一位唯美主义的棋手。这样的棋手是不愿意下出"难看"的棋的，比如那些叠床架屋的"愚型"。有的地方，你补还是不补，连还是不连，拐还是不拐，都是艰难的选择，补了，你可能就得利了，但就那一补，你的棋型立马不忍卒看。像大竹这样的棋手，宁可棋死了也不愿意棋难看的，这样的棋手对自己的要求就是要每一手棋都下得堂堂正正。听说前几年胜率高的韩国棋手是不惧怕棋难看的，在他们看来，赢棋才是硬道理。棋路也随世风，在利益至上的今天，确实少有棋手能免俗，李世石能这样称得上有境界了。

古语说棋如人生，究竟"如"在哪儿，我以为最根本的就在这追求目的的过程与方法中。一个人的人生履历，一个人的成长过程，一个人的奋斗经历就是一局或几局棋，每个人都会留下他的人生棋谱。从这个意义上说，人生的奋斗不仅仅是为了财富和名声，最好能够留下完美的人生棋谱。成功谁不想，天下攘攘，皆为利往，但追名逐利是不是合规矩、合道德，是不是做得光明磊落，对每个人来说就是考验了，莫以善小而不为，莫以恶小而为之，有多少人做得呢？古今中外，成功的人很多，但又有多少成功人士的成功过程是经得起回放的？为了所谓的成功，常常不择手段，下出千奇百怪的人生愚型，他们的人生之棋看上去是赢了，但这样的人生，虽成犹败。这样说来，上得了台面的人生棋谱起码是避免了昏招和错招的，但还要尽量不要下出那些令人不齿的愚型，然后才谈得上智慧、境界。韩信甘受胯下之辱就是愚型，刘邦对项羽说你若把我父亲烹了别忘了分我一杯羹也是他人生的愚型，《三国演义》中的英雄多了去了，但人生棋谱好的没几个。

棋手的必修课之一是打谱，也就是照着别人留下的棋谱摆棋，一边摆，一边研究讨论，探讨得失，吸取经验教训以提高棋力。我们会为棋手下出了精彩的招数而喝彩，会为那些昏招、错招和愚型而遗憾，也会为他们没能下出最佳的变化和应对而叹惜。同样，为了成长，我们也常常去打人生之谱，从别人的成长经历中吸取智慧、避免失误。灯下读史，特别是那些传记，那是多么丰富的人生棋谱，又能够给我们多少感悟和启迪啊。

当然，打谱重要，但更重要的是慎重自己的每一着棋，为了那完美的人生棋谱。

江北，城北

我不知道是不是传统城市的文化与功能布局的惯例，好像不少城市的北面都与工业相关，因此，在过去，它都是产业工人的集聚区。这里工厂林立，住房密集，道路拥挤，居民复杂，流动人口尤其多，充斥着煤烟与柴油味……我以前工作和熟悉的大小城市大都是这样。以至于"城北""城北地带"成了一个出入于文学内外的固定词语。城北，一方面是一个城市工业的心脏，另一方面又总与混乱、不安定、污染与灰色生活连在一起。

我对南京的认识也是从它的城北开始的。在我上大学的时候，南京城北是我的必经之路，那时从苏中到南京几乎要走上一天。长途汽车一过仪征、六合，即使再疲惫，也会睡意全无。高低不平的石子路时不时把人们颠离座位，有时，一不小心，脑袋都会撞到车棚上去。乘客们纷纷关上车窗，否则，尘土和着化工厂的气味就会涌进车厢里。这就是南京的城北，很典型的城北：颠簸的公路，高矗的烟囱，嘈杂的机器声，到处是灰蒙蒙的。而且，南京的城北与其他城市的城北还不一样，因为它的城北又是江北。一江之隔，似乎成了两个世界。

所以，说到城市改造，说到城市的变化，我经常建议到它们的"城北"去看一看。城北如果变了，其他地方就不会差到哪里去。

比如南京，比如南京的城北、南京的江北。看南京，现在真的应该去看一看她的城北，特别是她的江北新区。

南京江北新区是 2015 年由国务院批复设立的第 13 个国家级新区，也是江苏省唯一的国家级新区，包括浦口区、六合区和栖霞区的八卦洲街道。设立至今不过八年，但已成规模。到南京生物医药谷、北京大学分子医学南京转化研究院、智能制造产业园、中车南京浦镇车辆有限公司、南京钢铁联合有限公司等明星企业与著名科研院所去看一看，哪怕走马观花、不知内里详情，都会让人振奋不已！

也许是以前对江北的"城北"式印象太深，我特别留意它的生态，特别在意它的环境。与我当年往来南京时的交通状况比起来，现在可以说是天翻地覆。南京的南北早已一体化，已建的、在建的、将建的公路及轨道交通确实让天堑成了通途。过去坑坑洼洼、尘土飞扬的砂石路已被高速公路和江北快速立交所代替。沿着宽阔的纵横交错的市政道路一路前行，两边是郁郁葱葱的行道树，远处是高低绵延的老山国家森林公园。南钢以及新材料生产这类大型企业也已今非昔比。别说环保那些我们一时半刻弄不清的高科技，就是从外观上看，园林化的程度就已经达到相当高了。草坪、绿植、小桥流水，春夏之交，到处花木扶疏。

行走在扬子江生态公园，江风猎猎，浩瀚的长江在夕阳下金光闪烁。远处，隔江相望的是紫峰大厦、阅江楼、秦淮河入江口；近处，是大大小小的休闲娱乐广场，这些都是由原来江边的老工业码头改造而成，它们与滨江步行道连成一体，东西逶迤，与浦口老车站和中山码头构成了长江岸线的新景观。不仅有这样功能多样的大型公园，其实整个江北新区都是在新的、人性化的现代设计理念下规划建设的。河流纵横交错，湖泊星罗棋布。整个新区，绿地、休闲广场和市民公园随处可见。一些大型建筑的周围，会忽然闪现出小巧、玲珑的休闲场地，它们散落在城区的小区和道路之间，包括那些商业中心、金融地段。所以，远处望去，江北新区是一座正在崛起的现代化城市，但当你走进它的腹地，并没有人们想象中的那般整齐划一和水泥森林的压迫。

一般人可能不会想到，一个城市公共空间的多少以及建设水平的高低事关这座城市的公平。如果秉持公平的原则，城市就应该留出尽可能多的公共空间给全体市民，并且尽可能地提高这些空间的硬件与软件服务水平。这样说吧，一个穷人可能买不起高档的住宅，但他却可以与富人一起在公园散步，与富人一起享受这个城市给他的服务。所以，千万不能小看那些免费的公园、步道、运动设施，更不能忽视城市中的一块块绿地，它为市民创造了和谐共存的地方。这次在江北新区，陪同参观的朋友给我介绍了新区的建设理念。他给出了许多专业数据，指着规划的大沙盘，指点着新区的功能与建筑布局，给我读解它们之所以如此安排的道理。他说，通俗地讲，新区是经济的新区、科技的新区，更是文化的新区、生活的新区，我们要让每个在新区工作与生活的人都觉得舒服，有家园感。我觉得他这个家园感说得特别好，这大概是新城市建设的人文价值最具情感性的概括吧。

写到这儿，我忽发奇想，如果让苏童以江北新区为原型，让他再写一部长篇小说《城北地带》，他该如何写呢？

九龙口遐想

对农村长大的人来说,草木真是再寻常不过的事物了,房前屋后,田头地垄,河岸水边,到处是青青的草和低低矮矮的树。人与草木的情感实在一言难尽。记得儿时祖母带我们出门挑猪草,她一边挑一边教我们记住那些野草的名,告诉我们哪些草猪爱吃,哪些草猪不能吃。祖母叹着气说,猪能吃的人也能吃呀!逢到荒年,别说是庄稼,连草都是救人命的宝贝。现在想起来连我都不敢相信,我在童年时真的吃过草。那不是现在时髦的养生绿色,而是真的以草为食。祖母变着花样将树叶、野菜、杂草和糁、糠拌起来,或煮或蒸,或炒或拌。我们老家穷,三年困难时期,好几年都没缓过来,是这些草救了我们的命。

长大一点,随父亲到他下放的乡村小学。说是学校,夸张地讲,就是荒野中的几间草屋。几百年前,那里还是一片汪洋大海;陆地向前推进后,就成了一望无际的滩涂草地。水还是咸咸的,茅草生长得尤其旺盛,到了秋天,如飞雪一般,白茫茫直达天边。父亲有事没事就领着我在路边转悠，不停地问我这草那草叫什么名儿。父亲说一方水土养一方人。我当时想，水养人还有道理，土养人就说不通了，哪有人吃土的？父亲说，一方水土养一方人是说一个地方有一个地方的气候与地理特点，气候与地理不同，物产就不同，我们处在中国的中部，许多北方的粮食我们这儿就长不起来，许多南方的树移到我们这儿也活不成。每个地方的人就是靠他们当地的物产活下来的，物产不同，靠这些物产活下来的人也就不一样了。父亲指着路边的野草说，别小看这些小草，它和你一样都是有名有姓的，我们的生活看上去和它们没有关系，甚至它们长在庄稼地里我们还要锄了它，其实，在植物的大家族里，它们是互相依存的，是生物链上不可或缺的。他指着远处的草荒田说，这些茅草的生命力多么顽强，只有这些茅草和一些适合盐碱地生存的植物方能在这儿生长，也因为它们的功劳，不久后，这片土地就会退碱成为良田了。

因为祖父母和父亲的影响，我从小就喜欢乡土植物，觉得它们就是我的亲人。

这次到建湖的九龙口湿地公园，我又一次想到了我少年时代与野草为伴的乡村生活，特别是父亲当年的下放地海安东乡。小时候没有地理概念，现在知道它与九龙口可以说在同一条经度上，同是退海成陆地区，只不过九龙口的形成要更复杂而具有戏剧性。九龙口包括现在的建湖、射阳地区，原来都是黄海成海的一部分，由古淮河与古长江的泥沙堆积而成。独特的沙堤封闭了海岸线，形成了古潟湖射阳湖。早先这里也是咸水湖、盐碱地，黄河夺淮入海改变了这里的地貌，不但使得土地由咸变淡，而且也使得原来的湖泊河流改变了流向与姿态，现在的九龙口虽还与射阳湖相连，但看上去已是另一种水乡形态了。

凡去过九龙口的人无不为它独特的景观惊叹。九龙之九可不是虚名，七进两去，九条河交集于此。从高处俯瞰，如蛛网一般，大小河流向四面八方呈放射状逶迤远去。更为奇特的是，九河汇聚之处竟然有一小岛，真是应了九龙戏珠的说法。九河奔集，水流激荡，但这岛虽然小，却坚如磐石，又似不沉之舟。建湖地处里下河的锅底，史上常受洪水之灾，大水常常摧林拔树，淹没房屋村舍，但弹丸小岛却任你洪水滔天，始终依然故我。

作为一处神奇的自然景观，自然会衍生出许多的传说。仅仅九条河就会催生出多少想象、多少传奇、多少大戏。但我走进九龙口，却一下子被那绿绿的无际无涯的芦苇给镇住了。

我从没见过这么大的如平原上的庄稼一样的广袤无垠的芦苇荡。

在我的家乡，芦苇也是水边常见的植物。也许不是植物学上严格的分类，老家被称为芦苇的有好几种，小到像茅草一般高的，叫"草芦"；大到几米高且粗实的，称为"钢芦"。不同的芦苇有不同的用途，草芦可给猪羊鹅鸭吃，钢芦可以如同现在的钢筋一样做泥墙的骨芯，农家屋里的隔墙是用芦苇编织的。祖辈们的话不错，离了这些身边的草，还真不知该如何生活。

对我们小孩子来说，芦苇带给我们的乐趣太多了。芦苇的茎秆挖了洞可以和竹子一样做成笛子，而苇叶卷起来可以做成哨子；夏天下河戏水，雪白的芦苇根是我们的美食，清凉而甘甜；垂钓时，先踩平几丛芦苇，再将两边的梢尖打上结，就是一个遮阳篷；等到看了电影《渡江侦察记》，没有哪个少年不学着片中的侦察兵衔着芦管潜水的。当然，最绵长的记忆应该是包粽子吧？每到端午节前，祖母便和我们去河边打芦苇叶，我们称为"箬子"。青青的芦苇叶裹着糯米，煮熟后有特别的粽香，那是儿时难得的美食。用不完的苇叶会扎起来挂在屋檐下，风吹过来，唽唽嗦嗦，一直响到来年的端午节……

到了九龙口，我才知道芦苇这一寻常植物的历史和谱系。它的最惊人处其实在于我们所不见的在水下默默的工作。如果没有芦苇，就没有了湿地，就没有了洁净的水，就不会有我们现在才意识到的绿色生态。一片芦苇，就意味着一处活性的生命的源泉。行走在九龙口湿地公园，你真的会感受到生命的自在和繁盛，鸢飞鱼跃，一派生机。那里有许多野生濒危动植物，什么丹顶鹤、东方白鹳、灰鹳、斑嘴鸭、黑嘴鸥等倒也似曾相识地听到过，而有"鸟中大熊猫"之称的"震旦鸦雀"却是第一次听说：那是多么可爱美丽的小鸟，全身黄、黑、白三色，喙、头、眼、颈，直到羽尾，细节的构成精巧而完美。它只生活在芦苇中，生活在中国的芦苇中，目前它只生活在九龙口的芦苇荡里。

九龙口的芦苇荡令人震惊而难忘，对于久居城市的人来说真的如同仙境。可能大家没有想过，如果这些芦苇出现在我们的城市会是怎样的景观，又会有怎样的意义。其实，城市是可以有更多的水的，城市也是可以有芦苇的。这不是我不着边际的胡思乱想，我真的在城市见过芦苇，在苏北泗阳，在泗阳城繁华的中心。

到过泗阳的人大概都会被她大大小小的公园绿地所吸引。

运河风光带无疑是大手笔，走廊，栈桥，防护林，护坡草地，亲水小道，以及看似随意其实是精心安排、错落有致的近水的黄河石，宛若图画，确实无愧于"运河最美岸线"的称号。徜徉在运河边，北边是彩虹一样的泗阳大桥和迤逦而来的船队，南边是一道道高大的船闸，对面是横卧在水中的两个半岛，其中一个上面有新落成的妈祖文化园，三面而立的天妃圣像矗立其间，她手执莲花，慈眉善目，注视着这块古老而新鲜的土地。

与运河风光带这样大型休闲设施不同，泗阳城里的绿地、休闲广场和市民公园显得小巧玲珑，它们散落在城区的小区和道路之间，包括那些商业中心、黄金地段。所以，远处望去，泗阳是一座正在崛起的现代化城市，但走近再看，并没有人们想象中的那般整齐划一和水泥森林的压迫。一座规模并不大的城市需要这么多的公共绿地吗？泗阳的朋友曾经指着城中心的街心公园对我说，建不建这座公园也不是没有分歧，城中的每一块地可以说都是寸土寸金，但市政府宁可放弃高额回报的商业开发，也要给老百姓休闲娱乐的地方。这是多么朴素而先进的城市规划理念。

还是城市建设，我从泗阳悟出另一番道理，它与水有关，与芦苇有关。

不管是行走在意杨大道，还是漫步在桃源岛，或者到奥林匹克生态公园走走，你都会被那里的水所吸引，它们不像运河那么绵延、浩渺，那一个个水面，不大，更不是整齐划一，如同一面面不规则的镜子，镶嵌在城市不同的地方，给这个北方城市带来了活泼与灵气。而环绕着这些小小水面的就是高低葳蕤的植物。如果对那些五颜六色的植物稍作留心，你会发现它们是多种多样的，如同这个城市的绿化一样，它是丰富的，特别是大量的乡土植物让人感到新奇却又无比的亲切。

现在有多少城市还自觉地保留着比她们的历史要长久得多的乡土植物呢？相反，更多的是长着相同的树，开着相同的花。这种单一的城市绿化不仅是生态的灾难，也是文化的灾难。有多少人认真思考过这样的问题，历史、往日的记忆或故事是由谁来保存与传递的？我们会想到文字、典籍、建筑之类，其实，还应该加上乡土植物！当环境被越来越少的那几种外来的景观植物所覆盖时，我们的记忆、儿时的故事，特别是脚下土地的本来面目也被同化、格式化或遮蔽了。泗阳人是尊重他们的历史的，他们对自己的土地心怀敬畏，他们要让人们记住，是哪些植物养活了他们的祖先，是哪些植物组成了这块土地历史上的春夏秋冬。泗阳的城市公园可以说就是他们活的乡土植物志。看看泗阳的奥林匹克生态公园吧，那在水中摇曳的是一丛丛芦苇啊！不仅仅有芦苇，还有菱角、荷花、鸡头米、荸荠、慈姑、菖蒲；往上，是荠菜、蒲公英、兔丝、蒿草、野草莓、巴地草、车前子；再往高处，是榆树、桑树、银杏、柳树、苦楝……

这是新的景观理念。乡土植物是千百万年来长期适应本地的气候条件、土壤条件、地形条件而产生并繁衍的，它是地区生态的主体，从水生、半水生到旱生，从苔藓、草本植被、灌木再到乔木，不同地方都拥有具有本地特点的乡土植物种群。保持这样的植物群落其意义首先是生物学与生态学上的，比如多样性，比如与虫鸟等动物的共生，但同时也是人文意义上的。常绿植物、多年生草本以及一年生草本在某一地区共存的多样的分布，它们不同的生物习性与色彩、外形，在长期的审美过程中被符号化、人格化了，承载着自然的秘密，传递着时间的节律，也成为人们抒发各种情思的对象。不同地区的人们长年累月地与生长在他们身边的植物对话，并以其作为乡情乡思的代言。如果稍微留心一下，就会发现北方文人与南方文人笔下的植物有着明显的区别，特别是当他们漂泊在外、乡愁涌上心头的时候。

这个问题还可以继续思考。比如，现在的孩子们怎么认识故乡，如果要他们用植物去描写故乡时，他们怎么办？用千篇一律的景观植物？用莫名其妙评选出的市树、市花？在唯美、形象工程以及名目繁多的城市荣誉评比逼迫下形成城市绿化景观设计与制作，正在制造生物学上以及生物学以外的许多恶果。乡土传统的断裂，对野生生命的鄙视，对人工与舶来品的迷信等等，不一而足。记得著名景观设计师俞孔坚说过一段话："乡土野草是值得尊重和爱惜的，它们之于人类和非人类的价值绝不亚于红皮书上的一类或二类保护植物。在每天都有物种从地球上消失的今天，在人类日益远离自然、日益园艺化的今天，乡土物种的意义甚至比来自异域或园艺场的奇花异木重要得多。"说的正是这个意思。

扯得是不是有点远了？要理解一个人对童年生活环境的思念。幸运的是，我现在家住在南京的玄武湖边，我可以每天在湖边散步。这儿有大片的水面，一年四季都有绿色的植物。在湖的西北角有几个小岛，其实说不上是岛，只能说是几块水中陆地，那上面没有进行人工绿化，任由杂树杂草野蛮生长，而水边的芦苇更是恣意任性。我经常与它们隔水相望，常常一站半天，忘记了自己身在何处，眼前不由幻化出童年的小河、海边的草荒田、那些大片大片的芦苇，直到水鸟扑棱棱飞起将我惊醒……

老街，老街

说起兴化，人们会想到郑板桥，想到垛田，想到水上森林，想到四月那直铺到天边的金黄的油菜花。

我今天只想说兴化的街市。兴化去得实在太多了，一旦一个地方去多了，你就不会满足那些景点，你就会想更深入地了解它的生活，它的那些内里的东西，而要知道这些，街市可能是最好的去处。因为街市即为生活而生。人们一旦集中居住就会自然形成街，会有街道，会有街市，只不过规模大小不同罢了。大概没有哪个人没有在街中生活过吧？不但生活过，而且只要回想起自己的过往生活，那些街景，连同那些日子都会浮现出来，细想一下，街就是我们生命的内容，是我们今生今世的证据。

其实不仅是如我这样的兴化的熟客，即使对那些初访的旅人来说，到了兴化。大概也都会想到街上转转吧。因为街景最能反映一个地方的特色，一个地方的生活、风俗、特产、历史、建筑，甚至这个地方人的精神面貌都会在街面上显露无遗，藏也藏不住的。

第一次看兴化的街景不是在兴化城，而是沙沟镇。沙沟是兴化的古镇，和其他古镇比起来，老街算是保留得多的了，关键是几处老建筑，至今看起来还相当完整。记忆中好像有民国时的杂货店，一处大户人家的深宅大院，还有当地名医当年的诊所。当然，印象最深的是一座厕所，据说这是一座在全国几乎少见的只当作旅游景点而不许使用的公厕了。第一次见到这座厕所的莫不叹为观止。沙沟人称它是"洋厕所"，确实，在老街上，它与周围的建筑比起来简直算得上特立独行，有着浓重的西洋风格，关键是里面的格局和设施，它是坐厕的格式，座位旁边是搁几，上面放着水烟台、香炉、洗手盆。整个装修设施豪华而又实用，可以想象当年沙沟人早晨如厕的情景，那哪里是上厕所，分明是在享受、在休闲、在聊天、在社交。真是惬意如神仙！

这真称得上是一个古迹。

老街是要有古迹的，没有古迹的老街不能称为老街，起码这"老"字要打折扣。兴化老街上的古迹不少，因为喜欢书法，所以我对兴化老街上的四牌楼很感兴趣，每次到兴化都要去那里看看。四牌楼本身算不上古迹，但里面收集的宝贝多，许多是古代名人手书的匾额。兴化自古人文荟萃，风流名士、书画高手甚多，因此留下了不少墨宝，刻木勒石，芳华流传于今。盘桓于四牌楼，就如同徜徉在中国古代书法的长河里，真草隶篆，笔走龙蛇，或豪放，或秀丽，或庄严，或率性，让人流连忘返。

老街是要有传说的，是要有故事的。老街不仅是给旅人行走、观光的，还是给人谈论的，说到底，老街不但要能活在风景中，更要活在话语里。其实，不仅是老街，任何一处景点，都应该是经得起谈论吧？我曾经说过，一个地方的美丽与魅力在哪里？是那儿的山水？是那儿的物产？还是那儿的吃食？仔细想一想，好像是，又好像都不是。泰山美，但比泰山美或者与泰山一样美的山岳又何其多。到杭州，总要游一下西湖，但比西湖漂亮的地方也多得是。是西湖的水大、水清？还是西湖的草绿花香？恐怕都不是，而是那里的传说，那里的历史。如果没有孔子登泰山，泰山会这么有名？如果没有白蛇传，西湖会这么迷人？我们可以据此回忆一下自己旅游的经历，也可以梳理一下中外的旅游胜地、名山大川，是不是这么回事。想想那些口吐莲花的导游，他们都在说什么，不都在说故事、说传奇吗？好容易介绍到一座山，一汪水，他还是要你去想它像什么？仙女，还是莽汉？也许大家不曾细细琢磨过，即使到了那荒无人烟处，我们去看的，去体验的也还是故事和传说。地方因故事而精彩，风景因传说而美好。从这个角度说，兴化太幸运了，兴化的老街更幸运，单是东城外的郑板桥故居就有说不完的故事。只要到那儿去一下，谁不是带着满腹的板桥传奇离开的呢？

老街不能没有一点威严。因为老街大都是一个地方的政治文化中心，所以老街是要有府第的，是要有侯门的，最好还要有衙门，那才叫威武，那才叫庄严。江苏古镇留下的衙门不多，给我留下印象的有淮安的漕运府，再一处就是兴化的县衙门兴化县署。据说这座府衙始建于宋朝，那距今已有千年的历史了，当年范仲淹就在这里做了三年的官。

不过，街市毕竟是用来生活的，所以一定要有烟火气。开门七件事，这门就是对着街面打开的，这门一开，一天的生活、一生的生活就全有了。兴化老街给人的就是这种生活的味道,就是这种俗世的欢乐,就是这种平头百姓的日常生计,也是乡土中国日子的百科全书。老街之老在于它以商业的方式、手工的方式保全了旧式的生活方式,补充着现代化商场无法提供的商品和工具。真的,在现代化的大商场,你不知道去哪里买个纽扣,你也找不到生铁的炒锅,家里遇到红白喜事,你连一支蜡烛、一刀黄纸都寻不着……这些,兴化老街上都有。记得有一次,我在兴化老街上的铜匠铺里站了老半天,仿佛回到了儿时,那铜匠的手实在太巧了,那么多花样的器物,琳琅满目,水烟台、手炉、脚炉、汤壶、铜锁、铜盆、铜匙、烛台……第一次去兴化老街,我就买回了一杆秤,你只要看一看那做秤的师傅就会心生感动,街市嘈杂,他仿佛置身其外,只是埋头做他的活计,用一把削铁如泥的工具刀,就着秤杆上的记号,切割镶嵌着钉星花,就冲那精细,你能不买一杆?

逛老街,我们既是去寻找、回忆、享受和体验这"老",因为这"老"是传统,是文明,是历史,是薪火相传,是我们生活淳厚的"包浆"。但我们又何尝不是于老中求新?这新是老的活力,是历久弥新的生生不息。只要这街还被称为街,那它就还应该活在现实中,活在生活里,是人们必需的去处,否则,它与博物馆有什么区别?所以,我喜欢兴化老街上那些林林总总的店铺,喜欢出入这些店铺中的人们,喜欢人们拎着、挎着甚至背着的那些兴化的特产,喜欢兴化的百姓在老街上的那副悠闲和得意。我更仔细地在这老街中寻找新鲜和年轻,我看到了酒吧、咖啡屋,看到了美甲、文身,看到了许多年轻的面孔,他们微笑而自信地在老街上打理着自己那些时尚精致的小店铺。我在一家年轻人开的小卖部门上看到这样的广告：

很多人在本店

消费后影响很大

恋爱成功了

事业有成了

合同签成了

奖金翻倍了

职位升高了

好运爆棚了

心想事成了

另一家小伙子开的咖啡屋的告示就更有趣了：

正常开门：9：00

睡过头了：10：00

旅游去了：不开门

泡妞去了：不开门

正常打烊：00：00

姑娘太多：01：00

有美女：不打烊

全是爷们：提前打烊

这就是老街的活力，如同老树上盛开的花朵，多好啊！

灵山思

这已经是我第三次到灵山了。早上,我被啾啾的鸟鸣唤醒,便走出灵山精舍,沿着山间的便道散步。初秋的江南丘陵,还是一派郁郁葱葱,昨晚显然下过一场雨,地下湿湿的,树上还挂着水珠。远处望去,祥符寺掩映在绿树丛中,几个勤快的僧人,已经在打扫山门了。此时此景,让我想起了周作人的名篇《山中杂信》,但却一时记不起来他说的那山是什么山,寺是哪座寺了,只记得他说山里连着阴雨,而寄宿的寺庙里的小和尚是多么的调皮。

第一次来灵山是哪一年呢?那纯属偶然的一次路过。事先我从未听说过,车到马山,有同行的人说何不到灵山看看,那里的大佛已经开光了。于是,车头一拐,向那峰峦攒聚处驶去。正说话间,便被招呼下车。我现在还清晰地记得初次瞻仰大佛时心灵的震撼。时值黄昏,满天夕照,层林尽染,高大的佛像矗立在我们的面前,双眉半弯,慈目微睁。四周寂静无声,但我仿佛听到了来自天国的钟磬，心中一片澄明。

第二次来灵山已经是前几年的事了。我到无锡参加一个文学研讨会，会议期间，热心的主办方邀请与会人员游览灵山风景区。那时，灵山的二期与三期工程结束不久，九龙灌浴、灵山梵宫都已经落成。毋庸多说，没有谁不为之惊叹。最令人倾倒的大概是"九龙灌浴·花开吉祥"的创意，真的称得上是气势磅礴、蔚为奇观。至少对我来说，除了佛教艺术的声像作品之外，还没有见过如此将现代高科技用到佛教传说与知识的再现和传播上的。它生动地重现了佛经中佛祖诞生之时的诸种场景。随着《佛之诞》音乐的奏响，顶端的六瓣莲花缓缓绽开，栩栩如生的金身太子佛像从莲花中慢慢升起，并且缓缓绕转一周。同时，周围蹲踞着的九条龙也一齐喷出水柱，齐集于佛身。四方鼓乐齐鸣，千祥百瑞，流光溢彩，神奇而又庄严。这里面的每一个环节对都是佛祖诞生时"剧情"的演绎，也都包含着丰富而确定的佛教语义。

而梵宫，则是另一种风格的佛教文化景观，它可以说得上是建筑艺术上的集大成者。它是现代的，又是古典的；是东方的，又是西方的；是民族的，又是世界的；是宗教的，又是世俗的。梵宫作为一座精美的艺术品，不仅在于它是多种风格的完美结合，一种海纳百川、博采众长的美学气度，而且在于它用材的考究和制作的精良。由于梵宫在功能上的要求，它不是那种大而化之的建筑。它的每一根廊柱，每一块墙砖，每一片天花，每一道回廊，都是一个叙事单元，又都是一个象征体，都在讲述和喻示佛教的文化和艺术，都是让人们融入佛教氛围的富于引导与暗示的空间。难怪建成不久，灵山便被海内外誉为"21世纪世界佛教文化新圣地"，并被定为世界佛教论坛和灵山世界公益论坛的永久会址。

　　这次到灵山，我再次感受到的变化。往前走，就到了昨天参观过的坛城。我没有去过西藏，但一见坛城，还是一眼就看出它与西藏的喇嘛寺非常相像，显然是典型的藏传佛教风格的建筑。它与彼此相望的灵山梵宫、曼飞龙塔一起，分别代表了藏传、汉传和南传三大佛教文化。这三座建筑，无疑是三大佛教在灵山圆融汇聚的象征。由于在藏传佛教知识上的严重匮乏，所以参观坛城时我特别留心导游的讲解。原来，坛城，梵文音译为"曼陀罗"或"曼达""满达"。据佛经记载，印度密教修法时，为防止外道"魔众"侵入，在修法处划定界线或修建土坛，并在上面设置诸佛像，表示诸佛聚集或轮圆具足。修法时设置的坛和划定的界线就被称为坛城或曼陀罗。坛城是立体或平面的方、圆几何形并塑或绘以神像法器，表现诸神的坛场和宫殿，是藏传佛教宇宙观的集中体现。而所谓"五印"则代表五方五佛。据说灵山的五印坛城借鉴了"婆罗浮屠"的建筑理念，并且有所创新，围绕"释迦五印"典故，展示了佛祖释迦牟尼的思想成就。特别要留意五印坛城上设置的转经道，走在转经道上扶墙转经，你会自然地沉浸于庄严神圣的佛教境界，逐一体验"五印"的真谛。而转经道，游客又可以登上坛城。

　　从五印坛城顶上望去是一片清澈的水面，千万不要以为这是一潭普通的景观水面，它是"香水海"。佛教认为，世界有九山八海，中央是须弥山，周围为八山八海所围绕。除第八海为咸水外，其他皆为八功德水，因有清香之德，故称香水海。可见灵山的一景一观都大有深意。

虽然已经十分留心了，但我知道，相对于佛学的博大精深，这些知识大概连皮毛都算不上吧？但灵山并不让任何一个佛学的门外汉感到自卑和沮丧。得道不分先后，万物皆有佛性。我以为灵山胜境的创意者们原是本着一个佛在人间的理念的。每一个到灵山的人，当被告知它与佛教有关时都会不免感到疑惑，因为从外观与建筑布局上看，它与那些寺庙实在不一样，特别是走进这些建筑，这种感觉就更加明显了。它没有围墙，不见香火，与我们是亲和的。它可游，可居，可赏，可玩。它庄严却不失亲切，深邃却又热情。说到底，它是一座开放式的、艺术性的、戏剧性的佛教博物馆。说它开放，是因为它的包容，是因为它的似断似连，你可以从任何一处进入，都可以有收获、有感悟。说它艺术，是因为它展示了数不胜数的佛教主题艺术作品，是因为它的一墙一砖、一瓦一檐无不匠心独运、生气灌注。说它具有戏剧性，是因为它的整体就是一部宏大叙事，而它的每一个细节又都是打开故事的通道，会将你带到西域，带向历史，进入佛教的形象传奇，引向天国的瑰丽想象……

每一个进入灵山的人，只要那一瞥，都会有所得，哪怕点滴。

是啊，佛就在人间。我想起昨天晚上大初法师指导的一堂禅修课。大初法师说禅就在人们的心中，只是我们因为俗务缠身不易发现罢了。悟道也好，参禅也好，实际上是一种生活方式，是一种对生活的态度。我们对生命、对万物、对生活如何看待和对待？我们是不是能与对象拉开距离，能否在躁动中拥有宁静，在杂色中沉淀出纯真？禅大概就在这区别之间。这样的思考或选择我们不是每天都会遇到吗？关键就在于是将佛与我们的生活相连还是分开。其实，即使看上去那些森严的佛教戒律也是与我们的生活兼容的。周作人的《读戒律》就读出了佛教的"伟大精神"，他说所有的规定都"合于人情物理"。

这么说来，我就更能理解灵山胜境的理念了。重要的不是去建一座庙，不是去吸引善男信女们吃斋念佛、求利求禄、寻求保佑，而是营造一个轻松的环境和艺术的氛围。灵山人在谈到灵山胜境的未来时说，这里不仅有亚洲最具禅意的"SPA之都"等休闲度假场所，还有最具禅味的文化、休闲、养生、体验、互动、娱乐，以及精品酒店、人文会馆、青年旅社、特色客栈等休闲度假场所。他们将从建筑风格、景观环境、业态布置、活动设计等方面，构建最具东方文化内涵和风情的休闲度假旅游综合体。这里可以过世俗的生活，但这里的一切又无不是佛教文化的呈现，无不具有禅意。春风化雨，润物无声。它让每个人由此有意无意地走近佛祖，了解佛教，在无目的中领会一种价值、一种精神，知道这个世界还可以有另一种生活的态度，有对人生和世界的另一种理解，它不在彼岸，就在我们的身边和心中，是可以与我们相通的。如若较真，兹事体大。说到底，佛教，作为一种世界观也不过是人创造的，是人对生活和世界的一种解释，也是一种价值观的倡导。中国哲学的主体向有儒道释三家集成之说，可见佛教在建构中华文化中曾经的作用。我们现在动辄寻找"精神"，建构"价值"，但那视角都在当下、在未来、在他国，什么时候断了与传统的链条？为什么不回头看一看呢？我们为什么总将佛教作为一种宗教，而不是作为一种文化和生活呢？为什么只向它求功名、祈庇佑，而不向它问价值、寻精神呢？为什么总将佛供在寺庙，而不让其与我们一起思考生活呢？他应该而且可以在当下的文化与价值建设中发出大光辉的。

晨霭渐渐散去，远处的山峦也露出了清晰的轮廓。信步下山，是渐渐热闹的街市。佛与俗世的生活就是这么浑然一体、了无分界。街上的人们已经开始了一天的忙碌，店铺大都开了门，而流动商贩们也都卸下担子，停下推车，摆开了生意的家什。看着五颜六色的菜蔬，闻着小笼包的香味，真是觉得生活是那么的美好。抬头望去，佛像高薄云天，但仍然能感受到他的慈祥与悲悯。佛光普照，我想，这芸芸众生琐屑的日常生活何尝不是一种大境界呢？

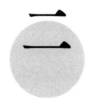

木匠与作家

余华的新作《文城》中的主人公叫林祥福，他是个地主，一个勤劳而善良的地主，他不但知书识礼，还会种田，更是一位手艺极高的木匠，可以说是中国传统耕读文化的典型。林祥福学木工的第一位师傅应该是他的父亲，但父亲在他很小的时候就去世了。长大后的林祥福遍访名匠，给他影响很大的有两位师傅，第一位姓陈，是做箱柜的，行内称陈箱柜。就是这位陈箱柜告诉林祥福，木工行里最上乘的是硬木器匠，他让林祥福去拜一位硬木器匠为师。第二位师傅姓徐，行内称他徐硬木。徐硬木真是了不起。他首先对林祥福作了科普，如果不是陈箱柜建议林祥福向徐硬木学艺，我们大概很少知道木匠行内有这么多分类，而且各有各的门道。所以特地把徐硬木给林祥福上的第一堂课的内容转录在这里。徐硬木说：

比如说木厂，大多数木厂都不会做木工活，可是精通大小工程的估工估价，设计包办，能画样也能出样；比如说木匠，这行是专管建筑的，一切梁柱椽檩门窗隔窗都是他们的手艺；比如模子作，做点心模子，不但花样要美观，而且深浅大小极费斟酌，因为花样虽然不同，但印出的点心分量必须一致；比如说牙子作，木器上的花边雕刻是别人做不来的；比如说小器作，瓶座炉座盆架是他们所长，专门照物配座，这手艺由苏杭传来；比如说镟床子匠，专做圆柱形的木物，粗细长短也是花样翻新；比如说圆椅匠，用的是新鲜柳木，趁其潮湿弯曲过来制造太师椅，这一行只靠一把大斧，锯凿都算附属物，不但不需要墨线，连尺子都可以不用；比如说箍桶匠，木桶、马桶、洗脚盆、洗脸盆全是他们做的；比如说罗圈匠，除了圆笼帽盒、笼屉罗圈，还会做小儿的摇车；比如说旗鞋底匠，京城里旗门妇人都穿木底鞋，最厚的鞋底有六七寸，这也是平常木匠做不来的活儿；比如说剃头挑匠，后边坐柜是平常木匠的活，前面圆桶又是罗圈匠的活，加起来就是他们的活；比如说小炉匠挑子，看起来是箱柜匠的活，可里面有风箱屉格，这活就只有他们能做；比如说梆子鱼匠，就这念经时被打的木鱼也是专门的技艺；比如说把子作，他们专做戏界打仗时的假兵器，这也是木工里一大行；比如说大车匠，那是专制大车的；比如说轿车匠，轿车匠的手艺比大车匠可要精细很多，功夫主要在轮子上；比如说小车匠，那是专门制造二把手小车的；比如说马车匠，这一行做的是洋式马车；比如说人力车匠，专门造人力车；比如说鞍子匠，专做马鞍辕鞍，也做驴子骡子的驮鞍；比如说轿子匠，那和轿车匠不同，他们做的是抬轿驮轿，是没有轮子的；比如说执事匠，旗锣伞扇只有他们能做；比如说寿木工人，这也不是平常木匠能做的活，一件大木料能出不少材料,这一行讲究的是用边际料做出省料省工又美观的寿木。

徐硬木之所以要给林祥福上这么一课,说得这么详尽,主要是表明一个观点,那就是"木工行里只有分门别类,没有贫贱富贵"。徐硬木的境界显然要高于陈箱柜。

但不管徐硬木这番话对一个木匠价值观的形成多么重要,在一部长篇小说中花这么长的篇幅来说这个行当还是觉得有点过分。后来我想通了,余华实际上是在用木工行业来比文学。自古以来,文学的种类也不少。想当年挚虞写《文章流别论》,单散文就列了十几种。余华的文学观大概类似徐硬木的木工观,文学只有分门别类,没有贫贱富贵。

徐硬木为什么要强调这一点?因为在社会上,包括在木工行业内,都存在着一个鄙视链,就是细工木匠瞧不起粗工木匠。一个做硬木器的怎么可能看得上拉大锯的呢?后来,林祥福到了溪镇,遇到了陈永良,陈永良知道林祥福是做硬木器的,立即肃然起敬,并自惭形秽地说自己只是个大锯匠和扛房工人。林祥福马上运用徐硬木的思想纠正道:"木工里只有分门别类,没有高低之分。大锯匠手艺好的锯缝极细,不糟蹋木料;扛房工人也讲究,不能让抬杠夫的肩膀受不了。"这话不但让陈永良大为感动,也由此提高了他的自信心。

不知道文学这一行是不是也存在鄙视链?比如纯文学是不是看不起通俗文学?小说家是不是看不上写报告文学的?成年文学是不是看不上儿童文学?纸质文学是不是看不上网络文学?搞创作的是不是看不上搞评论的?写诗的可能谁也看不上……如果有,那真要请徐师傅来给大家上一课,把文学的三观正一正。徐硬木肯定会严肃而又语重心长地说，不管写什么文学类型，只要写得好就是好作家。所以，余华既是现代的，也是传统的；既可以先锋，也可以写实。高兴了，再写个才子佳人小说、武侠小说、侦探小说。《第七天》之后，人们等余华的新作等了好几年，现在《文城》来了，余华告诉大家，他写了部传奇小说。

陈箱柜的思想境界虽然不及徐硬木，但他对林祥福的影响也是比较大的。他在介绍硬木器匠时说："硬木器匠不但能整理旧器如新，反过来还能做新者如旧。"林祥福显然艺臻此境，他到溪镇，就凭这一手艺赢得了名声。这与文学也有类似的地方，体式、类型有新有旧，但意味、奥妙和功夫就在这新旧之间，它考验着一个写作者是否能修旧如新，又能不能做新如旧。

如果没有描写,我们将失去什么?

前几天一位批评家和我说到一件事,他拿到一位著名作家长篇小说的书稿,匆匆翻过一遍后对他说,这么长的作品,怎么看不到几处描写?作家抱怨说,原稿是有的,自己比较老派,不描写都不习惯,但是都被编辑给删了。编辑说也不是他要删,是现在的读者不愿意看,没有耐心看。读者喜欢快节奏的东西,对啰啰唆唆的描写没兴趣。

我稍微想了想,觉得这不是个小的事情。现在的文学书籍,描写还真的很少见到了。不像以前,描写恨不得是文学的半壁江山。也因此,文学积累了非常丰富的描写种类与手法,创造了许多描写的经典范例,《林教头风雪山神庙》中对雪的描写,《装在套子里的人》对主人公穿着的描写等等都给我们留下了深刻的印象。

描写得来并不容易,任何一种表现手法都是艺术上的伟大发明,从它被创造,到发展,到成熟,再进一步发生新的衍生和变化，都是非常不容易的事情，是许多文艺家孜孜以求、反复探索的结果。比如比喻，也就是打比方。它是用某些相类似的事物来比拟另一事物。这是很不简单的一个发明，它表明我们看到了两个或两类事物或现象之间相似的关系，我们在就事论事地说明一个事物之外发明了用一个事物去强化对另一个事物的说明，以此突出它的特征。再如排比，又是什么时候发明的？它是把结构相同或相似、意思密切相关、语气一致的词语或句子成串地排列在一起。想象中，这种表达方式的发明与成型是一个漫长的过程。也许，一开始是不自觉的，觉得对所要表达的对象用一句话好像没有说到位，还得再加一句、两句……在这种追加的表达中，事物的许多方面被发现、被呈现和表达，再后来，表达人体验到了这样表达所带来的语气上的效果，于是，就进一步有意识地安排句子，从字数的整齐到结构的相似。进一步发展，又发现这种方式不仅可以发生在句子之间，还可以产生于语段之间，甚至某一次表达行为都可以这样来安排和经营，于是就产生了铺排，以至到后来，一种文体在此基础上产生了，那就是著名的赋……

这样的例子很多，在我看来，每一种艺术表现方式都可以回溯，都可以讲出它们发生与成长的故事。

还是回到叙事艺术中的描写吧，它当然更是一种伟大的表现手法，其发生与成长自然也更加艰难。古代艺术在描写上可以说非常简陋。如果从纵的角度去比较中国小说史，它在描写上是一个从无到有、由简到繁的过程。远古不论，即使小说之风已盛的魏晋南北朝，描写艺术仍然很不发达。作品往往只述其故事概要,人物、场景方面的描绘几乎没有,所以不论是同代人还是后代人都述其特征为"纪事存朴"(萧绮《拾遗记·序》)。"言多鄙朴,事罕圆备"(刘知几《史通·杂述》)。作为旁证的是这时期亦有相当规模的绘画艺术,描摹也很不到家,后人评顾恺之有云:"其画山水,则群峰之势,若钿饰犀栉或水不容泛,或人大于山。率皆附以树石,映带其地,列植之状,则若伸臂布指。"(张彦远《历代名画记》)这些状况到唐代才有了转变,后人评说唐小说已"善摹写物情"(吴承恩《禹鼎志·序》)。胡应麟则以为"记述多虚,而藻绘可观"(胡应麟《少室山房笔丛·九流绪论下》),从胡氏的具体分析看,所谓"虚"即指叙事之外的描写。到了明清,描写才可谓成熟了。

而一旦忽视描写,我们将失去许多。从来没有单纯的描写,任何艺术表现手法都是我们观察和获得世界的方法,也是我们与世界的相处之道。近期《光明日报》就文学中风景描写的缺失展开过专题讨论。风景描写的缺失岂止影响了文章的节奏,缺少了气氛的渲染,失去了抒情的依傍,丧失了自然的美感?本质上表明,我们当代人与自然的关系出现了危机。一方面,生态文明已经将自然推上了从未有过的本体论的高度;另一方面,我们却对自然无感了,我们的心灵不再需要自然的滋养,千百年建立起来的人与自然的和谐关系在当代令人吃惊地断裂了。这样的悖论表明了当代人伦理上的虚伪。从根子上说,现代技术让当代人越来越自负和狂妄。当我们认为技术万能时,还需要四时缓慢运行的自然做什么?可以吹岛,可以围海,可以一时吃遍四季。审美是超功利的,但是,又恰恰是建立在功利之上的。又比如,心理描写。我们失去的不只是托尔斯泰的"心灵辩证法",妥斯托耶夫斯基的灵魂的拷问,欧·亨利的最后一片绿叶,沃尔夫墙上的斑点……我们不是对这一描写失去兴趣,而是对人,对人心失去了兴趣。我们不再仔细地体察自己的内心,更不想去关心他人的心理,他人的感受。而对人心的失察是最大的冷漠。所以,如同当代人与自然的悖论一样,一方面,我们不去关心自己与他人的内心世界,另一方面却是触目惊心的心理问题、心理疾病。宁可将这一切交给医生与药物,却不愿给心灵以一丝日常的体察与抚慰。再比如,环境描写。当我们不再去进行仔细的环境描写时,我们失去的又岂止是林黛玉进贾府时的"步步留心,时时在意",林冲的草料场,雨果的巴黎圣母院……是我们对周围的世界已经失去了兴趣。我们不再需要认知这个世界,方便的交通工具可以将我们送达要去的目的地,我们有手机导航,再不需要沿途的标志物。人们需要的是关于世界的知识,需要的是自己可以炫耀的经历,而不是它们在真实世界的具体存在。现在还有多少人的成长与自己的出生地关系密切?他的人生与自己邻居、街坊有关吗?与自己的居住地有关吗?需要风物来说明吗?这些与自己性格的生成关系又在哪里?学校已经成为我们唯一的成长的环境。人们不再与物有亲密的关系,而人与人则被功利与交换所填满。总之,不是人们不需要文学的环境描写,而是现实生活失去了环境描写的基础。

大概少有人这样去想,当文学不再描写时,我们失去的是什么。我们失去的绝不仅仅是一种表现手法,我们首先失去的就是上述列举的人与自然、人与社会、人与自我、人与物的世界的良好关系。而从人的自身来说,我们失去的是自己丰富、纤细而灵敏的感觉。感觉是一切描写的基础,所有的描写都是建立在人的主观感知之上的,是人对自己主观感觉的发现促使了描写的诞生。如果不是对自己视觉的自觉,就不会有对事物形状与色彩的描写;如果对触觉没有自觉,也就不会有对事物轻重与质感的描写……可以毫不夸张地说,是人对自我的发现与肯定促使了描写的生成,而描写的生成与发展又反过来促进了人对自我的发现,正是在描写中,人对自我与世界的感觉不断深入与打开,相互塑造。所以,千万不要以为我们的感觉能力是与生俱来的,是天生的。从人类学的角度说,人的感觉是进化的产物,用马克思的话说,是实践活动让人具备了绘画的眼睛与音乐的耳朵。正是这样的感受力使人区别于动物。而从个体来说,任何人的感觉能力都需要后天的锻炼,为什么一些特殊行业的人具有突出的感觉力?那正是在长期的职业训练中培养起来的。不能设想我们感觉力的退化。但是,如果我们不再描写,还真的让人对此心存忧虑。机器、设备正在取代描写,同时也正在代替我们的感觉。今天的世界已经可以用机器留存所有的感觉。比如视觉与听觉,一部手机足以代替我们的感觉与描写,而在需要的时候贡献出画面与音响。而人工智能又在以虚拟和模拟的方式给我们制造感觉。我们的主观感觉将会被技术代替、左右,甚至制造,这不仅让描写再无必要,更使我们感受力毁灭性的灾难。

与此同时,是我们语言能力的弱化。没有感觉,就没有描写,而描写是对感觉的表达,是感觉的语言化。任何人都面临过言有尽而意无穷的困境,这意既是意义,也是感觉。语言训练的目的就是让我们能够用话语或文字说出或写出我们的感受。因此，描写的能力首先取决于感觉的能力。我们是否感受到了，感受到哪种程度？灵敏的感觉本质上就是对世界的发现。其次，就是能否将自己的感觉用语言传达出来。传达得怎么样，是不是真实、准确、具体、生动、形象而富于个性？语言是符号，是对世界的命名、概括、抽象和模拟，言与物、名与实、文与质始终是困扰人类表达的矛盾，但也正是这一矛盾形成了表达上的张力，在两者之间预留了巨大的开阔地，给了表达者创造的空间。文学史上的描写大师都是这片开阔地上的舞者，他们以语言给了我们极富华彩、穷形尽相的描写表演。但是，假如世界再无描写，那我们的语言功能的开发，我们语言能力的提升都将失去必要。因为自古以来，都不需要屠龙之技。

事情就是这样一个过程，从对描写的失宠说起，而最后的关切则是语言。还是那句话，一切问题到最后都是语文问题。

"非典型阅读":如何做一个优秀读者

先说两堂课。

第一堂课是中国作协副主席李敬泽在十月文学院的讲座,讲的是《红楼梦》。《红楼梦》是中国古典四大名著之一,读者们都很熟悉,因为熟悉,所以怎么讲就成了大问题。李敬泽取的题目是"《红楼梦》的四个读者",不讲书而讲读者,这就别出心裁了。他讲的第一个读者是脂砚斋。大家知道脂砚斋对《红楼梦》的批注很有名,"脂评本"在红学史上很重要,也很有名。但脂砚斋是谁,到现在也说不清楚,有人干脆说就是曹雪芹自己。李敬泽说不管脂砚斋是不是曹雪芹,他都是一个伟大的读者。脂砚斋不仅说《红楼梦》是作者感怀伤时之作,为这部作品定了性,还与作者进行了对话,不时与作者共同探讨《红楼梦》更好的写法。李敬泽介绍的第二个读者是茅盾。因为茅盾以欧洲现实主义和中国传统小说美学相结合的方法改写了一个压缩版的《红楼梦》,他无疑是一个创作型的读者,他在《红楼梦》之外又创作了一部《红楼梦》。第三位读者是许世友和他背后的毛泽东。武将要读"红楼",而政治家眼中的"红楼"成了经天纬地的社会大书,于是,文学版的《红楼梦》之外有了更多的政治的、社会的、历史的《红楼梦》。最后一个读者,李敬泽介绍的是他母亲。李敬泽说他母亲感兴趣的是凤姐和探春,因为这两个人物精明能干,会过日子。这是普通人眼中的"红楼",可以从中学习如何生活,《红楼梦》因此成了生活的教科书,成了日常生活的、世俗版的《红楼梦》。这样,一部小说被读成了无数的小说,它是超越了文学的"超级小说"。李敬泽在讲课,也是在读《红楼梦》。但此前没有人这么说红楼的,他是从接受层面、读者层面讲红楼的,四个读者就是文学的四种接受方式,或参与式,或创造式,或引申式,或日常式。李敬泽实际上没讲那个曹雪芹的《红楼梦》,而是选了几个读者创造出的《红楼梦》,这种读法就很有意思。

第二堂课也是在十月文学院讲的,讲课的是《人民文学》主编施战军,他讲的是中国四大名著的另一部,《西游记》。施战军的讲法也是我们以前在《西游记》研究中很少见到的。他将《西游记》定义为"成长小说",这首先就是《西游记》研究中的新提法。然后他又用几组密码从这个定义出发来解读这部作品。比如动静之辨。《西游记》处处在动、在打、在闹,但空、静是底色。特别是静,静就是控制和制约。唐僧一念紧箍咒孙悟空就安静了,如来、观音等神仙一下来,魔王妖怪就安静了。这静就是掌控的、恒定的某种力量,也是制度和权力。而孙悟空正是在这些反复的"被安静"中成长的,就像人一样,小时候总闹腾的,但大人不断训诫"安静点,安静点",渐渐地,长大后就安静了。又比如生死之辨。《西游记》处处有"杀生"与"护生"的矛盾。在孙悟空,总是杀字当头;在神仙与唐僧,则是护生为主,它成为故事的动因,也是许多冲突的结局。死生亦大矣。明白生死,在中国人眼里是大事,也是成长中所必须明白的大道理。再比如初心与多面。初心是童心,是本真,而其后的成长则会扮演多种角色。孙行者在成长中就扮演了许多角色,但即或在小说的结尾,孙悟空作为一个已经成了佛的尊者,说的还是猴话,他的初心还在,猴性还在。所以,孙悟空一方面在成长,另一方面又在拒绝成长,在"反成长",他也因此才一直被人们所喜爱。施战军还认为,《西游记》是一部"捉妖宝典"。妖有很多,捉法也多。可以说,孙悟空是在战斗中成长的。孙猴子由最原始的状态,一点点脱去最原始本能的东西,人们眼睁睁看到他一次次地哭、一次次地愤怒、一次次地无奈、一次次地叛逆,又一次次地长大,成为斗士,取了真经,完成了成长过程,我们的心也跟着沉下去。但最终依然听到他在说猴话,我们又倍感欣慰。更有趣的是,在从猴到神的成长中,"人"出现了。于是,人们又能在孙悟空身上看到自身,总有许多性状,神也好,人也好,妖也好,都对应了我们自己。他是我们的一面镜子,成长中的镜子,所以孙悟空是我们人生全程的阐释者。我们在人生的每一个阶段都可以从他身上看到我们自己,这也是为什么大人、小孩都喜欢他的原因。施战军在讲座中时有妙语,如金毛犼和《人民的名义》中的祁同伟有相似之处,唐僧就是一学霸和老板等等,但真正引人之处依然是他对《西游记》"成长小说"的定义。有了这一定义,一部新的《西游记》便在他的口吐莲花中诞生了。

我把这两堂课看作是非典型的文学阅读,与人们以前的经典阅读大不相同。李敬泽和施战军是两位学者,但他们的阅读与讲座一点学究气都没有,有时代感、接地气,更重要的是角度新颖,能在既有的成见之外开辟新的阅读线路,从而发现开辟新的意义世界与新的阅读景观。这让我联想到许多作家们的阅读,他们的阅读也是非典型的,与我们课堂中常见的"典型"阅读方式也不一样。

比如王安忆的《小说讲堂》、格非的《雪隐鹭鸶》和毕飞宇的《小说课》。

我对作家阅读的关注是在九十年代。一开始是在无意中看到雷蒙德·卡佛的高足回忆其老师的文章。作为一个书面表达大师,雷蒙德·卡佛却拙于言辞。在写作课上,卡佛总是不断地让他的学生去反复读他推荐的作品。那时我还在学校教语文课,所以十分惊讶卡佛置作品主题于不顾,也不去讲谋篇布局,而是反复地用他断断续续的片言只语告诫他的弟子们去注意那些细节。

就是在那时,因为卡佛,我知道了世界上还有与我们从小学到大学课堂上不同的另一种阅读方式,这就是"作家的阅读"。在以后与几位作家的交谈中,我知道这种方式确实不是偶然的。在说到某部作品时,他们很少去作那些几条几款的原则性概括,而是深入到作品内部,有时一下子便具体到某一章节乃至某一语段,细微到诸如语感的节奏、文字的搭配、语词的色彩、句式的变化。有时,偌大一部作品,在他们的眼里口中只剩下那么几小块,他们甚至常常在几句话上流连不已。

这种方式与人们惯常的阅读方式形成了鲜明的对比。我们往往强调概括和综合,当进入具体作品时,总习惯于依照一些原则或规范总结出诸如题材、主题、人物性格、典型等等,并竭力将它们纳入自己所熟知的话语中进行讨论,驾轻就熟,滔滔不绝。说到作品的写法,也就那么几条:叙述、描写、抒情……不是生动,就是形象,然后,好词好句……

其后不久,读到了弗·纳博科夫的《文学讲稿》。与卡佛不同,纳博科夫不但是个出色的写家,而且善于辞令。与卡佛简约的点拨有别,纳博科夫给他的弟子上起课来总是洋洋洒洒,然而,丰约虽异,却殊途同归,他们所看重的都是作品具体的构件,都提倡认真地细读作品。《文学讲稿》汇集了纳博科夫在课堂上讲析名著的讲义。开宗明义,首先他阐述了对文学阅读以及什么是一个优秀读者的看法,下面一段话也许是对"作家阅读"的最好说明:"我们在阅读的时候,应当注意和欣赏细节。如果书里明朗的细节都一一品味了解了之后再做出某种朦胧暗淡的概括倒也无可非议。但是,谁要是带着先入为主的思想来看书,那么第一步就走错了,而且只能越走越偏,再也无法看懂这部书了。"他举例说:"拿《包法利夫人》来说吧:如果翻开小说只想到这是一部'谴责资产阶级'的作品,那就太扫兴,也太对不起作者了。"纳博科夫强调指出:"我们应当时刻记住:没有一件艺术品不是独创一个新天地的,所以我们读书的时候第一件事就是要研究这个新天地,研究得越周密越好。"

《文学讲稿》可以说是这种"欣赏细节""研究周密"的典

范。在讲析简·奥斯汀的《曼斯菲尔德庄园》时，仅作品的第一句"大约三十年前，亨廷顿的玛丽亚·沃德小姐……"纳博科夫就用了整整三页，详尽地谈出了自己对这一句话所包含的时间、空间以及人物命名所隐含的人物性格和境遇等等的体味。对卡夫卡《变形记》的解读更精彩，他将作品分为几十个场景，然后一一加以"评点"。对一些他认为重要的语段则停下来，反复地沉潜含玩，必欲穷其底蕴而后止。在这些地方，纳博科夫所显示的对同行"文心"的理解以及那独具个性的体悟时时让人拍案叫绝。比如，在谈到格里高尔变成了甲壳虫时，纳博科夫饶有兴趣地问道："突然变成的那个'甲壳虫'究竟是什么？"经过对作品的反复研读，并调动了自己的生活经验之后，纳博科夫惊喜地发现，"甲壳虫在身上的硬壳下藏着不太灵活的小翅膀，展开后可以载着它跌跌撞撞地飞上好几英里。奇怪的是，甲壳虫格里高尔从来没有发现他背上的硬壳下有翅膀"。发现这一点令纳博科夫十分自得，他高兴地对他的学生说："我的这一极好的发现足以值得你们珍视一辈子，有些格里高尔们，有些乔和简们就是不知道自己还有翅膀。"这已经不仅仅是在讲文章，而是如钱钟书先生所说的"技痒难熬"，在作即兴发挥了，叫人忍俊不禁。

要说到中国作家，说到中国的作家阅读了。不知是不是受了这些外国作家的启发，几乎就在二十世纪九十年代末，许多中国作家读起书来了，不仅读，而且一个个开始与读者们分享起他们的阅读经验，不仅仅分享他们的阅读经验，有的反客为主，做起了学问，如残雪、刘恪、格非、王安忆、叶兆言、苏童、余华、毕飞宇、鲁敏等等，还有一大批诗人。他们开启了中国作家阅读的新纪元，也为读者打开了一扇扇新颖别致的阅读窗户。王安忆的阅读与写作结合得特别紧，有许多特别的角度，比如说她对小说中的人物的生活就很关心。对王安忆来说，生计是小说必须好好考虑的问题。她对一些都市言情剧很不以为然，因为这些电视剧没有把人物的生计说明白。电视里那些年轻人，一出场就住大房子、开豪车，从事的都是好工作，然后就是闲则生非地搞三角恋爱。搞三角恋爱可以，王安忆不明白的是他们那么年轻，这一切物质的东西都是从哪里来的？物质的东西不解决，这样的艺术是没有说服力的。她很佩服上海一位已经去世的作家李肇正，李肇正在人物的生计上交代得明明白白，所以作品写得很扎实。王安忆讲过李肇正的一个中篇《城市生活》，这是一部以上海中学教师生活为题材的作品。李肇正就是一位中学老师，他对这一群体的生活非常熟悉。小说写一对老师，好不容易有了不大的一套房子，然后叙述他们如何装修房子。这对夫妻老师手里没钱，所以如何装修得精打细算。王安忆说她为了小说中围绕装修的算计特地到建材市场去做过"市场调研"，她说李肇正小说中关于装修的价格是真的、准确的。有没有读者这样去读小说？但王安忆对这些知识性的东西就是顶真。她自己的写作也是这样。她写《天香》，为了理清绣品方面的知识，不知跑了博物馆多少次。作家的阅读是与同行的对话，常常体会到的就是如何写。王安忆这样说汪曾祺的小说，"汪曾祺的小说写得很天真，很古老很愚钝地讲一个闲来无事的故事，从头说起地，'从前有座山，山上有座庙'地开了头。比如：'西南联大有一个文嫂'（《鸡毛》）；比如：'北门外有一条承志河'（《王四海的黄昏》)……""汪曾祺讲故事的语言也颇为老实,他从不概括,而尽是详详细细、认认真真地叙述过程,而且是很日常的过程。""汪曾祺的文字,总是用平凡的实词,极少用玄妙的虚词,如用虚词,也用得很实……汪曾祺是很难得用险要的词的,他用的词总是最俗气,最平庸,比如他用'热闹'两个字,在已经生造出许多新词的今天,这两个字简直已经不大有作者用了,而汪曾祺却很会用,'因此老远地就看见干河南岸,绿柳荫中排列着好些通红的盆盆桶桶,看起来很热闹……'(《故里杂记》)'每年还做花子会,很多花子船都集中在一起,也很热闹。'(《故里杂记》)前一个'热闹'用得很有气氛了,后一个'热闹'则其乐也融融似的。"(王安忆《汪老讲故事》)王安忆对汪曾祺的小说还有许多说法,但这些说法是不是与学者、批评家的说法不太一样?她没有什么概括和概念,就是用一个写作者的心去体谅另一个写作者的心,是贴着对方的,她有一颗同情的心。她不像批评家们那样去分析,去下一个学术的结论;也不是语文老师,要求得出几个条条框框的结论,或者与什么教科书上的理论挂钩。

这种阅读上的差别毕飞宇说得很清楚。他说他对文学作品"所采取的是实践的分析,换句话说,我就是想告诉年轻人,人家是怎么做的,人家是如何把'事件'或'人物'提升到'好小说'那个高度的。"为什么他能采取这样的方法?因为"我做实践分析相对来说要顺手一些,毕竟写了这么多年了,有些东西是感同身受的。"这样一种方法,在毕飞宇看来,"也许比'时代背景'——'段落大意'——'中心思想'更接近小说。"(毕飞宇《小说课·后记》)说白了,作家的阅读有一个潜在的视角、考量或假设，他们虽然不说，但那意思就在那里，那就是他这样写了，换作我，该如何写？比如毕飞宇讲到蒲松龄《促织》中"将献公堂，惴惴恐不当意，思试之斗以觇之"时这样发挥道，"小说到了这里有一个大拐弯，最精彩的地方终于开始了，你想想看，这篇小说叫《促织》，你一个做作家的不写一下斗蛐蛐，你怎么说得过去？斗蛐蛐好玩、好看，连'宫中尚促织之戏'，老百姓你能不喜欢吗？好看的东西作品是不该放弃的。"他还接着就一些小说观念与人家较了一番劲："我经常和人聊小说，有人说，写小说要天然，不要用太多的心事，否则就有人为的痕迹了。我从来都不相信这样的鬼话。我的看法正好相反，你写的时候用心了，小说是天然的，你写的时候浮皮潦草，小说反而会失去它的自然性。你想想看，短篇小说就这么一点容量，你不刻意去安排，用'法自然'的方式去写短篇，你又能写什么？写小说一定得有'匠心'，所谓'匠心独运'就是这个意思。我们需要注意的也许只有一点，别让'匠心'散发出'匠气'"。（毕飞宇《小说课·看苍山绵延，听波涛汹涌》）类似的话在毕飞宇的阅读讲座中比比皆是，这些话如果不是搞写作的怎么说得出来？这是要建立在创作的实践与底气上的。也正因为这一点，使作家们能看出作品的门道，并且很自信地说出来。

　　回到前面说到的两堂课。如果仔细辨别一下，李敬泽和施战军的这两堂课与我列举的作家的阅读还是有区别的。他们固然能言作品之小、之微，但也能言其大，但这大不是我们通常课堂上的那些大，如毕飞宇所言的时代背景、段落大意、中心思想，而是别出机杼，通过另一些渠道进入作品，从而发现了作品的新天地。他们的方法与王安忆关注作品的生计问题实际上是一样的。比如毕飞宇就常常说出作品的"大"来。谈到莫泊桑的《项链》，我们都被告知它通过马蒂尔德这一形象批判了资本主义的生活方式和它的虚荣。我们讲马蒂尔德辛苦了十年去还那个丢掉的假项链是她追慕虚荣应得的惩罚。但毕飞宇不这么看。首先，毕飞宇"读到的是忠诚，是一个人、一个公民、一个家庭，对社会的基础性价值——也就是契约精神的无限忠诚。无论莫泊桑对资本主义抱有怎样的失望与愤激，也无论当时的法国暗藏着怎样的社会弊端，我想说，在1884年的法国，契约精神是在的，它的根基丝毫也没有动摇的迹象。《项链》有力地证明了这一点"。其次，是马蒂尔德这一形象，"非常遗憾，亲爱的莫泊桑先生，你全力描绘了马蒂尔德的虚荣，你全力描绘了命运对马蒂尔德的惩罚，但是，为了使得《项链》这部小说得以成立，吊诡的事情终于发生了，你不经意间塑造了另一个马蒂尔德：负责任的马蒂尔德和有担当的马蒂尔德。"毕飞宇这样的大反转式的阅读结论不仅是建立在对文本的理解与分析上，而且是建立在对中国当下社会与人心状态的判断与感慨上。如同写作一样，作家们的阅读常常是在特定环境下的阅读，他们总能将手中的读物与阅读时的环境联系在一起，借助具体的环境读出作品的新意。这也是一种创造性的阅读，借他人酒杯，浇自己心中之块垒；借手中的旧读物，表达对当下社会的看法。毕飞宇说，读作品不能用望远镜，其实，不要说别人，就是他，是既用显微镜，也用望远镜的。

也许，不是也许，而是肯定更是应该有许许多多的阅读方法。我只不过推荐了两位学者和几位作家的，他们的这些阅读方法都是"非典型性"的。我们过去大都是在典型的阅读中成长的,所以几代人得到的是同样的阅读结果,是不是到了尝试或者自己开拓非典型阅读的时候了?或许,正是在非典型的阅读中,我们才能成为一名优秀的读者。

游戏会不会失传

小说家蒋韵有一部小说,题目叫《失传的游戏》,作品具体写的什么,印象已经比较模糊了,但这个题目却一直记得,因为我们的生活时时让人想到这句话。这几年来,我经常拿它来说文学上的事,当我们感慨自然界的物种正在加速度地消失,许多物种濒临灭绝,当我们变着法子拿这个、拿那个去申报遗产时,有没有想到文学也快到了需要保护的时候?在许多因素包括在"创新"的旗号下,文学的不少经典法则被抛弃,文学的多样化已经受到了严重的威胁。也许真的有那么一天,文学会成为"失传的游戏。"

游戏之所以会失传,是因为玩的人少了,当游戏与大众分离,成了少数人的专业与技艺之后,它的命运就令人担忧了。最近看到报上对一个名人的采访,他的一句话给我触动很大,他说"艺术与生活分开得太久了"。文学不也是如此,具体到小说这一样式不也是如此?现在,在一些作家手里,小说难得见到多少对我们自身的叙述与描写,而对技术的迷恋占去相当大的精力,这样的作品除了在文学专业读者那里得到圈子里的认可与赏玩外,很难在更多的读者那里引起响应。看来,对自二十世纪八十年代中期先锋实验文学以来形成的文学观念、文学趣味以及围绕它们建立起来的写作模式予以肯定的同时,也该对它的许多方面进行反思。适当的保守与后撤已经显示出了必要性。

对小说的技术至上让我想到埃伦·迪萨纳亚克有关"书写过度"的阐发。迪萨纳亚克从他的物种主义美学立场出发,认为在人类识字以后,那种建立在自在状态的审美关系就被打破了,艺术变成了一桩越来越艰难的事情,他继许多学者之后进一步阐述了这样一个事实:由批评家、商人、画廊拥有者、博物馆的董事、馆长、艺术杂志编辑等组成的一个艺术界,是为一些事物与对象赋予"艺术作品"的地位的策源地。艺术家们创作的东西是"欣赏的候选物",只有艺术界买了它们,卖了它们,书写、展示了它们,它们才能被确证为"艺术"。至少从现代主义美学发生起,广义的批评家们的过度书写越来越严重地将艺术从人们的现实中分离出去,乐此不疲地无限夸大艺术与生活的对立与差异。艺术的含义并不是靠普通人的认知被感受,而需要通过他们的阐发才得以揭明,艺术接受成了越来越高深而专业的工作。而艺术家们被这套编织得日趋严密的权力体制束缚钳制,只能拼命按照他的旨意凌空蹈虚,殚精竭虑地强化作品的非经验化,非现实化,这是另一极的过度书写。两极的过度书写相互激荡攀升,导致艺术与人、与生活越来越远。

将这一过程中的"艺术界"置换成皮埃尔·布迪厄的"文

学场"似乎也可以描述现代主义文学的发生,包括中国自二十世纪八十年代中期以来的文学发展状况。为什么当时曾有理论批评的空前繁荣?为什么其后就有了如火如荼的先锋文学运动?为什么又有了理论制造写作的说法?这便是中国新时期文学相当典型的两极书写过度。按迪萨纳亚克的阐释,过度书写导致和加剧了语言—符号崇拜现象,这种现象到了后现代主义那儿到达了前所未有的程度,用在中国新时期文学的流行语来表述就是"语言即现实""语言即本体"。它极大地夸大能指的地位,将文学描述为一种在能指层面自由滑行的符号活动。于是,专注于形式,专注于创作者对语言的感受,营构一座座语言的迷宫,技术的探索、演进与积累被解释成文学发展的决定因素,在文学回归本体的名义下,经验、意义、现实、社会、道义与责任等等都作为外在的目的性与累赘被删除和搁置了。这样的立场与实践导致的后果是有目共睹的,那就是文学与我们的生活相分离,它的生存也变得越来越困难。而生活也因为文学的不在场而失去了不少思想的活力、自我批判与自我修复的力量。文学审美活动渐渐从人们的精神生活中退场,因为它是一种遥远的、艰难的、不可企及的事物,取代它的是流行与时尚。对时尚的、低俗的,包括各种花样翻新的美女、身体和低龄化写作,文学也已高得没法顾及或貌似宽容,或无语凝噎。因此,应当首先使文学回到大地,回到现实,回到我们的日常生活。迪萨纳亚克指出,艺术要比识字历史久远得多,"艺术是表达、表现和强化一个群体最深层信仰和关切的仪式庆典的永恒而不可分割的一部分。作为群体意义的载体和群体一心一意的激励者,与仪式结合在一起的艺术是群体生存所必不可少的；在传统社会中，'为生活的艺术'而非'为艺术的艺术'才是通则。""艺术是人类的一种正常的和必需的行为，就像其他普通又普通的人类职业和使人专注的事情，如交谈、工作、锻炼、游戏、社会化、学习、爱与关心一样，应该在每个人身上得到认识、鼓励和发展。"这也应该是我们当下文学的理想。

如果这些议论与理论上的联想还有道理的话，我们是否有必要就小说重申一些基本的东西：一是关于它的位置，它不能生活在别处。小说不能只是纸上的书写，也不能只是小说家操练想象与语言的地方，它应该生活在现实生活之中，是生活的一部分，有人情味，有烟火气。这与深刻与否无关，将现实、生活与世俗和思想的深刻对立起来以致水火不容是没有道理的，是对小说艺术的极大的不信任。昆德拉将小说定位于对存在的勘探，但他所借助的就是当下的现实，普通人的生活境遇。二是关于它的本性，小说本是大众的艺术。在小说的遗传基因里，大众，通俗是根本性的编码。不管是在中国抑或是在西方，小说都起源于市民社会，绝对一点说，没有城市，没有市民，就没有小说。黑格尔就将小说称为"市民阶级的史诗"，而瓦特则更加仔细地分析了"读者大众和小说兴起"两者的关系。如果没有工业革命，就不可能有大批的产业工人，也不可能有那么庞大的受教育人口，而且他们也不可能拥有闲暇时间，于是也就无须小说这样特别的读物去填充。"文学必定面对着的是一个不断扩大的读者队伍，它必定削弱那些饱读诗书、时间充裕，可以对古典的和现代的文学保持一种职业性或半职业性兴趣的读者的相对重要性；反之，它必定增强那些渴求一种更易读懂的文学消遣形式的读者的相对重要性，即使那种形式在文人学士中间几乎没有什么声望"。于是，三是关于小说读者的，他们的经验与惯性将决定什么是小说。瓦特对什么是小说的研究是充分考虑到这些读者的，小说艺术的特点之一是作者与读者的互动，上述的阅读和读者的巨大力量使每个小说家都不能忽视他们的存在。事实上，小说的读者不是认知上的白板，他们不是单纯的、被动地被告知；相反，他们在辨认、在寻找，他们是在传统的小说阅读中成长起来的，传统给了他们经验，这一点对小说家也是如此，他们是平等的，因为传统，双方形成文学上默契，这就是所谓的艺术的惯例。文学不能没有创新，否则就没有进步；但文学又不能没有传统，没有守成，否则就不可能形成有机的整体，文学也就不可能成"史"。文学运动的规律是对惯例做适度的偏移。但偏移多了，就成了断线的风筝，与传统无关，也会被大部分读者所拒绝。最后是关于小说的艺术要素，小说可以拥有许多，也可以失去很多，但它必定有一些是必不可少的，它不能没有人物、没有故事，它不能了无趣味。斯皮尔伯格与张艺谋对话中有一点共识："故事是电影成功的关键"，这对小说也适用，因为它们都是叙事的艺术。而我们有那么多的小说家在那儿坚定地说小说不是讲故事，以至到现在，我们从小说中很难再寻到故事的乐趣了。小说是宽容的，在小说的旗下可以存在一些异类，但不能发生鸠占鹊巢的局面。从更长的文学史时间上看，文体的变化比我们想象的要谨慎和缓慢得多，这是我们的小说家要心平气和地面对的。要知道，对小说这一伟大而平民化的艺术，革命的风险是相当大的。

让我们共同守护，使它不至于失传。

文学：我们如何应对机器写作

在今年五月份南京"中国文学高层论坛"上，大家就创新与中国文学的未来讨论得热火朝天，纷纷围绕着世界与中国文学的传统与新变、日新月异的社会对文学的挤压、文学如何介入当下生活，特别是作家的创造力和想象力面临的挑战各抒己见。浙江批评家王侃忽然语出惊人地说道，这些命题的讨论在未来究竟有怎样的意义真是值得怀疑，因为在他看来，作家正在死去，他说："我们这一代批评家可能正是见证作家死亡的人。"他接着解释说，他所说的正在死去的作家并不是那些以写作为职业的一个个真实的生命个体，而是作家这样一种职业，或者人工写作、个人化写作这样一种人类行为。说到这里，大家才从恍惚中回过神来，他其实是在说智能写作，或者叫计算机写作，或者叫机器写作，这种新兴的写作方式正在挤占人工写作的份额与市场。其实，人工智能已经在许多领域在与人进行竞争了，早在几十年前，当流水线与机器人进入制造业，将工人们驱赶出工厂的时候,人机矛盾就成为这个世界上令人恐惧又恰恰是由人制造出的现象,但是当时的人们还没有想到有一天计算机会进入人的精神领域,所以当作家们为流水线上的机器人的工作场景感慨的时候,他们确实没有想到,有一天机器人也会跟这些灵魂的工程师们抢饭吃。

记得乔布斯,就是这个苹果的创始人在1985年接受《花花公子》的采访的时候,曾经这样说道:"自由的智能"将会引起社会的巨大的革命,计算机"可以成为一个写作工具、通信中心、超级计算器、规划师、档案管理员以及艺术创作工具,这一切都归于一体,只是需要用新的指令或是软件来实现"。想象一下,1985年电脑还没有怎么进入家庭,更不用说互联网了。当这一切现在已经成为现实的时候,不能不赞叹乔布斯预言的准确,真是有如神助。计算机说到底不过也是人类发明的一种工具。在此之前,漫长的人类文明史中,人们不知道为自己创造了多少工具,将"革命"这个词冠在工具之前也不知多少回了,但是没有哪一次的工具革命能够像计算机这样,革命的如此彻底。究其实质,乃是这一次的工具是在真正意义上实现了马克思对工具的定义,那就是人的能力的无限的伸展和延长。计算机是在仿生学的意义上,在人类之外上,造出了另一个人类。现在,我们已经在生活当中看到了这个靠模仿人类形成的新新人类,它不但能够做出人类能做的事情,而且能做出许多人类不能做的事情,更可怕的是,它在人类的许多核心行为与独特禀赋上开始欲与人类一决高下。先是在国际象棋上,"深蓝"战胜了世界棋王卡斯帕罗夫。不过,业内人士这样安慰说,国际象棋的变化似乎是有极限的，如果说机器人是在国际象棋上因其搜集的数据、运算的精准以及对可能性变化的精密计算而战胜人类的话，那么在围棋这样因规则简单反而变化无穷，同时与棋手的性格、情绪、感觉、运算习惯甚至对棋型美学有不同嗜好等等非智力因素的竞技项目中，机器人将无法与人类对决。几乎是话音刚落，谷歌的阿尔法一登上棋坛，不费吹灰之力便将李世石、柯洁等世界一流高手斩于马下。从事后的棋谱分析，阿尔法的计算可谓是精妙绝伦，在应对上几乎都是选择的最佳招法，没有一步败招、虚招，它采取的是最简单的胜利法则，即始终领先对手些许，从不浪费，它实际上是在以最小成本来战胜对手，可说是招招有用，经济而实惠。也就是在围棋的人机大战之后，人们才开始真正地将过去已经说了几十年的计算机与人类的伦理关系提到了重要的议题上，开始深刻地检讨技术、工具、科学等人类创造的产物对人类的挑战和威胁，人类终于意识到，人工智能的不可控已经是一个不远的将来。

　　文学也就是在差不多这个时候开始意识到了人工智能的挑战，因为围棋在许多方面是跟文学和艺术相近的。在东方哲学里，围棋本质上并不是一种竞技运动，而是一种精神活动。作为一种高级游戏，它与文学艺术等等是处在同一层面的精神现象，它们共同受制于哲学、文化和个体的性格心境，棋手留下来的棋谱就是他人格的写照，如同文学家留下的文字作品一样。因此有好多作家禁不住兔死狐悲，开始未雨绸缪地对许多计算机写作软件进行审慎的思考和批判，而在此前，那么多的写作软件都被人们不屑地看作儿戏一样。当计算机进行绘画的时候，当计算机进行书法创作的时候，作家们的忧虑还没有像今天这样强烈，因为稍微懂一点计算机的人都知道，所有的人工智能其创造的前提都是数据库的建立和对于创造对象所属领域规律的分析和运用，那么建立在图像数据搜集基础上面的人工智能艺术的出现就并没有那么令人意外。但是文学创作就不一样了，不但自人类文明以来的文字作品浩如烟海，而且建立在字与词汇组合基础上面的文字创造从审美上讲几乎没有规律可循。但是现在情况已经容不得如此乐观，人机围棋大战就像一面镜子，照出了文学暗淡的未来。现在不能不说，虽然文学界的有识之士已经开始反思，但是他们对于现实和未来的判断还是出现了不少误差，更重要的是，在文学这个大家族当中，人们对这一现象的态度是千差万别的。在人工智能写作问题上，文学的参与者们包括写作、阅读和软件开发商、运营商们所采取的立场是不一样的，这里面市场也起到了很大的作用。与传统的纯文学写作者们的态度不一样，许多网络作家早就悄悄地将智能写作软件投入了实用。当然，在这儿不是贬低网络文学，但在客观上，网络文学从写作的技术难度、更重要的是审美难度上要比传统意义上的纯文学低得多，它虽然看上去写作量极其庞大，但是庞大的写作量所包含的却是叙述的模式化和人物形象的概念化，而这恰恰给智能写作软件的开发提供了便捷条件。就说简单的一点，从词汇量上比，网络文学作品就比纯文学作品小得多。同时，对网络文学而言，每天几千字上万字的更新量迫切需要技术的支持，以便让写手们摆脱人工的繁重劳动。从目前看来，写作难度较低的领域，智能写作软件正在大行其道，处处施展身手，比如许多公文写作，文学上的短小说写作、古诗词写作，包括上面提到的网络文学写作等等。前些时候，写作软件运营商们已经推出了"个人"作品集，而据说在日本曾经在短小说比赛中出现，智能写作的作品居然击败众多写作者的怪事。智能写作及其写作软件不仅仅为一些低端写作所欢迎，而且为许多阅读者所青睐。因为再怎么说，即使是最优秀的文学作品，都不能做到符合所有审美者的需求，而对某一个读者来说，即使自己最喜欢的作品在他看来也是有遗憾的，所以读者的最大理想就是能够读到适合于自己所有阅读理想和阅读需求的作品。现在这一天似乎已经来到，许多阅读者正在试图通过写作软件来实现这一理想，他们在写作软件数据搜集的基础上输入与自己的阅读需求相关的关键词和指令，便可以读到自己中意的作品。如给软件输入自己心仪的主人公，附加从外貌、出生、性格、话语习惯等等要求，再输入自己最喜欢的情节模式、结构方式，从故事的动因到最后或喜或悲的结局，甚至"画风"，指令越多、附加说明越详细，作品的"误差"就越小，与自己的理想的重合度就越大。马克思曾经对人类理想社会作出这样的预见，到那时人人都是艺术家，但是他没有想到这一预见可能是以机器创作的方式来实现的。如果人人都可以通过软件来进入私人定制式的写作，那还要别的写作干什么？职业意义上的作家当然就没有存在的必要了。

王侃就是在这个意义上来说作家正在死去的。不知道他是有意还是无意，因为当时在场的恰恰还有几位当下文坛非常知名的作家。在听了王侃的阐述之后，方方认为作家是不会死的，她说写作的目的和意义并不是为了别人，而是为了自己。当别人可能通过软件来创作而不需要他们这些作家劳动的时候,并不等于作家们的写作就没有了意义,反而会使得写作变得更纯粹。一个作家之所以写,在很大意义上是他要写,想写,他需要表达,在这样的表达中得到自我的满足,而并不在乎别人怎么看,需不需要看。当时在场的还有韩少功。在中国当代作家中,对科学技术包括人工智能一直比较关注的恐怕没有哪个人能超得过韩少功。他对王侃的这一惊人之论非常有兴趣,并说王侃提出的问题正是他近期思考的兴趣所在。果然我们紧接着在今年《读书》第 6 期就看到了他《当机器人成立作家协会》的有趣的文章,看来他在这个领域的研究确非一日之功。他在文章中告诉我们,在二十世纪六十年代,美国的贝尔实验室已经开始尝试机器写作,而现在的人工智能写作已经遍布所有文体,包括笔者从事的文学评论也在其中之列。有兴趣的读者不妨去看一看韩少功的这篇文章,当然更有兴趣的可以把此类文章都找来读一读,一起对软件写作的未来情形和传统写作的未来命运作一番预测。延伸一下,还可以对人工智能与人类的关系展开讨论。作为一个传统作家,同时又是一个科学技术的爱好者和当代文化学者,韩少功并不像王侃那么悲观。在他看来,机器写作可能也不可能,推而广之,包括人工智能对于人类和世界来讲,它行动的有效性也不外乎既可能也不可能。韩少功的理论依据是,人工智能是建立在数理逻辑基础上的,而对于我们这样的世界而言,逻辑所能说明的不过是它的一部分。他甚至引用了哥德尔定律,认为世界不可能完整化、无矛盾和有序化。像文学这样的精神现象,它所面对和试图表达的恰恰是世界秩序背后的紊乱、阴暗、混沌和非理性,用中国古典文论的话说，文学不过是以可以言说的方式去表达那些只可意会而不可言传的世界。因此，机器写作在类型化的逻辑化上是可能的，但真正的文学来说，实验室是不可能的。

回想几个月前作家与批评家们的这场讨论，感到意义实在非同寻常。对于智能写作究竟能走多远，以及写作软件能不能取代传统意义上的文学创作，可能一时还得不出结论。就目前情形而言，我们确实应该逐步学会与机器相处，与软件为伍，与人工智能相安。但是，王侃确实很尖锐地用他极端的话语提醒人们注意，在传统的写作之外，另一种写作不是作为游戏，而是作为实用正在进入人们的生活当中，他实际上是提醒我们注意，写作或文学创作正在分化、分流，正在出现新的性状。也许我们要在另外一种意义上来对写作或文学创作进行"分级"，起码要分清"人""机"写作，就像现在的食品必须要对其生产方式及成分进行标注一样，比如，哪些是转基因食品，哪些是非转基因食品。我们更应该对软件写作的作品进行分析，对它的得失利弊进行评估。如果简单地认为机器写作的作品是"合理"的，与传统作家写作的作品具有同样的可读性，在对读者的知识积累、经验增加、审美愉悦和文字能力的提升上都是无差别的，这恐怕是过于乐观和简单化了，因为这种目前还是低端写作的作品，它对人的影响一时半刻并不会显现出来。至于方方和韩少功的观点，对我们在当下的情势下重新认识文学的伦理、文学的本质更是大有助益。由于智能写作的入侵，使得我们对文学的价值、文学的尊严、文学的道义、文学的特性，特别是文学创作中那些至今无法知晓的还是谜一样的精微之处再次提供了认知与反思的机会。比如自从文学进入自觉的写作时代开始,文学作品都是个体的产物。作者与作品须臾不可分离,作家不但对自己的作品负责,对作品拥有像财产一样的权力,更重要的是作品是他心灵的确证,是自我的对象化,即所谓文如其人。不能够想象文学是"无我"写作,读者的阅读最终是在跟作者进行对话,也可以说是作者通过作品来与读者对话。所有的阅读都是作者和读者对对方的相互寻找,人们正是通过文学作品建构起了一个精神层面的人际关系,通过阅读,人类建立起大大小小的相互认同的精神共同体,很难想象在这样的共同体当中能有机器的位置,因为说到底,机器不是人。再如,必须警惕科学主义对人文学科、对审美,包括对文学的入侵甚至取代。自从现代认识论占据主流地位以后,人类对世界的认知被夸张到了不适当的地步,人们留给自我、留给精神、留给不可知世界的地盘越来越小,而这些不可知的领域,恰恰是我们的安身立命之处,比如,信仰、敬畏、爱恋以及许多能够使自己的身心得到明证的体验、感觉和情感。如果说这些也能够被清晰的人工智能所算计的话,那将是不可想象的。不过现在还能稍稍乐观与自信,这些大概是我们人类退无可退的,几乎是牢不可破的堡垒。就在人们赞叹阿尔法计算百无一漏的时候,棋界的有识之士就说过,阿尔法是在计算、是在工作、是在运行,而不是在"下棋"。棋手下棋,胜负并不是他唯一的目的,下棋又称"手谈",它的最高境界是双方心智的对话与较量,是人与人相互之间的沟通,是在双方手以博弈的合作方式来向人们呈现一场尽可能完美的心路旅程,它的结果就是让人们在棋谱当中读到棋手的全部人生。之所以说人生如棋,也就是这个道理。

阿尔法虽然胜了，但它不会得到棋手般的尊敬，说一个棋手的棋如机器那不啻是对他人格的轻慢。所以有人说不能够容忍没有错误的棋谱，正是因为棋手在对弈的过程中并不全然按照必然律行棋，而是总有错误，才使得围棋永远充满着偶然、变数、逆转等等戏剧性的诱惑与魅力。

文学不也是如此吗？如果不是写作软件的入侵以及机器写作的挤压，我们大概很少去反思即使是传统的写作也已经出现了诸多的问题，类型写作大行其道，轻阅读成为主流，市场排行决定一切，写作门槛越来越低，作家越来越低龄化，文学也越来越程序化，以便能够向程式化的影视和游戏衍生改编，这些正在侵蚀着文学的肌体，导致写作水平的整体衰退。所以，写作软件及智能写作对文学的威胁可能不仅在于它们在现实中对这一行业的挤兑，而在于这一写作方式对文学的病毒化的影响。换句话说，我们的文学可能面临着来自两个方面的压力，一方面，我们固然要应对显在的机器写作的挑战，另一方面，也是更为艰巨的是如何与已经侵入我们内部的隐形的机器化写作抗争。

熟人社会，如何论作家

去年中山大学举办过一次学术会议，议题之一是关于作家论的写作的。之所以开这样一个会据说是现在写作家论的评论家不多了。本来，不管是作为文学批评的种类还是文学批评的文体，作家论都是其中重要的一支，具有广泛而悠久的传统。然而，现如今，作家论的写作似乎有式微的趋势，文学批评越来越让位于学术化的文学史论，让位于许多看似具有"问题意识"的宏大话题，让位于对话、访谈等媒体批评，或者干脆让位于搜寻花边、富豪榜，以及具有刺激性的娱乐话语。

作为一个长期从事文学评论写作的人，面对如此的格局只能徒唤奈何，也实在难以寻找其原因，我们只想从批评本身，从作家与批评家的关系就我们自身的体会与困惑略作一点思考。也许，这种来自自身的批评经验或可说明一些问题。

我们是二十世纪八十年代开始文学批评包括作家论的写作的，那时我们在苏北的一个小县城，没有网络，没有高铁动车，也没有如今那么多的都市报刊娱乐版，大家的出行也很不方便。就是在那个资讯不发达的时期，我们写过大量的作家论。但我们与这些作家大都没有见过面，仅有的书面通信也都是在实在没办法的情况下才请作家们提供作品资料方面的帮助。虽然有着交际上的遗憾和欠缺，但现在觉得那样的状态下的作家论写作是自由的，是合乎我们作家论写作理想的。在我们看来，作家论就是批评家通过作品对创作者的解读、想象和塑造。作为自然人的作家与作为写作者的作家不是一回事。古人讲文如其人，我们也就望文生义地认为某人写的文章就是现实中生活的那个人的样子，其实这样的理解可能有问题。我们显然不能将一个生活中真实的个体等同于作品世界中的写作者。文本解读的最高境界是从文本的背后请出一个人，是通过不同的文本想象、拼合和塑造出一个审美的人，这个人虽然与现实中的作家有关联，但显然不能等同于他。判定一篇作品优劣的标准之一就看批评家有没有真正读通文本，有没有通过这些文本进入作家展现出的那个幽暗独特的精神世界。一般作家论写作的前提是某一个作家已经有了相当的创作量，并且表现出审美上的独特性与丰富性，可能已经成熟或定型，起码在某一阶段显现出可以进行全面阐释的精神价值，于是对作家论写作的相应要求也产生了，即在那些多重的，有时可能是异质的甚至是对立矛盾的文本中，找出那个审美人的主要性格，并对其性格构成的各个侧面进行精到的阐释，这样的阐释越丰富越复杂越好。重要的是所有这一切并不需要作为自然人的作家的认可，认可也罢，不认可也罢，文本就在那儿，它具有客观性和阐释的多样性，面对它们，作为自然人的作家和批评家是平等的，他有权同意，也有权辩驳，但他无权否认。

这样的理想状态随着我们工作关系的变动而发生了微妙的变化。2000年后，我们到了南京，进入了文联和作协系统。我们的工作就是整天与作家们打交道，原先不认识的许多作家慢慢熟悉了，许多人成了朋友，一起工作，聊天，喝茶，这使得我们的作家论写作一下子变得很艰涩。真实的、作为自然人的作家与那个原先躲在作品里的神秘人不时打架、纠缠、重叠，双重的影像与存在常常使我们的焦距模糊、庄生梦蝶、不辨彼此，熟悉的程度、微妙的人际关系，使得许多断语难以落笔。我们明白许多作家与文本中的审美人是不一致的，是矛盾的，但我们又觉得，如果将我们对其审美人的理解说出来，似乎又对不起那个真实的作家。许多批评家都有过与我们相似的体验吧？这样熟悉的关系，真实世界中对对方的交际印象甚至盖过了对其作为一个审美人的想象，再说什么仿佛显得多余，原先对一个创作者的神秘形象的探求欲也日趋淡漠。

我们不是说什么吹捧式批评，也不是说什么人情批评，而是想探讨"熟人社会"中作家论写作的难度。对照几十年前，作家与批评家的交际方式已经发生了翻天覆地的变化，作家与批评家已经成了一个文学共同体，他们一同构成了当今文化中特殊的"熟人社会"。这种熟人社会的维系方式是多种多样的，而交通、社会成员的频繁流动、网络、文学制度和媒体力量为这一熟人社会提供了广泛的支持。如今的作家和批评家大都集中在城市，许多批评家与作家生存于同一单位，如大学，作家协会。而研讨会，读书会，报告会，讨论，采风创作等等又时不时地将他们聚拢在一起，出版、评奖、征稿等许多场域使他们不可避免地结成利益共同体。网络、媒体不断地深挖作家们身前背后的故事，频繁的演讲、采访使得作家们几乎"全裸"出镜，甚至自己为自己强作解人。另外，批评文体也在九十年代发生了许多的变化，作家的创作谈以及作家与批评家的对话逐渐盛行，甚至变成了流行的文体。作家们反复地长篇累牍地谈论自己的创作和作品，一些作家讨论自己某篇作品的创作谈几乎超过了原作的篇幅，而作家与批评家的对话使这两者真正成了无缝对接的连体，他们讨论着相同的问题，作家一方面回答着批评家的提问，一方面反复打开自己，解说着自己创作的细枝末节，对作品从思想意蕴到艺术形式进行分析和描述。所有这些还不包括两者的日常交往。

很难说这些有什么不对，更不是说这些表达是多余的、无意义的。相反，它们使得文学的意义更加丰富，使得文学阐释的途径更加多样化。我们想说的是，当这些方式使得文学的意义得到释放和建构后，另一种方式的阐释就变得越来越困难了。不可否认的是，这样的方式使得批评家对作家越来越熟悉了，不管作为具体的个体他们在日常生活中是否相认识，客观上，作家们多方面的表白、被开采与传播使他们成了批评家相识抑或陌生的熟人。与过去相比，不是信息的匮乏，而是信息的过剩；不是写作对象的隔膜，而是过度的谙熟；不是缺乏作家的响应，而是作家自证在先。于是，一系列难题随之而来，首先，当一个作家如此透明地呈现在读者面前时，所谓的作家论还是否必要？其次，从读者的一般心理来说，是作家的自白真实可信，还是批评家的代言更有说服力，这对批评家来说又构成了一个两难选择：或者跟随在作家们的后面，进行毫无新意的重复读解；或者另作解人承担被作家和读者双重抛弃的风险。再次，无疑是想象与创作空间的严重挤压，当围绕作家作品的一切都不再神秘时，还有什么能刺激想象？这便是作家与批评家"熟人社会"给作家论写作造成的预想不到的困境，本以为相应的了解会有助于写作，结果却可能是"相逢无一语，欲辩已索然"。

我们无意于取消作家论的写作，相反我们一直以为作家论是文学批评的主要工作之一，也是文学研究包括思潮、流派与文学史写作的基础。我们只是想指出，在如今"熟人社会"中的作家论写作的困境，并由此讨论作家论可能的出路，以及其创新的潜向。我们当然不希望回到陌生人的状态，事实上，作家与评论家乃至读者以及更广大的人群形成的文学共同体对文学的存在是多么的至关重要。也许，从现在开始，作家论有可能会由作家与批评家分别完成。事实上，早在二十世纪八十年代，就有不多的作家在尝试自己为自己撰写作家论，虽然由于创作与评论的不同以及批评的专业性，特别是如同医生自我手术的可能性一般的障碍，使得这种写作存在天然的困难，但如今作家们的自我阐释确实可以催生这一文体。而对于批评家们的作家论写作而言，我们以为要从以下几个方面应对。首先是坚守文学批评的伦理，使文学评论始终保持独立、自由与批判的品格，不管在日常生活中作家与批评家有多么深的交往，都不能改变这种伦理属性，在这方面，别林斯基已经为我们做出过榜样，他没有因为果戈理的责难而改变自己的批评立场。当我们说到"熟人社会"时，一般人都是在这个意义上讨论作家论写作的难度的。这也是现如今人们对文学批评的诟病所在，即十篇作家论，大概有九篇是肯定式的，也就是大众所谓的人情式评论、吹捧式评论。其实，肯定与否定对文学批评来说都是有难度的，从一定意义上说，肯定的难度有时要大于否定的难度，古人讲"穷苦之辞易好而欢愉之言难工"，就是这个道理。这一点，钱钟书在其名作《诗可以怨》中已经阐发得非常详尽而漂亮。往深里说，熟人间的品评不是说好说坏的问题，而是说什么好，说什么坏，如何说，说到什么程度。这里面的复杂与微妙不是此中人可能难以想象。当熟人又成了利益共同体之后，有时的坏话与否定比好话和肯定的正面效应要大得多。所以，不妨危言耸听，文学批评这一行当是否存在"腐败"还真不好说。这还只是"熟人社会"作家论挑战与应对的第一个层次。其实，我们更多的是从信息饱和的层面来运用"熟人社会"这个概念的，这也是我们为什么要提出。当下社会中，作家几乎与所有读者，包括一般的普通读者和批评家这样的专业读者都成了熟人，不是说他们彼此熟识，而是通过大量的资讯，使作家成了陌生的熟人。因此，其次，一个批评家在进行作家论的写作时要能将作家"陌生化"。从作家论的传统写作方式上说，对作家的资讯了解越多越好，但是，在如今有关作家资讯畸形膨胀的时代，我们反而要提高警惕。这里面的问题出在资讯制造的动机上，在信息生产过量的情形下，每一个主体要想获得存在感，就必须不断地曝光，这种曝光一是量上的，一是质上的。从量上说，就是不断地向社会提供自己的讯息，从质上说，就是过度地阐释，或虚假地阐释，或别出心裁地翻新形象。于是，我们看到，作家一天到晚热衷于与媒体打交道；有的作家反复地谈论自己，甚至年纪轻轻就出了评传、传记与自传，至于访谈、对话更是满天飞；而有的作家似乎忘了自己创作的本行，什么话题时髦谈什么话题，什么地方热闹就去什么地方。说到底，本质上也还是利益二字。利益驱动容易出伪劣产品，现如今的作家资讯也是如此。所以，一个称职、敬业而专业的批评家现如今的基本功不在于如何收集作家的资讯，而在于如何辨别这些讯息的真伪，甚至是如何屏蔽那些如同垃圾一样的信息。面对作家们过度的自白，面对媒体对作家的追踪，作家论写作不是无话可说，而是如何以批评的方式再现真实的作家形象去抵抗他们的合谋。于是，再次，一个优秀的批评家在从事作家论的写作时要有一种置之死地而后生的勇气。正是这样的勇气，使批评家能够免于重复作家们的自白，能够免于媒体的制造，从而复活批评的创造力与想象力。批评家从来都不应该仰仗于作家对自己的言说和对自己作品的阐释，批评家也不应该依赖别人的既成之论，更应该对媒体的言论保持距离，他的所有的阐述都应该建立在对文本的细读上，都应该通过文本对作家进行认知、想象和塑造。作家论不同于作品论，就在于它是由文而及人的，它虽然不能离开文，但最终是要落在人身上的。因此，作家论是批评家与作家的对话，或者更准确地说是批评家与自己虚构出的一个写作者的对话。这样的对话要调动批评家所有积累，也必须调动批评家所有的心智与感觉。所以，精彩的作家论是能见出人的，是能见出"活人"的、感性的人的。这种活与感性带着感觉与气息，带着呼吸与灵气，生动可感。有此三点，大概可以抵御"熟人社会"对作家论的伤害和窒息。

其实，由作家论的写作还可以谈开去。说到底，作家论的写作在本质上也不过是在了解人和谈论人。在日常生活中，我们谈论一个人已经是比较困难了，我们在谈论一个人时对自己的谈论有信心吗，我们又对别人相信自己的谈论有多大的信心呢？甚至我们对自己谈论自己都没有多少自信。在现代语言学、心理学、传播学和社会学视野下，人们交际的可靠性是脆弱的，信息的可信度是很低的。所谓"他人即地狱"其意义之一就是认知的陷阱。而在技术的支持下，人们过度的交往与相互间信息的大量生产也是为了摆脱这种陌生与孤独的恐惧。然而，事与愿违，这样的努力可能离人们的初衷越行越远，看看现在的微信朋友圈就可以知道这一点。这实在是一个悖论。所以，作家论写作的困境折射出的是现代社会人际关系的困境，不是吗？在现实生活中，我们不也要恪守做人的伦理，摆脱先入为主的定见，独立作出判断，才庶几可以接近他人吗？如此说来，重振作家论的写作不但是文学批评的固有之道，而且有了社会学上的象征意义。

旅游文学的"核心素养"

前段时间朋友聚会,也许有些日子不见面了,自然说起各自的近况,其实不说大家也都知道,因为微信上几乎天天见,都出去旅游了。正说在兴头上,一位不常出门的朋友忽然叫停,说他最怕的就是旅游,这位朋友是报纸副刊版的编辑,他说每天打开邮箱,都是一堆旅游的稿件,看得直想吐。不料他的话竟得到在座不少朋友的响应,说你都看得要吐了,为什么还要发那么多的旅游稿子,我们现在就怕看你编的这些文章,我们看得也要吐了。

虽然当时一笑而过,但事后想想,还真是个事儿。现在可以说已经到了旅游的时代,旅游已经成了人们的生活方式。客观上说是社会为旅游提供了便捷的条件,别说高铁,私家车都很普及了。而且,旅游已经是重要的经济类型,每天这个世界都要推出许多的旅游产品,其实并不用走多远,在我们居住不远的生活半径里,就可以找到大大小小、花式繁多的旅游目的地。当然,更关键的应该是人们有了旅游意识,旅游已经是人们生活的需要,同时也成为衡量生活质量的指标。因此,有时候并不取决你的主观愿望,为了显示自己的不落伍,你也必须隔三岔五地去旅游一趟。

常识告诉人们,社会上流行的事物迟早会在文学中得到反映,所以,当旅游成为一种生活方式的同时,我们看到的关于旅游的文字也就越来越多。入住宾馆,床头放着的是关于当地旅游景点的介绍和旅游攻略,到了书店,有关旅游的书籍已经需要专柜去放置,即使行旅途中,在火车和飞机座位后的插袋里,也都是大大小小、厚厚薄薄的旅游读物,更不用说报纸和文学期刊了。但是,旅游文学与实际的旅游生活的质量并没有同比上升,说得不客气一点,如果说看了旅游文学的作品,那大概许多人会放弃旅游的想法,因为它们严重败坏了旅行的口味。由此我在想,是不是到了需要严肃地讨论旅游文学的时候?是不是要提一提旅游文学的"核心素养"了?

几十年前,人们对于旅游文学的要求是很低的,比如碧野的《天山景物记》、翦伯赞的《内蒙访古》、刘白羽的《长江三日》等等都曾经是旅游文学的范文。在一个出门很不方便,人们的生活半径非常狭窄的时代,文字担负着传达旅游目的地风景大概介绍的功能,而同时,就这些概而略之的风景介绍又必须承担起宏大叙事的职责。如果旅游文学还停留在这个阶段的话,它显然不能适应当下的时代了,何况现在大部分的旅游作品连这样的水平还达不到。我这么说并不是对旅游文学全盘否定,也不是对许多优秀的旅游文学视而不见。心平气和地想一想,从古到今,数不胜数的旅行家、文学家为人们提供了大量足资模范的旅游文字，仔细把这些优秀作品梳理一下，大概可以看出我所谓的旅游文学的几个核心素养。

比如风景美学，与此相关的还有自然美学。风景是旅游产品的重要组成部分，如果通俗地去讲，旅游就可以说是去看风景。如果一篇旅游文字不能给我们提供实景般的风景，那它应该是不及格的。柳宗元的《小石潭记》人们都应该有印象，其中描写潭中小鱼的有这么几句："潭中鱼可百许头，皆若空游无所依。日光下澈，影布石上，怡然不动；俶尔远逝，往来翕忽。似与游者相乐"。如此真切的白描文字现在真是不容易见到。从美学的角度去要求风景描写，看上去要求是高了，但是如果对实景的风景不在文字上作美学处理，那么旅游文学又有什么作用呢？在看待风景这个问题上，最需要的就是借取自然美学的观点，因为长期以来，人们已经习惯于把自然风景工具化，作为表情达意的载体，而所谓"借景抒情"恰恰是最需要抛弃的，但这一手段却是我们学得最扎实、用得也已经是近乎本能的表达方式。而从自然美学的角度看，我们首先要做的就是把风景还给风景。这方面美国的自然文学提供了许多范本，比如梭罗的《瓦尔登湖》。当然我国也有不少作家在自然美学的表现上已经游刃有余、臻于化境。可以举诗人于坚的《云南冬天的树林》。古人讲"无我之境"，就是说诗文在最大的限度上去掉了"我"的痕迹，《云南冬天的树林》就是一篇无我之境的文字。它使云南冬天的树林能够以本来的状态呈现出来。作为人为的文字来描写客观之景，怎样做到"无我"是很难说清楚的，不妨看一段文字："一片叶子自有它自己的落下。这不是一块石头或一只蜂鸟的落下，不是另一片叶子的落下：它从它的角度，经过风的厚处和薄处，越过空间的某几层，在阳光的粉末中。它并不一直向下，而是漂浮着，它在没有水的地方创造了漂浮这种动作。进入高处，又沉到低处，在进入大地之前，它有一阵绵延，那不是来自某种心情、某种伤心或依恋，而是它对自身的把握。"以前有谁这样写过一片树叶的落下？无我十分重要，尤其在当前，因为好多的旅游文字都因为"我"十分强大而变成了"心灵鸡汤"，开头提到的那个编辑朋友之所以对旅游来稿如此反感，就在于他所说的那些稿件不能给我们带来旅游目的地的风景和生活，而全是个人不着边际的感情抒发和耳熟能详的许多大道理，当然令人生厌。

与自然美学最为相关的一个核心素养是生态美学。将自然还给自然，将风景还给风景，本身就是我们应取的生态美学观。在生态美学看来，任何生命都有其存在的理由，都是相互依存，互为生命的前提。正是这些观念，改变了人们对生命的看法，包括对自然风景的看法，甚至对传统旅游文字可能会在某些方面产生颠覆性的影响。过去，人们在旅游文字里，对事物的表现往往遵循的是唯美的原则，而恰恰是这样的原则，将事物分成了三六九等。如果用生态的观念去看待旅游目的地的事物，人们就能够以众生平等的态度将它们纳入笔端，它会让人们重新去认识世界，发现世界，许多原来看不见、听不见的被看到了，许多原来不宜入画的事物可能会占据文字的中心，而原来浅尝辄止的领域将会给人们开启神奇的天地，带来关于生命的深刻的思考。十年前新疆作家刘亮程曾经给文坛带来震撼，如果只从传统的旅游文学的标准来看，刘亮程的文字其实并无新鲜特别之处，甚至可以说是质朴无华，但是他又确实重新发现了新疆，重新书写了新疆。他的过人之处就在于他独特的生命哲学，这种富于生态主义色彩的生命哲学使他能够在别人习焉不察的地方发现自然与生命的秘密，在常人以为空无的地方发现了有，在丑陋的地方发现了美，在无可言说的地方体会到了独特的价值。刘亮程的文字是具有启示性的，夸张一点说甚至是具有教育意义的，我们看待事物正需要一双刘亮程式的眼睛。

说了这么多，我们大部分还是谈论的自然，而作为景观，自然只是旅游的目的之一，更多的，我们去观赏的是人文景观。从这个角度来讲，不仅仅是旅游文学，作为一个旅行者，他所要具有的人文素养就更多、更为复杂。在旅游还是奢侈品的时代，出门远行几乎是一个梦想，所以古人有纸上游、枕上游的说法。古人的意思是没钱上路，就不妨找点书看看，通过文字来分享别人旅游的经验。如果连书也看不起，那就枕上游，在梦中，上天入地，游山玩水。古人这种不无解嘲的话其实给了我们很多启示。从旅游文学写作的一般进程而言，它应该是三个阶段，那就是开始于纸上，继之于路上，再结束于纸上。任何在前期不做功课的旅行，其所得将会大打折扣，如果寄幻想于导游的解说词，就想对旅游目的地有深入的了解，更无异于南辕北辙、缘木求鱼。我看到过许多旅游文学，特别是作为一个内地人看到许多关于边疆旅游的文学作品，真是对它们的同化能力感到十分的惊讶，在这些作品中，人们看不到边疆与内地的差别，边疆的自然景观与人文景观在作品中只是一些文字符号，它们真实的面貌，它们与内地的显著的区别性特征，以及这些特征之所以形成的自然与人文因素，在作品中付之阙如，像这样的作品除了告诉作者自己曾经"到此一游"之外，还有什么意义呢？旅游及旅游文学的功课，不是旅游的攻略，不是如何组团、如何省钱、如何规划路线，而是借助与旅游目的地有关的知识积累，提前开始对它的纸上游，这需要我们通过学习获得有关旅游目的地的自然科学和社会人文学科的知识，比如，它的历史、它的民俗、它的宗教、它的神话传说，一直到有关民族学、人类学方面的专业知识。如果对此没有感性认识的话，可以读一读诸如屠格涅夫的《猎人笔记》、纪德的《刚果之行》。就中国当代作家而言，像于坚的《丽江后面》《云南这边》《昆明记》，雷平阳的《云南黄昏的秩序》《风中的群山》等等，这些作品都具有极强的知识性，非常的扎实、结实。这一点非常重要。总体上讲，我们的旅游文学都失之于轻飘，浮光掠影，浅尝辄止，几乎大部分的文字都可以将它们的题目改成"某某地印象"。就一般而言，人们在旅游目的地逗留时间不可能太长，如何能形成扎实、结实的文字，如何能使旅游文学具有厚重的知识性，其实就在于旅游之前的功课。如果我们在旅游之前做足了功课，将知识上和想象中的旅游目的地与目的地真实的事物和场景进行验证和互勘，不仅仅能够加深印象，更重要的是能够形成新的知识。散文界现在对余秋雨已经很厌倦了，但是心平气和地回到当年他写作《文化苦旅》的时候，还是能够记得他的那些旅游文字给人们带来的惊喜。正因为有了余秋雨，才有了现在所谓的大散文，这大散文"大"在什么地方？如果从旅游文学的角度讲，首先就是他的知识性，这样的知识不可能在旅游目的地现场获得,只能动用作者的知识储备和有针对性的资料功课,随后余秋雨又推出了《行者无疆》等一系列的旅游大散文,继续着文化苦旅的风格,这样的作品绝非只给人们展示旅游目的地的风光,更有它们的人文与历史。从这个角度讲,旅游和旅游的核心素养就是学习。

按理说,现在这样的条件,是可以产生许多的旅行家,但是没有,有的是无数的蚂蚁一般的游人。游人、旅行者与旅行家这样的划分可能不太严密,但他们之间确实是有区别的,游人只是过客,他们匆匆地来、匆匆地走,他们与他们所经过的地方并不能建立旅行的关系,旅游目的地对他们来讲实际上是可有可无的,总的一句话,匆匆的游人没有自觉的旅游意识,因此,也不能指望他们写出什么旅游文字。旅行者无疑具有确定的旅游身份,也具备了一定的旅游意识,他们不仅行走,而且要在旅游目的地有所收获。但是,旅游者要么只有少量的旅行积累,要么又会贪多,总想从一个地方到另一个地方,走遍中国,走遍世界。看上去他们走的地方很多,但是他们同样也无法与旅游目的地建立起深刻的关系,他们能够炫耀的就是自己的里程,在地球仪上插遍旗帜。所以,他们谈起自己的旅程来可能会滔滔不绝,但是如果让他们停留下来,说出对某一个地方丰富而独到的见识,那就不容易了,更不可能形成自己的旅行思想,使自己的万水千山形成一个有机的整体,因此,对他们这个群体能够诞生优秀的旅游文学也不能抱太大的希望。在旅游当中,能够出类拔萃的肯定是旅行家。旅行家是这么一个独特的群体,他们成年累月地把自己交付给外面的世界,他们热爱这个世界,热爱这个世界的每一个地方，而同时又对某一条行走的路线、某一个地区、某一个领域情有独钟。他们专注于此，博览群书，博闻强识，必欲穷目的地之所有知识而后已。他们固然对某一些新的旅游路线充满了好奇与探险的激情，同时他们又对某些地区与线路不厌其烦、长年累月盘桓其间，他们终于与山川河流结下了深情厚谊，他们对某些自然景观会上穷碧落下黄泉，屡有发现，而对一些历史、文化、民俗、艺术等等方面，因其精深的研究，甚至能让他们卓然成家。不要说中国古代的徐霞客，就是一些外国的传教士、汉学家，从他们留下的不朽著作来看，都曾因在中国这块土地上的旅行而成家。就举大家熟悉的人来说吧。一位是法国的谢阁兰，他曾经长期旅居中国，先后七八年，到过中国的北京、天津、南京，而大量的时间花在了西北高原、青藏高原、四川盆地以及长江流域，足迹遍布大半个中国，他对中国的古代遗迹兴趣极大，写出了多部关于古代中国的陵墓建筑和雕塑艺术的著作，其《华中探胜》这一记游作品名重一时，流传至今。还有一位是瑞典人斯文·赫定，我们现在正在倡导"一带一路"，但说句老实话，能够像他这样了解中国丝绸之路的人还真不多。他曾五六次到中国，对中国西部的地理、古籍、艺术、交通、矿产资源都进行过深入的考察。相信许多人读过他的《亚洲腹地旅行记》，并且会有同样的感觉，即现在的许多西域旅游散文真的无法与这位洋人的西域探险之书比肩。旅行家是把旅行当成了自己的事业，他要在旅行中有所发现，有所创造，他要对旅行目的地形成系统的考察，他不但在这样的考察中继承、梳理前人的知识成果，而且还要矫正与更新，更重要的他不但要像一个科学家一样去再现旅游目的地，还要像文学家一样用生动的笔墨描述目的地的自然与人文景观，讲述目的地的故事，并且留下自己的情感与思考。所以我们会发现有许多的旅行家们的足迹似乎并不遥远，分布也不够广泛，但是他们却是真正的旅行家，而且给人们奉献了真正的厚重的旅游文学。像前面提到的于坚、雷平阳、刘亮程都是这样的，他们似乎只钟情于某一块土地，比如云南和新疆。可以再说一位旅行家和真正的旅游文学的杰出作家，那就是马丽华。在当下，马丽华是与西藏这两个字紧紧地联系在一起的，如果去过西藏，你会对她的《走过西藏》拍案叫绝；如果你没有去过西藏，那仅凭《走过西藏》也足以满足你的西藏想象。这是一位对西藏充满了热爱的女性，是一位把自己的汗水洒在高原的勇敢的跋涉者，是一位受到藏族同胞热爱的人，更是对这里的土地以及雪域高原上的一切充满着敬畏与怜爱的学者，而这一切都毫无保留地呈现在她的文字中。她表达了西藏，而西藏又成就了她。在马丽华进入那片神奇的高原之前，她从未想过她能够成为这片神奇的土地的代言人、一名卓有成就的藏学家。因此，旅游和旅游文学最高的核心素养应该是研究和研究的美学表达。

不是每一个人都能成为旅行家，我们大概都是从游人的角色开始的，但如果都有一个旅行家的梦想，那么我们笔下的旅游文字大概会别开生面吧。

散文散谈

据说,"散文"这词最早出现在北宋,为了与韵文和骈文区别开来,就把那些不押韵的也不重排偶的文章称为散文。所以,散文在最初不是一个严格意义上的文体,而是一个类型和范围,它是一个大的筐子,把诗歌和骈文以外的文章都装在这个筐子里。当时,说这些文章是"散"文,可能只注重它与韵律对仗没关系,相对于整饬的语言作品,它是"散"着的。到了后来,这个"散"字的含义越来越丰富了,散文也随之越来越大,越来越广泛,以至于对它都难下一个文体的定义,也很难说它有什么规定。诗歌要分行,讲韵律,讲音乐性;小说有三要素,人物、情节、环境;戏剧就更不用说了,其外在的特征太明显了。散文呢?散文有什么不可或缺的要素吗?没有。散文有什么外在的特征吗?也没有。很多年前,我们就说过,与其说散文是什么,不如说散文不是什么。过去,不押韵的就是散文,现在,不是小说、诗歌、戏剧的就是散文,都是排除性的认定。

因此可以说，不可规定性就是散文的基因，无特征就是散文的特征。这种先天性的特点给散文写作带来了两个几乎是对立性的情形，就是非常的容易与极度的困难。说它容易是因为它太广泛了，它无处不在，因此其写作也就非常容易。我们几乎天天生活在散文当中，天天要与散文打交道。特别是在媒体高度发达的今天，耳闻目见，都是散文。从报纸、杂志到微博、微信、博客，长长短短，大大小小，无不是散文。即使从所谓"纯文学"的角度看，散文的创作量也是惊人的，不说别的，就各大网站的公众号和日报的副刊每天对散文的需求就是海量的。它极大地刺激了创作的"供给侧"，产生了无以计数的散文写手。人们曾经调侃说写诗的比读诗的多、扔一块石头能砸到三个诗人……散文何尝不是如此！现在，只要是一个写作者，不管他是诗人、小说家还是剧作家，没有一个不兼写散文的，更不用说广大的业余作者。不管是专业作家还是业余作者，为什么都喜欢写散文，原因之一就是它容易，从专业角度说，散文无章可循，怎么写都可以，相对于小说、诗歌、戏剧，散文对专业作家来说真可以说能七步成"文"，下笔千言，倚马可待。而别人对这些作品的要求也低，散文嘛，就随便写写。而对业余作者而言，散文上手容易，"我手写我口"，怎么想就怎么写，何况媒体的需要量大，相对来说发表要容易得多。散文的体量一般比较小，劳动量小，创作成本也比较低。对业余作者来说，写一篇小说颇为不易，写砸了，扔了可惜，出售又无门，而散文不同，不说"此处不留爷，自有留爷处""东方不亮西方亮"，实在不行，贴到博客，发到朋友圈，总会找到"知音"，集几个赞，赚个人气。这样的局面所造成的后果就是每天都在生产大量的散文"残次品"甚至散文"垃圾"。不讲标准、不讲难度，注水式、批量式、拷贝式的散文写作使得人们在这一文体上的认识越来越模糊，严重拉低了散文审美的"天际线"，严重恶化了散文的写作与阅读生态；同时，它也掩盖了散文写作的另一种情形，即散文写作又是极其困难的。以为无规矩、无法度就等于无难度是天大的认知错误，因为恰恰相反，正因为无法可依、无章可循才是最大的难度！于坚就说过："散文是一种高难度的写作，它不像小说或诗，有一种模式可循。"这是用心写散文的人的体会。

那么，既然没有什么文体上的具体规定，那么如何讲散文的难度，又如何提高散文写作与阅读的审美"天际线"？

讨论这样的问题，就必须自上而下，从专业散文家的写作入手，或者从专业散文即文学意义上的散文写作入手。因为，只有它们，才代表了散文创作的水平，也只有讨论它们、解剖它们，才能探寻到"行业"内部的状况。说到底，也只有解决了它们的存在问题，才能拉高散文创作的水平，从而提升我们散文的整体质地，改善散文的生态。

我们认为，当前散文创作主要存在以下几个方面的突出问题。一是题材重复，在题材上没有突破。主要原因还是作者对自己写作的放任，对散文写什么无所作为造成的。这里面有个观点对散文写作的杀伤力很大，即散文是写真实的，不能虚构，同时将真实与自己的日常生活画上等号。于是，琐碎的日常生活充斥着我们的散文，家长里短、婆婆妈妈、油盐酱醋、吃喝拉撒，散文的内容与我们的日常生活表象形成了同质化，毫无陌生感与新鲜度。一些作者的散文似乎永远跳不出他生活的半径，在城市的就写弄堂，在农村或有着农村生活记忆的就写乡村。特别是乡村写作这些年特别流行，一个村子一个村子地写，写老房子、旧农具、水井、灶台、庄稼、牛羊、乡土植物等等。从古到今，创新都被视为文学的生命，如何创新？最简单的就是题材的创新，也就是"写什么"的创新。不管什么样的文学体裁，留给读者的第一印象还是内容，读者对作品的第一判断也是作品写了什么。相较于其他文体，散文确实是与日常话语比较近的样式，也是与真实生活相似度较高的样式，但这不是散文拷贝庸常生活的借口，更不是散文一味沉湎于泛黄岁月的托词。相反，如同对所有文学样式的要求一样，人们对散文同样有着拓展新生活的阅读期待。因为散文相对真实的特质，所以人们更期望通过散文来了解生活的进程，知晓生活真实的新的生长。因此，与此相关的就是，散文如何书写现实？面对复杂多变的时代，面对社会的变革，散文如何与时俱进？令人感到不解的是，在诸多文体中，散文总是显得老气横秋。从内容上说，散文似乎总是习惯于面对往昔，面对已经逝去的生活，难怪曾有作家对散文的定义就是"回忆"。而在我们看来，如果从功能上去理解诸文体的分工的话，散文倒是第一个应该面对当下，面对现实的。它应该第一时间将即时的生活，将生活中那些新兴的事物呈现在人们的面前，而其他的文学样式有时是需要深沉，需要拉开一定的距离。但是，事实上的情形恰恰相反，小说、诗歌、戏剧已经深度介入当下的生活现场。以江苏作家范小青为例，她这几年来集中以"新生活"为题材创作了引人瞩目的短篇系列，其中以高科技、现代化产品为依托的作品尤为醒目,如电脑、互联网、手机、程序、私家车等等,它们成为范小青短篇家族中的新产品,并且逐步形成为范小青社会分析与世象观察的一个新的楔入点。她试图在新的技术空间重新诠释现代社会人与物的关系。现在,我们已经全面进入了一种"新生活",这种生活的标志就是科技对生活的全面升级换代,过去科学技术主要集中在生产领域,而当今科技已经大规模地向生活领域进军,以科技的方式延长人的器官,实现人的理想,开发人的欲望,放大人的感觉,这种以人工智能为特征的技术开发表面上将人从劳动中解放出来,不断使人过上舒适幸福的生活。另一方面,它又可能是另一种"异化",它取代了人的自然性、主体性与自主性,令人在盲目、沉醉和优越中丧失了自我,成为技术或现代工具的奴隶。面对小说家如此的观察与思考,大多数散文家却在作壁上观。所以,文艺理论家兼散文家的南帆就说,"从琳琅满目的商品、街道两旁的玻璃幕墙、流线型的高速列车到耀眼的 LED 广告屏幕、电视直播的滚动新闻、互联网上形形色色的图片和视频,人们的意识已经陷入缤纷的景观包围。如果散文无法正视及表述这些景观,现代社会的庞大身影只能徘徊于这个文体之外。"他认为我们的散文基本上还停留在农耕文明时代的审美阶段,并不是现在才显出与时代的格格不入,它似乎天然与机械、科技对立。人类生活一直与机械共同成长,拒绝成长的只有散文。"各种型号的机器填满了人们日常生活的每一个空间。古往今来,机器从未停止跨入社会生活的步伐。火枪与火炮宋朝已经出现,火车于十九世纪初在英国问世。总之,那些金属零件和电线装配的神奇玩意儿始终按部就班地增加。很长一段时期,多数家庭所能接触的机器仅仅是手表、自行车以及缝纫机。然而,科学技术的巨大进展终于在某一天开启了一道神秘闸门,大量机器突如其来地涌入日常生活。短短的几年时间,洗衣机、电饭煲、电风扇、空调机、电视机、电冰箱、电脑、打印机、手机以及汽车突如其来地联袂而至,机器与普通人从来没有如此接近。这种状况无疑是对散文的一种考验——能否像呈现一条山涧、一片大漠或者一棵树那样呈现各种机器?许多作家毫不犹豫地将机器甩给科学,文学或者美学怎么可能为冰冷的金属或者乏味的电子元件耗费笔墨?在我看来,这种观念可能演变为故步自封的意识——散文拒绝与现代社会对话",此话令人深思。

散文的拒绝成长与人们对散文过度的宽容与低要求,就这样使得散文几乎丧失了对现代生活的表现能力。这种能力一方面是散文新生活开拓乏力,在题材上缺乏突破的勇气,另一方面就是思想的守旧与文化的保守。不是说散文不能回忆,也不是说散文不能写过去的生活,不能写已经写过的题材,关键还要看你怎样处理这些题材,面对回忆,面对过去,你是如何处理,如何解释,又提供了怎样的价值观。我们对旧生活的留恋太深了,许多作品甚至表现出反时代的趣味,把玩、品咂的都是上了"包浆"的物件,说得重一点,表现出来的是一些庸俗的、腐朽的、违反人类文明进程的价值观。比如许多作品表面上看似乎在倡导生态文明,实际上却与文明逆向而行。你可以指出当下环境保护所面临的严峻形势,你也可以对许多破坏生态的错误严厉批判,但你所指出的方向应该是在人类文明的前进道路上,应该符合社会的现代化总体进程,而不是简单地回到过去。事实上,人类文明不可能回到刀耕火种的时代，我们的环境问题只能依靠科学的进步来解决，即使是因技术产生的环境问题依然需要通过更先进的技术来克服。本来，在形而上的思考上散文具有得天独厚的优势，因为散文是直面我们自身思想的，它可以议论，可以思考，可以以理论的方式来言说，而不像其他文学文体，必须借助形象、意象、人物、故事情节来曲折地表达自己的观点和立场。事实上，中西方许多思想家都成功地使用散文这一文体来进行哲学思考。但是，我们当下的散文基本上搁置了这一天然的思想功能。如果说有的话，那就是大量的、令人起腻的"心灵鸡汤"，它与许多公众人物的流行话语相呼应，漠视大众的思想能力，用许多过时的、空洞的、看上去放之四海而皆准的口号和教条愚弄读者。

还有一个现象应该引起散文的警惕，那就是所谓的"知识"写作。它已经成为散文中极度流行的写作类型。只要到书店的散文书架上一看，花花草草、鸟兽虫鱼、老物件、老古董，以及历史故事人物、二十四节气、自然地理等等都是散文家反复写作的内容。如果说这样的写作方式在信息不发达的时代还有道理的话，在当下已经进入大数据的时代就没有多大的必要性了。散文确实应该传递知识，但应该是新鲜的知识，应该有助于读者扩大知识面、增加知识量，难怪读者尖锐地指出这是"百度式的写作"。就是说作者靠搜索引擎从网上搜罗条目，再用所谓文学语言把它们重新叙述一遍，增加些游旨浮辞，敷衍成文，在本质上并未给读者增加有效的信息，本质上说，这样的散文实际上是知识的"二手货"，散文家不是在创造，而是如同一则矿泉水的广告词所言的，他们只是陈旧知识的"搬运工"。如果要说知识性写作，就应该面向真实事物，而不能是书斋式的，散文应该创造新知识，而不能重复老知识、旧知识。新知识在哪里？在现场，它需要的不是一个散文家对已有知识的占有与博学，而是要走向社会、自然的实践。其他文体需要时间的沉淀，需要空间的距离，而散文不但需要时间的即时，也需要空间的在场。

最后，要理直气壮地重申散文的艺术性。由于散文的自由与宽泛，在艺术性上并没有形成自己的规定性，因而也没有自己独特的标志性的手法。不过也正因为如此，也使得它在艺术上具有几乎无所不能的包容性，它没有自己专属的艺术手法，但其他文体的艺术手法都能为其所用，这是第一。第二，作为一种最为古老的文体，它孕育了几乎所有的文学艺术手法的最基本的形态，比如叙事、抒情、描写、议论等等。但这样的艺术特性不但没有使我们当下的散文获得艺术上的自由，反而导致了在写作与阅读两个方面对散文艺术性的低标准。特别是自从批判了"杨朔式"的散文之后，表面上散文从那种艺术上的装腔作势中解放了出来，但是它的另一种后果就是人们几乎放弃了艺术上的精益求精。从新时期散文的走向来看，如果散文还有什么革新的话，主要就是不断地向"大"发展，向"长"发展，向其他的人文社会学科靠近，而在其内部的艺术建构上不能说毫无作为，但确实收获甚微。二十世纪八十年代以来，诗歌、小说与戏剧诸种文体在艺术上可以说是已经经过了几代的革新创造，唯独散文始终在低端的叙述与议论上面徘徊，很少有散文家能够在严格的散文意义上作出成功的探索，并形成可资借鉴与推广的经验，更少有散文家在严格的散文意义上去锻造自己的语言。所以，不管是大部头的所谓非虚构,还是小到每日报纸上的副刊作品,几乎都满足于普通的叙事与一般性的议论。说起来本可以像兄弟文体去借鉴它们成功的艺术经验,但是莫名的惰性还是让散文掩耳盗铃、自欺欺人地徘徊在自己贫瘠的疆域里。如何把事情写得引人入胜,把人物刻画得生动传神,如何借助新颖的意象表达情感,又如何提炼语言贡献"金句"等等都成了难题,更不要说在散文审美本质的提升了。

这些都不能说明我们对散文有什么新的看法。散文的如上现状不管是作家还是读者都有目共睹。但这恰恰是令人奇怪的,仿佛读写两方有默契甚至是合谋一样,一同对此保持沉默,从而维持着如今量大质低的散文制造与消费的事实。因此,总希望有对这一现状的革命性的突破者,如同当年韩愈、柳宗元一样,"文起八代之衰",从理念到手法,再到语言,令散文焕然一新。

这当然是梦想,但事情就是从梦想开始的。

我们如何与物相处

文学是人学,其实文学要面对的是整个世界,它同样要处理好与物的关系,如何表现物不但是文学要解决的问题,而且在这方面形成了丰富的传统,并且时时要对新的难题提出自己的新方案。

世界上最重要的东西是物质,人时刻依赖因而也是要给予敬重的东西也是物质。人类文化的构成,人类文明的产生都是在与物质打交道的过程中产生的。每一种文化,无论是不同地区的文化,还是不同时代的文化,都是人与自己所处的环境对话、协商乃至妥协的结果,任何一种文化都是人类面对自己所处环境的创造,包括生产资料、生活资料、生产工具和生产与生活方式。当这一切反映到文学作品中时,就产生了不同的物质美学景观。可以对古希腊史诗和中国的《诗经》《楚辞》中的物质世界进行研究和比较。即以《诗经》来说,在这部最早的诗歌总集中,我们可以清楚地看到几千年前,我们的祖先在黄河流域是如何生活的，当时的气候特点、地理面貌都被真切地反映在作品中。有学者统计过，《诗经》中所描写到的植物就有一百多种，"参差荇菜，左右流之""葛生蒙楚，蔹蔓于野""采采卷耳，不盈顷筐""投我以木瓜，报之以琼琚""有女同车，颜如舜华"，等等。这些描写不但告诉我们几千年前繁茂的植物世界，而且告诉我们当年人们是如何与这些植物相处的。这些植物不但给人们提供了食物，而且为他们提供了审美的对象。他们与植物打交道的方式，有许多已经失传了。我们赞美一个姑娘的美貌时，还有多少人还会用木槿花（舜华）去形容呢？而现在选择爱情的信物时，还会有人去用木瓜吗？《诗经》对当时人们的生产与生活方式的描写也非常细致，无论从哪一个细部来看，我们都可以看到诗人们对物的详尽而精细的描绘，比如挑一个比较冷僻的领域，诗歌时代金属制品的加工和使用。诗人们告诉我们，当年人们已经能够提取金、锡、铜、铁，人们用这些金属去制造兵器、生活用品、乐器和装饰品，我们在《诗经》当中读到了弓、剑、矛、箭、刀、斧、钺等兵器，鼎、簋、兕觥、镛等祭祀用具，镈、铚、銶、锻、错、粗等生产与生活工具。仅仅是车马的装饰就五花八门，如伐、鋈錞、镂、镳革、鸧，等等。《诗经》之所以被誉为中国早期文明具有史诗性的作品，其重要原因之一就在于它对自然与人类生活的物质世界广泛而真实的书写。

《红楼梦》被喻为日常生活的百科全书，它全方位地展示了中国十六世纪的物质世界。可以说，凡是当时人们日常起居的方方面面都在作品中得到了细致入微的表现。读过《红楼梦》，大概对刘姥姥进大观园都会留下深刻印象，那是对当年中国上层社会极尽奢华的物质消费的描写。其中一个细节是在对话中对一道菜"茄鲞"的描写。书中写道：

凤姐儿听说，依言搛些茄鲞送入刘姥姥口中，因笑道："你们天天吃茄子，也尝尝我们这茄子，弄的可口不可口。"刘姥姥笑道："别哄我了，茄子跑出这个味儿来了，我们也不用种粮食，只种茄子了。"众人笑道："真是茄子，我们再不哄你。"刘姥姥诧异道："真是茄子？我白吃了半日。姑奶奶再喂我些，这一口细嚼嚼。"凤姐儿果又搛了些放入口内。刘姥姥细嚼了半日，笑道："虽有一点茄子香，只是还不像是茄子。告诉我是个什么法子弄的，我也弄着吃去。"凤姐儿笑道："这也不难。你把才下来的茄子把皮削了，只要净肉，切成碎钉子，用鸡油炸了，再用鸡肉脯子并香菌、新笋、蘑菇、五香豆腐干、各色干果子，俱切成钉儿，拿鸡汤煨干了，拿香油一收，外加糟油一拌，盛在磁罐子里封严，要吃时拿出来，用炒的鸡瓜子一拌就是。"刘姥姥听了，摇头吐舌说道："我的佛祖！倒得十来只鸡来配他，怪道这个味儿！"

凤姐的话固然因为要取笑刘姥姥乡下人的孤陋寡闻而带着炫耀和夸张，但作品对物的描写的细腻生动于此可见一斑。

可惜这些对物的描写的经典文字我们现在已经很少见到了，现如今的文学已经很少见到人们去耐心地书写物的世界，这里面反映了许多意味深长的东西。仔细梳理人与物的关系实在是太复杂，人对物也实在是太纠结，可以说是爱恨情仇，百般滋味。毫无疑问，人们肯定是爱物的，离开了物，我们无法生活，因此相应地，我们必定会表达对物的喜爱，直至将物从公用的领域上升至审美的境界，也因此才诞生了那么多以物为表现对象的文艺作品。但是，也就是当人们意识到人对物的依赖的时候，就产生了对物的排斥，乃至厌恶，并且认为，正是物，限制了我们精神的生长，是物激发了人的动物性的本能，滋长了人的欲望、贪婪，所以，对物，人们的态度一直是行走在二律背反的道路上，人们一方面唱着物的赞歌，另一方面，又总是在批判、诅咒着物。在中国思想史上，无论是最早的儒家和道家，还是后来东渐而来的佛学，都号召人们对物保持警惕，提醒人们对物保持距离，鼓励人们疏远物，减少对物的依赖，压抑人们一切与物相关的欲望。这样的思想几乎带有原型的色彩，是中西共同的人文理念，这多多少少影响了人们对物的审美。而更重要的原因就是，我们应该承认，在物的面前，我们的公用领域与审美领域有极大的不平衡。在早期文明中，由于生产力的低下，人们对物充满了膜拜和敬畏，只有到了生产力相对发达的时候，人们在物面前才有了自信，物也因此而进入了我们的审美领域。人们不仅在文学艺术中去表现物，而且把许多复杂的思想感情附着在物象上面，形成了许多美丽的意象，拥有了物象的审美传统。按理来说，随着生产力的高度发达，人们在物质世界面前应该拥有更多的自信，在功利地掌握物质世界的同时，理应在审美的领域对物享有更充分而自由的支配权，创造出更多的、新的物质审美的世界。但是情况可能与之相反，正是因为生产力的高度发达，我们日益被自己所创造的物质世界所挤压、吞噬和同化，这便是所谓"异化"的产生。我们根本无法面对汹涌而来的物质浪潮，现如今产品的更新换代可以说是一日千里，我们已经毫无办法与物从容而处，我们每天面对的都是陌生之物,当然无法与它建立起深厚的情感。可以稍稍地对比一下,在过去的岁月里,人们可以对自己的居处、家具、工具、田野里的庄稼产生深厚的情感,农人与自己的镰刀、锄头,工匠与自己的斧头、锤子,士兵与自己的刀剑都可以成为兄弟,这样的情感在古代的文学作品当中都有描绘。但自从电器、信息化工具进入我们的生活领域之后,我们几乎就没有看到对它们的审美化的描写,整齐划一的公寓房,流水线生产出来的家具,看上去豪华的、但是几年就要更换一次的室内装修,都不是我们的审美对象,而家用电器从买回来的那一刻起,就已经注定了它的命运,那就是等着被摒弃,被新的产品所替代,我们就没有打算去跟它建立相依为命的兄弟般的感情。本来,我们可以与自然之物维系审美关系,但这样的物我关系也被打断、取缔和重构。在我们目力所及的范围之内,《诗经》时代的植物已很难见到,原来与我们相依为命的庄稼、菜蔬,在现代农业科技的干预下,可以在人造环境中短时期、快节奏地生产出来。日出而作,日落而息,在漫长的四季轮回中与这些植物建立起来的全天候关系现在是再无可能。在居住地,环绕着我们的是整齐划一的景观植物,原本与我们共同生长的乡土植物被连根铲除。乡土植物是千百万年来长期适应本地的气候条件、土壤条件、地形条件而产生并繁衍的,它是地区生态的主体,从水生、半水生、旱生,从苔藓、草本植被、灌木到乔木,不同地方都拥有具有本地特点的乡土植物种群,它们不同的生物习性与色彩、外形,在长期的审美过程中被符号化、人格化了,承载着自然的秘密,传递着时间的节律,也成为人们抒发各种情思的形象。不同地区的人们长年累月地与生长在他们身边的植物对话,并以其作为乡情乡思的代言。如果稍微留心一下,就会发现北方与南方的文人笔下的植物有着明显的区别,特别是当他们漂泊在外,乡愁涌上心头的时候。现在,当我们诉说乡愁时,我们会找什么呢?人们已经注意到,现在的文学作品越来越少见景物描写,而在过去,作品几乎都是从景物描写开始的。这确实是无奈的事,人们已经无法用植物去说明一个富于个性的故事发生地,千篇一律的景观植物——在唯美、形象工程以及名目繁多的城市荣誉评比逼迫下的城市绿化景观设计与制作,正在制造许多恶果,乡土传统的断裂,对野生生命的鄙视,对人工与舶来品的迷信,终于让人熟视无睹,这便是文学中景物描写缺失的原因之一。

不能说现在缺少物,只能说物的世界发生了根本的变化,以至我们无法与物从容相处。在可以想见的未来,情形可能会更糟,因为网络所带来的虚拟世界正在无限加大我们与真实之物的距离。人们沉湎于虚拟的空间,无法与真实的物亲密接触。大量的时间被小小的移动终端控制和绑架,无数的影像,符号的碎片充斥人们的视听,而真实的物却被忽视,它们虽然在那儿,但却在人们的关注之外,在无知、无觉、无感中从人们的身边无声地流过。这样的状态显然不是文学化的与物的相处之道。如果要在文学中呈现我们的身边之物,其前提必须是人与物的和谐相处,是人与物的交流和对话,只有人与物形成这样的关系,人才会在物上打上自己的印记,人才有可能物化,物也才有可能人化。这时,人与物是不分的,物成了人生命的确证,成了人生命长河中的标志,凭借物,我们可以展开叙事、抒情和描写。

所以，我们现在失去的不仅仅是人对物的把握，人与物的和谐，同时失去的还有我们在文学艺术中对物的审美表现，包括艺术表现方法。在长期的审美实践中，人们积累了许多对物的表现手法，但是，当物已经在文学中失去了位置时，表现它们的方法也随之没了用武之地。我们曾经欣赏过鲁迅对南方与北方不同的雪的描写，欣赏过老舍对北京胡同的描写、沈从文对湘西风景的描写、汪曾祺对故乡食物的描写。契诃夫《套中人》的雨伞在刻画人物上竟然有那么大的作用，而蒲松龄的《促织》如果离开了那只蟋蟀，故事就不可能展开……更不要说那些在长期的审美中形成的寓言、比喻、象征了，它们都是建立在物的审美化的前提之下的。"君子之所以爱夫山水者，其旨安在？丘园养素，所常处也；泉石啸傲，所常乐也；渔樵隐逸，所常适也；猿鹤飞鸣，所常亲也。"（《林泉高致》）客观之物就是这样成了人们主观情意的写照。

从日常生活中我们如何与物相处说到文学对物的表现，是不是让人有些绝望？但我们不能止于绝望，事实上，人类与世界和谐相处的初心也不是那么轻易放弃的，否则，我们今天也不会在这儿讨论这个问题了。物质世界的变异一时间打乱了我们把握物的节奏，但是我们一直在努力，努力重建与物的关系，并试图将新的物充分地审美化，成为我们文学表达的对象，在物中展开我们的故事，创造新的物之美学。即以当下的中国文学而言，刘亮程、王安忆、金宇澄、周晓枫等等都给我们提供了新的审美经验。江苏小说家范小青在如何将现代技术之物审美化上就给了我们许多惊喜。熟悉范小青小说创作的读者都知道，范小青常常以物作为故事的道具,她的短篇小说大多数都要写到一两样物,她好像有"恋物癖",比如账本、身份证、法兰克曼吻合器、结业证、银行卡、生煎馒头、月饼、国画、蹄髈、钞票、日记等等。这是前些年范小青小说中的物件,它们应该说都还不是太现代的,更与新技术没有太大的关联,甚至不少物件还是前现代的,已经积淀了相当的人文内容。而这几年,范小青小说中的物件大大地改变了,它们与当下生活结合得更紧密了,特别是与新技术结合得更密切了,许多现代化的物件频繁地出现在她的笔下,如电脑、互联网、手机、程序、私家车等等。这些物件不是简单地出现,不是作为背景,而是作为主体,它们是作品叙事得以成立的驱动。限于篇幅,这里只举一例,《我们都在服务区》。这是一篇以手机来构思的作品,小说的主人公桂平的尴尬都源于手机,而小说中每一个环节的推进又都与手机的功能有关,比如开机、关机、通话、短信、情境模式、通话记录、通讯录、插卡(取卡)、来电显示、换号、停机留号等等。桂平烦恼的是,接电话烦,不接电话又担心误事。他自以为聪明地将号码重新编组并设定接听区别功能,结果却惹出许多意外的人情烦事。通过手机的功能,小说中的人物与外界的关系得以建立,而随着人与手机的互动,叙述不断向前推进,作品的意蕴也不断地丰富和深化。可以说,范小青在传统的小说领域为我们提供了不同于古典时期的现代化和新技术的新美学。这一新美学的要义有三:一是不再简单地将现代之物与人对立起来,它承认现代科技已经成为人们的生活,它正在深刻地改变我们,并将不断建构新的人伦关系,它应该而且可以转化为艺术经验,是新的文学主题库;二是人与技术进入了新时代,并且将持久地处于一种制造与排斥、亲近与反感的紧张关系状态,我们一方面在诅咒,一方面又沉湎其中,我们都是新技术的吸鸦片者,当然,情形可能更为复杂,但不管怎样,这既是新的生活方式,也会产生新的文学形象;三是新的物必然催生新故事,范小青成功地进行了现代之物的美学化改造,开发了它们的艺术生成功能,也就是说,科技以及科技制造的现代化产品不仅可以成为文学的表现对象,而且可以以其属性、功能参与艺术构思。不管是计算机、网络还是移动终端,在范小青的作品中都不仅仅是物,它们还是关系,是结构,是艺术构思的要素。范小青这类作品中每一个环节的推进都与相应的技术与产品的功能有关,没有后者就没有前者,它们已经是小说的本体了。

这仅仅是文学将现代之物审美化之一例,但足以看出我们的努力和前景。长此以往,情形或许会改变,我们将获得与物的新的相处之道。

老年社会呼唤老年文学

因为一个文学评审,我读到扬州作家王树兴的短篇小说《沐浴》。小说不长,第一人称叙述,没有什么大起大落的故事,写得从容散淡。看过之后,感慨很多,一时弄不明白是在写"我",还是在写"我"的父亲。后来,我说服自己这个作品是写父亲的,进一步说,它是一篇"老年文学"作品。想到这儿,我特地去翻了下资料,中国文学界提出"老年文学"这个说法是二十世纪八十年代末。从字面上说,这个概念有两层意思,一是老年人写的文学,一是写老人的文学,也就是以老年人的生活和老年人的形象作为书写对象。在后来的研究与评论中,后一种说法渐渐成为定论,并以此作为一种文学类型的通行表述。如果从新时期文学的复苏看,八十年代提出老年文学已经不算迟了,但其后几十年,不管是在创作还是研究上,中国的老年文学似乎都处在停滞的状态。相比起国外,比如我们邻国日本和韩国,差得实在太远。这与我们已经步入老年社会的现实状况非常不相称。

从写作主体上说，文学有两大类，一种是"自言"的文学，一种是"代言"的文学。所谓自言的文学，就是写作主体与其表达对象是同一的，比如我们大多数的成人文学，不管其描写的人物、行业与写作者有多大的差别，两者都处于同一种生命状态中，情感、理想，对生命的感悟总是相通的。但是，有两类文学显然是代言的，一类是儿童文学，一类就是老年文学。儿童文学我们可以称为后代言，是人进入成年之后再返回去为自己的童年代言。我们知道，成人是不可以返回童年的，正如人类社会不可能返回自己的史前原始社会一样，哪怕把它说得再美好。人的成长就是不断辞别自己的天性、不断接受驯化的过程。在这一过程中，人们渐渐告别懵懂自在，接受知识与规矩，从自然人变成社会人。自然人的天性与本能不断被遗忘或者被压制，而社会人的角色则不断被强化并渐渐成为自动化的反应。由于知识与能力的限制，儿童是无法书写自身的，他们只能通过成年人为自己代言。成年人对自己童年的书写一方面来自对其他童年人生活的观察，对自己童年生活的有限回忆，另一方面，也是更主要的是对童年的想象。严格地说，这种代言是否真的代替得了非常值得怀疑，一方面如上所述，成年人无法再回到童年，另一方面，这种代言其实已经是成年人的一种策略甚至阴谋，是社会对未成年人规训的一种方式。儿童在阅读儿童文学时实际上并不是在看镜像中的自己，而是在接受教育，在观看社会与成年人世界想要儿童成为的样子。老年文学其实与之相仿佛，甚至有过之而无不及。主要是由于体能的原因，处于生命末端的老年人已无力自己书写，所以只能由比自己年轻的人来代言。相较于儿童文学的代言,这是一种前代言,人在为自己没到来的未来代言。但是,正如人类对生命、对死亡了解甚少一样,人对自己的老年状态其实知道得也不多,因此,老年文学也不过是一种想当然。而且,比起儿童文学中的儿童,老年人的形象在文学中常常处于被利用,甚至被贬损的状态。不知是不是源于生产力低下的史前文明的传统,老年人一直被社会认为是无用的、拖累族群的,是腐朽的、念旧的、落后的群体。因此,虽然中国的传统伦理一直主张孝道,主张尊老,但在文学作品中,中西几乎没有太大的差别,老年人的形象常常都是负面的,所以与儿童文学不同,老年人在老年文学中被歪曲、被遮蔽的情况更为严重。实际上,老年人的形象与老年人的生活在中国文学中几乎没有得到正面的表现,在这方面,中国老年文学与世界的距离实在太大。韩国与日本的老年文学已经形成了自己的传统,他们分类很细,特别是对老年生活的正面描写,从心理到身体,到疾病,可以说应有尽有。而中国的老年文学大多还处于比拟与象征的水平,这样的状况亟待改变。

因此,看到王树兴的《沐浴》,为什么觉得不一般,就是因为它将老人的形象、老人的生活放到了正面表现的位置上,而且小说的叙事视角与叙事结构正暗合了老年文学的代言性质。"我"是儿子,常年在外地,很少回家,对居住在老家的父亲所知甚少,他是凭着想象去解读父亲、照顾父亲的,一旦他近距离走近父亲,回家不再蜻蜓点水,不再去住旅馆而是睡在父亲替他铺的床上,不再呼朋唤友推杯换盏而是吃着父亲烧的饭菜,甚至陪父亲沐浴,父子俩赤裸坦诚相见,他才对父亲有所了解。父亲的身体、父亲的喜好、父亲对社会人世的看法、父亲的内心世界等。这样的了解反过来使"我"回想起来这些年来两代人的隔膜,自己对父亲是多么的误会和一厢情愿。在那个自以为是的父子关系中,父亲其实是缺失的,他没有自己的声音,除了坚决住在老家的老屋之外,他没有一点话语权,父亲被社会排斥,被儿子误读,真实的父亲是不存在的。所以,我说说在老年文学中,王树兴的《沐浴》带有"元叙事"的意味,它一方面完成了自己的叙事,另一方面又同构了一种伦理方式与叙事体式,即在老年文学中,我们如何打破以社会人的视角去代替已经渐离社会的老年人的视角,如何让不在场的老年人在文学话语中出场,讲述他们自己真实的故事。

不只是王树兴,江苏的作家在老年文学上的贡献我以为是走在前列的,比如南通作家刘剑波,他的纪实文学《姥娘》是一部非常优秀的老年文学。作品以作者自己的外婆为记叙对象,几乎再现了她一生的生活经历。作品最重要的是在以人为本的意义上,以独特的方式申说生命的意义,以及生命的不易,特别是作者对姥娘晚年生活和境遇的叙写提醒我们关注老年、关注老年人生活、关注老年人的临终关怀、关注生命如何在这个世界上的消逝。谈及这部作品这一重要的主题,读者会为刘剑波的真诚与勇气而生钦佩之情。因为作品不是以他者的眼光来观察和思考这些现象与问题,而是以自己的家族和亲人作为叙述与分析对象。作品聚焦了一个普通的中国女性的一生,当早年的丧夫,半辈子的异乡的漂泊感渐渐淡去的时候,老年的无助与孤独成为老人最透彻心骨的凄凉。她不是没有儿孙,儿孙们的家境也并不是不足以侍奉她，但是又总是因为各种各样的原因，使得她不得不辗转于儿女们之间而无法安顿她的垂暮之年。到了病入膏肓的时候，更是得不到精神的抚慰与身体的疗救与呵护。一个坚强的人，一个儿女成群的老妇人，就这样在痛苦、绝望与悲凉中结束了自己的一生。在刘剑波的叙述与描写中，他的父母，舅舅与姨妈们以及他们的后代一一登场，他们诉说着自己的困难与不便，陈述着兄弟姐妹们应尽的责任，无奈而坚决地将自己的母亲推来送去。连同对自己，刘剑波在老人的身后也一再检讨，在自己忙碌的日子里，在自己纠结于如何处理与长辈们的关系的时候，是如何冷落了姥娘、忘却了姥娘。也许，长辈们连同自己换一种方式，这个生命力旺盛的妇人还会在这个世界上与我们生活得更长久，重要的是生活得更幸福。我曾经问过作者，你如此的文字能够坦诚地面对你的亲人、面对你自己吗？在你决定将这样的故事告诉人们时，你没有做好接受责难的准备？当刘剑波给我肯定的回答时，我知道，姥娘的一生特别是她的晚景给了作者多么大的感触，而由此引发的思考以及这些思考的意义显然远远大于一个家族、一个人的心理与道德承受，或者为了社会伦理的进步，一些家庭与个体必须做出这样的牺牲。这些道理说起来容易，但当一个人要真正做起来的时候却又何其之难。《姥娘》这一主题的意义现在怎么重申也不过分。刘剑波以自己和自己的亲人为解剖对象，真实地，可以说是严厉地解剖了当今代际间的复杂关系，并且以敏锐的眼光洞晓其中尖锐而现实的问题，我们如何对待生命？如何对待死亡？在老年化社会已经到来时，我们如何对待那些风烛残年的人群？当生命不再年轻，当生命退出社会，当生命已经奉献出所有即将终了时，我们如何对待它，尊重它或善待它？让生命不但有尊严地活，还要有尊严地死？刘剑波虽然写的是他的姥娘，是他的家族，但实际上写出了一个老年中国，是对生命、对死亡、对老年的伦理学与社会学的多重思考。显然，这样的作品触动了我们这个社会的神经。其实，中国一直主张尊老爱幼，是一个讲究文化的传承、讲究慎终追远的国家，并且在漫长的历史中形成了有关"孝"的文明。但是，这一文明在现代社会受到了质疑和挑战，我们不是主张回到传统的孝道中去。传统的孝道也无法解决现代社会老人们的生活境遇，满足老年人的生命诉求和对日益提高的对幸福指数的期待。而现代社会也应给老人们提供更加和谐健康的晚年生活，事实上，从一定意义上说，老人们晚年生活的幸福程度是衡量一个社会是否进步和文明的标准。而这样的工作不仅需要社会在制度与物质上提供准备，更需要每一个社会成员、每一个家庭，每一个可能为老人提供服务的社会机构在道德、伦理与心理上做好准备。而家庭和家庭的每一个成员又显得更为重要和直接。在《姥娘》中，并没有什么令人不堪的叙述，甚至作者和作者的亲人们的许多做法也都有自己的理由，他们也并不是刁钻、蛮横与冷酷之人，但是他们的老人却是实实在在地没能拥有幸福健康的晚年生活。其中的原因实际上是观念的问题，是情感的问题，是一个如何理解生命、理解晚年的问题，从本质上说，它事关人与生命的哲学。人，以及他的生命因为其唯一而至高无上，一个人，即使因为生命力的衰退从社会与家庭的贡献者变成社会与家庭的受贡体的时候，他依然拥有不变的价值和追求幸福与成功的权利，我们不能因此而降低标准。刘剑波不是单纯从传统文化入手的，更不在宣传所谓的孝道，他是在现代文明的基础上，从以人为本的高度来对待这一问题，从这个高度来说，毫无疑问，这个社会，这个社会的许多家庭和成员无疑存在着担忧和遗憾，这也是这部作品的现实意义之所在。

与刘剑波的《姥娘》具有相似性的是修白的长篇非虚构《天年》。缘于作者到养老院照顾自己年迈的父亲，她由此花了三年时间到多家养老院深入采访，不但近距离地接触那些进入生命终点的老人，而且以此为核心接触到这些老人的子女、护工和养老机构的工作人员，这使她目睹了许多老人暮年的现状，目睹了养老院中老人的生活，目睹了生命的终结与死亡，并对中国当前老人的生活与生命状况，对中国不同层次与功能的养老机构，对中国当下正在进行的养老事业与产业进行了观察与思考，对生命的意义、死亡的本质多有形而上的追问。十四位老人在临终前所遭遇的各种情形不仅是十四个生命与死亡的故事，他们以触目惊心的形式，以复杂的生存关系和在生命终结时残酷的状态将人们带到一个谁也不能回避的境地，社会、家庭及其每个人都必须回答和处置的现实与未来。我们如何老去，又该如何面对生命，并以怎样的方式安排死亡。本来只是修白对晚年父亲的照看，但却拉开了不被人注意的生存困境，将她带入了这样的现实忧思："中国正快速步入老年社会，养老是一个庞大的社会问题。随着时间的推移，老龄化的程度在不断加重，我国老龄化的速度大于世界平均水平。我们的养老规划跟不上老年人口的增长速度，目前的养老现状堪忧。"与这种现实关怀相应的是作为不同个体的老人的晚景和他们自己已经不能叙述的死亡。"养老院的三年中，我亲历了老人的各种死法。人固有一死,我们很少去探讨死亡的话题。"其实,这是一个严肃的问题,是人们不得不面对的问题,而对它的回答一定程度上体现了社会文明的程度。修白说:"我们在死亡中学习死亡,我们对死亡的恐惧来自人死而不能复生的绝望,既然这样,我们何不在活着的时候有所作为。其实,讨论死亡就是讨论生活的姿态,并怎样生活得更加美好,不枉此生。"这应该是所有人的人生必修课。

一旦对老年生活与老年形象进行正面叙述与描写,而不是将他们作为文化象征,许多隐秘的、被忽视的、遁入暗夜的老年生活场景都可能被打开。还要提到刘剑波,在《姥娘》之后,他的《消失》可能是国内第一部以老年痴呆也就是阿尔茨海默病为题材的长篇小说。老年与疾病几乎是相连的,所以描写老年疾病与一般疾病的书写意义并不一样,它所探讨的问题也不一样。这不仅是一些疾病只有人到老年才会生成,也不仅是一些慢性病到了老年会越来越重以至致命,更重要的是人到老年后对疾病治愈的无望。由此带来的不仅是生理的痛苦,更是心理的悲观与绝望。刘剑波的《消失》以第一人称的视角,讲述了"我"的父亲如何在阿尔茨海默病中渐渐"消失"的故事。这一老年疾病引发的不仅是智力的减退,也不仅是生活能力的丧失,更是记忆的消退。这个过程是缓慢的,不仅折磨着患者,也在折磨着他周围的人。每一个个体作为人总是具体的,他的历史就是他个性化的存在,他对自己历史的记忆是他证明自己区别于他人的凭证,如果一个人的记忆一旦丧失,实际上就是他作为一个人的丧失,他虽然还在那儿,但对他自己来说,却是空洞的,没有内容的,他无法证明自己，也没有自我意识，更无法以自己记忆中的资源去与社会对话和交流。阿尔茨海默病就是如此残酷，它如同一个删除键，无形中将人清零了。《消失》中的父亲就是这样，刘剑波通过日常的故事，在大量细节的支撑下，再现了一个人消失的过程。小说穿插了父亲一生的经历，穿插了父子间复杂的代际关系，由此展示了一个人在老年的不治之症中的状态和给他人造成的伤痛。

可惜这类作品还是太少太少了，就是在刘剑波、修白和王树兴的创作中，这样的创作也不是他们的主体。而且，从主题与题材上说，这几部作品也都集中在老年人的"负面"生活中，而社会努力的方向与老年人向往的生活应该是积极的。所以，不管是从创作者与创作量，还是从作品的丰富性上看，都要将老年文学创作提到议事日程上来。这不仅是因为这一群体需要"代言"，更是社会的需要。社会的文明进程需要人们去关心这一群体，关心老年文化、老年心理、老年健康，关心人生的终点，关心生命在最后的意义。而在这一综合性的社会行为中，文学显然可以也应该发挥更大的作用。

文学更在文学外

早在新世纪初,我们就提出了"泛文学"的说法,面对如今的文学现场,又有说焉。

现在的文学处在一个大变局的关口,只是如何变,变向哪里,还是云遮雾罩,难辨东西。最近,文学评论家孟繁华语出惊人,他说,长篇小说已经开始"式微了""它的辉煌时代已经成为历史。它的经典之作通过文学史的叙事会被反复阅读,就像已经衰落的其他文体一样。新的长篇小说可能还会大量生产,但当我们再谈论这一文体的时候,它还能被多少人所认知,显然已经是个问题"。不仅是长篇小说,其他许多叙事性文体的命运都差不多。孟繁华认为,这不用惊讶,这样的判断首先基于文学的现状,"'小说人口'的分流,也是包括小说在内的文学式微的重要方面。八十年代的文学人口非常集中,因为沟通人民情感的方式除了文学少有其他通道。但今天完全不一样了,文化消费形式越来越多样,网络文化大行其道,文学人口的分流在所难免。"其次，从文学史来看也是如此，"在中国文学发展的历史上，每一文体都有它的鼎盛时代，诗、词、曲、赋和散文都曾引领过风骚，都曾显示过一个文体的优越和不可超越。但同样不可避免的是，这些辉煌过的文体也终于与自己的衰落不期而遇。"于是，文学的现场就成了文学的历史，"曾经辉煌又衰落的文体被作为文学史的知识在大学课堂讲授，被作为一种修养甚至识别民族身份的符号而确认和存在。它们是具体可感的历史，通过这些文体的辉煌和衰落，我们认知了民族文化的源远流长。因此，一个文体的衰落是不可避免的，它只能以'历史'的方式获得存活。"这些话看起来让我们这些生活在目前文学文体中的人可能情感上有些接受不了，但冷静下来想一想，又觉得不无道理。古代文学不用说了，几乎每种文学文体都没能活过千年，至少说在台前的风光是如此。"五四"新文学运动过去也不过百年，那时的大变革现在到图书馆的旧报刊上都能查得到，夸张一点说，那时不过几年光景，传统的文学文体就退出了文学领地，代之而起的是新白话、新文体，旧文体几乎是突然死亡的，难怪当时的旧文人顿感灭顶、如丧考妣。今天的情形比起五四时期要温和得多了，至少在如今，"五四"以来确定的文学文体表面上还是主流，另一方面，与"五四"不同的是白话文还是我们的文学的语体，不像"五四"，那是从文言文一下子变成了白话文。

山雨欲来风满楼。文学评论家李敬泽对文学的变革也早有感觉，他近年来经常挂在嘴边上的话就是文学正面临百年未遇之大变局。这是一个非常庞大非常复杂的问题。不管是中国的还是世界的文学史都是变革的文学史，变革从哪里来？讨论这个问题，一般都是从文学说文学，比如从诗歌来说，中国就经历过诗经、楚辞、魏晋的古体诗，唐代近体诗也就是格律诗，然后是宋词、元曲，最后就是新诗也就是白话诗了。这还是就"诗"论"诗"，谈论其他文体的变革也大抵如此。文学史上的许多变革大家、文体大家都是相对于已成定规的现成的、主流的文体而言的，他们以新的文学文体反对旧的文学文体，激烈的时候，新的文学文体以及他的创造者甚至被视为怪物。李敬泽就曾以他在《人民文学》任职时编发莫言小说时的感受形象地谈到这个问题，莫言与许多年轻的写作者一样，也是在学习与模仿中起步的，作品虽然有一些，人也上了部队文艺创作的最高学府"军艺"，但还没什么影响。他的名头来自他的"叛逆"，来自他的《透明的红萝卜》，特别是《红高粱》，这些作品对当时的文学界尤其是小说界不啻是一声炸雷。李敬泽回忆说："莫言当时还是刚冒出来的新人，不选他的作品也能说出一大堆理由来。那时候的人是懵着的，是不自知的，只不过每一个人受制于他的背景。作为我们年轻人，一看就是炫目啊，让我说出什么道理来，可能也没有多大道理。莫言的东西也是奇哉怪也的，这些现在是经典化的东西了，但当时不是。实际上，文学就是这么过来的。新的范式和艺术逻辑，就是在极为复杂的博弈中确立起来的。"文学史上这些例子举不胜举。

因为这样的例子不胜枚举，所以反又觉得是文学自身在自说自话。其实，文学的变革，包括文学文体的变革既有自身的因素，是"自我"的革命，但也有，或更多的是文学以外的因素，对文学文体来说，也就是其他文体，其他艺术样式的入侵、影响、结合与交融。对这一点,我特别觉得李敬泽说得有道理。"是英雄创造了历史,还是那些千千万万的、行于暗影之中的、你根本就看不到的或者说进入不了你意识的人?历史是他们创造的,还是谁创造的?这是一个根本问题,是个历史问题,同时也是个文学问题。"文学史研究,总是事后的追根溯源、排查梳理,而对于写作者而言,他是现场的创造,这种创造利于他的修养,他的敏感,他的勇气,他的自信与超功利的自由。李敬泽的"暗影"说得特别形象而准确,对于流行的主流的文学文体而言,新的文体就是在暗影之中,文学的光照不到它们,它们在文学之外。但就是这些本来在文学之外的文字与文体或慢慢或突然地进入文学,给了文学以新的气息,甚至拯救了文学。古语说"礼失而求诸野",野就是民间,每当国家失序、礼崩乐坏之后,都是民间的力量修复了它、挽救了它。社会如此,文学也是如此,每当一个时代的文学或某一种文学文体病入膏肓、行将就木时,总是那些文学的外来者或使它们起死回生,或取而代之而成为新文学、新文体。

所以,民间的东西具有永恒的本源的价值。不过,如今的社会以及人口状况与前现代比已经有了本质的变化;因此,如何看待文学内外的关系,如何定义民间,特别是如何寻找民间的文化以及它们与文学的关系都成了问题。比如,如今的国民教育已经非常普及,不管是什么意义和层面上的写作都是以文字书写为手段,口语创作几乎不存在了,而在过去,民间的创作大都是口语的,也就比较能以原生态的方式反映口语方式的语言生活。更重要的是,教育的普及不仅是识字与用字,更使得经典的文学以教育的方式被习得，成为创作者先入为主的标准、模板与范式。如果我们还是以古代乐府采风的方式去寻找民间的作品必然毫无所得。在我看来，如今要寻找文学的新质，寻找文学以外的"文学"，勘探文学文体可能变化的蛛丝马迹，只能以现有的文学文体规范为疆界，虽然如大海捞针，却只能如此地去发现那些规范之外具有活力的写作。同时，要相信如今的阅读，阅读是一股强大的力量，它会告诉我们，哪里是阅读的聚集地、兴奋点，它认为的文学又在哪里。对此要特别说一句，现在的文学是市场的文学，读者的文学，而不仅仅是作家的文学和批评家的文学。看起来，文学的权力似乎没有变化，我们有文学机构，有出版社和文学报刊，有那么多官方的文学奖项，但最关键的是谁在阅读，谁在消费？是读者。也就是说，文学的权力实际上已经被时代交给了读者，也可以说交给了人民。阅读不买账，文学只能是圈里人自恋的物品，结果当然是死路一条。

因为这些想法，我以为批评家何平这几年在《花城》杂志上做的"花城关注"，特别是对那些文学圈外人创作的介绍非常有意义。看了他们的作品和对文学的认识，真的觉得许多在传统文学规范下亦步亦趋的年轻人在浪费青春和才情。李敬泽就主张作家与作家之间的相互影响不能太深，他不无调侃地说，"作家们除了在家里泡着，就是和一群写东西的人在一起泡着。我常常说一句很恶心的话——你们这一帮人都在一个缸里头，吃了吐，吐了吃，还相互喂，这有多大意思吗？"确实要保持对同质化的警惕和相对于传统文学那些异质的重视。《花城》2018 年第 3 期，何平推出了毛晨雨的专辑。文学界对电影界的毛晨雨的知晓度并不很高，特别是对他的写作，基本上没有将他纳入到文学中去考虑。他对电影，对文学的理解都是别样的，作品当然更是另一种样态。他将写作作为一种"实践"，是与社会、与土地，与生命是同步的，连体的，这只要到他的微信公众号"稻电影农场"和"稻电影"网站上稍稍浏览下即可有切身的感受。毛雨晨说，"我把文学与电影、人类学、社会学和哲学，以及艺术实践等领域的工作都视作写作。写作这个词被引起警觉。我在2012年底向中国的电影作者们介绍了一个词义的变动，以'写社会'取代了'社会写作'。'社会写作'是社会工厂的广延和散逸的机器式的参与。'写社会'则是将个人化通过写作这一行动分离的途径。"这不仅是写作观，更是世界观。谈到文学，毛晨雨主张"好像不必再来区分文学与其他范畴，以及文学之分类一样。我欲求自由，我希望这气息贯穿着'稻电影'写作。写作就是来实施这一行动的。写作分离出过去和历史，让未来尚有可欲的领地。2015年纪念罗兰·巴特百年诞辰的艺术活动上，'写作'主体地纳入我的整合诸领域之思辨和叙述的机制，它成为思辨、行动、叙事的'总体化'的描述装置。是的，写作是一架统携性的装置，它由文学发源，却并不限定于文学。当我阅读列维-斯特劳斯、巴特、福柯、德里达、德勒兹，以及近期的朗西埃、斯蒂格勒、南希、德斯科拉、拉图尔等人的写作时，它们又何尝不是文学的。甚至，正是其文学的能力，赋予写作抵达思想的尺度。我们无法真实地拒绝文学之在场，影像即使再占领媒体的主导，它更早也由文学或文学的叙事而连接社会与身体的感知网络的，这意味着影像语言中有无法驱离的文学在场性"。我们读到的作家创作谈可谓多矣,有对文学这样的理解吗?2019年第1期,"花城关注"推出了几位民谣歌手,他们是舌头乐队的吴吞,万能青年旅店的姬赓,博尔赫斯乐队的钟立风,木推瓜的宋雨喆,五条人的仁科和茂涛。这些人对文学与文学界来说同样是陌生的。这个专辑的作品部分是这些音乐人的诗歌与歌词。诗与歌本来是一体的,但后来分离了。诗之所以为诗,就是因为它基因中的"歌"或音乐性,一旦分离后,诗中的音乐,连同韵律就无从着落。为什么新诗百年一直受到诟病,这是主要原因之一。限于篇幅,歌手的作品就不引用了,只挑姬赓的几段谈话,其中他对歌与诗的理解让人耳目一新,这大概是不接触歌的诗人们说不出来的,更是难在实践中施行的。姬赓在谈到歌词创作时说,"歌词除了考虑语言本身的节奏之外还要符合音乐部分的律动。这两个律动有时叠加、支撑,有时则发生冲突。我们的工作方式是先写曲,再填词,之后微调,使二者融合。但在这个过程中,作为乐队,要关心的第一件事是它能不能被歌唱而不是诵读。而且汉语发音吐字的特点使中文歌曲在音乐部分可以让步的空间很小,所以更多时候要做的是歌词语义和韵律上的妥协。其间流失掉的信息我也不知道该如何去描述,但这种流失确实是在发生的。所以,我的经验是,与抽离了旋律的歌词相比,好的诗歌保留更天然的语言气息,致密而悠长。而歌词,在被当作诗去读的时候,有些语句会令人感到僵硬滞重。至于我的某些词在被从曲中抽离出之后仍然自足,可能是因为我不能接受仅作为旋律填充物而自身并不具有表达价值的文字。为了尽可能多地保留重要的文字信息和音乐信息,我们花在词曲磨合上的时间会特别多,产量也就很低。这种困扰对词曲一人完成的创作者会小一些"。他对文学中的节奏是这样理解的,"好的文字有节奏。在我的阅读经验里,无论是在读诗或小说甚至一些哲学著作时,经常能感受到文字节奏和身体的共振。它与语义无关,显然是音乐性的。同样,在根据旋律写歌词的时候,有时会察觉旋律似乎也带有一种微弱但执拗的叙事意图。当这种意图不被理睬和回应的时候,词曲融合度就很低,听起来蹩脚。我不知道这是不是可以被视为音乐旋律的文学性,但至少'诗'与'歌','读'与'听'的关系值得被认识"。

这些实例与文学还多少有些亲缘关系,更多的是与文学十分遥远的其他文字作品,它们对文学的冲击以及在可见的将来对文学的改造都是可以想见的。前几天,我参加一家纯文学期刊召开的策划会,文学界的专家们都围绕着小说、散文、诗歌、戏剧侃侃而谈,创意不断,这时一位阅读界的人士突然说,你们为什么老说这四大家族?这四大家族还有人读吗?他说他只关心读者在看什么,阅读界流行什么。其时正好是轰动全国的张扣扣案二审,他随手就举了这个例子,说这几天有什么作品比张学平律师的辩护词《给张扣扣留一条生路》拥有更多的读者,又有哪部作品比这份辩护词更打动人心,更有哪部作品与我们所有的人都息息相关。他甚至断言,这份辩护词不但影响当代,还将传之久远,当法治环境改变,当其所辩事件沉入历史之后,它的法律意义将弱化;那时,它就是一篇"纯文学"作品了。我觉得他说得不无道理,历史上有多少实用文本后来成了文学作品?如《陈情表》《与山巨源绝交书》《讨武曌檄》等。孟繁华之所以说长篇小说的巅峰已过,其原因之一就是当今汹涌的网络文化,看看那些遍布网络的公众号，特别是那些刷屏的作品，有多少是纯文学呢？但谁又能说它们不是以后的文学？最近，纳扬等青年学者以 2018 年 11 月新浪发起"票选你最喜欢的作家"活动为样本，分析了当下的阅读状况以及文学观念的变化。从数据分析看，传统文学与传统作品已不占优。以小说而言，在传统作家、网络作家、畅销书作家、"网红"写作者中，"后两者在当前公众阅读中占据了很大的份额，产生了很大的影响"。至于非小说更是五花八门，"包括亲子、口才辩论、情感励志、历史、财经、管理学等诸多类型，既有李银河、周国平、孔庆东、于丹、罗志渊等人的社会学、哲学、学术散文随笔，也有借由微博、知乎、微信等平台书写生活的小确幸等的鸡汤文，还出现了一批以苏岑、咪蒙、陈岚为代表的以社会热点、公众关注领域及社会生活的普遍焦虑为切入口的写作"。不能小看这样的分析，在大数据时代，它们非常能够说明问题。所以，文学的未来在哪里，与以前不一样，得由读者说了算，正如舌头乐队的吴吞所说：

没有读者，文学就没有土壤。

劳动中的语文

教育部颁发的《义务教育劳动课程标准（2022年版）》（以下简称《劳动》），一下子冲上了热搜，满屏都是孩子要做饭、学烹饪的帖子。如果仔细读读这份课标，比做饭、做菜重要的内容多了去了，但想想也正常，多少年了，孩子们远庖厨，连剥鸡蛋都不会，一下子让他自己做了自己吃，这确实让人尤其是家长们，真的有些反应不过来。说好好好学习的呢，怎么跟锅碗瓢盆较上劲儿了？

这一波多少带有点戏谑与喜剧味道的"舆情"终会过去，但是更多的社会反应还会接踵而来。学校自不用说，这劳动课怎么开还真不是件容易的事。别说学生，许多青年教师恐怕都还不达标，你去看看他们的出租房，他们会收拾吗？要不在学校食堂就餐，要不叫个外卖，他们自己的饭食还忙不到嘴呢。校外培训机构一定看到了机会，劳动不是学科培训，完全可以带着孩子们一边过家家一边把他们的劳动技能给培训了；亲子餐厅也会推出新的项目，许多游戏都可以改为劳动，连餐饮制作都可以一块儿打包卖给家长和孩子。农家乐、工业旅游、游乐场，连同社区服务、养老院、流浪动物救助站，还有形形色色的志愿者与公益项目招募都可以参与进来。还没有哪种课程能有这样大面积的动员，真正地将家庭、学校与社会资源整合到教育教学之中。可以预计，不久的将来，我们的社会将成为孩子们的劳动大课堂。

确实，每个人都可以从《劳动》中找到与自己相关的东西。我，就从中看到了语文。夸张一点说，我差点将"劳动课程标准"读成了"语文课程标准"。

首先，有了劳动课，孩子们就不愁没东西写了。以前，孩子们都在做什么啊，整天都在学习。不是线上，就是线下，不在学校，就在培训机构，不在课堂，就在家里的写字台前，难怪到了写作文时就发愁，没有生活，没有空间，他们实在没东西可写。现在好了，不是没东西写，而是写不过来，从洒扫庭除到一日三餐，从工厂到农村，从传统工艺到新技术……火热的生活迎面扑来，让孩子们目不暇接。无尽的远方与无尽的人们，都与孩子们有关。这里面有多少故事，又有多少个人物？就说孩子们自己，有成功的喜悦，也有失败的忧伤，有个人不懈的坚持，也有团队协作的感动。随便一抓，便可成文。

这不仅仅是有了写作素材的问题，作文的关键是什么？是我们的成长，是对自己的发现，是对社会、自然的认识与理解，是对大千世界的体察与体验。而劳动恰好为我们解决了这个根本性的问题，难怪马克思要说劳动是人与动物的根本区别。千万别说小鸟搭窝、蜜蜂筑巢是劳动，那是它们的本能，只有人才会劳动。因为劳动是人的有意识的活动，是人类特有的、按照自己的意图通过改造世界获取物质财富与精神财富的活动与过程。正是在这一过程中，我们认识了世界，我们的许多素养也都是在劳动中获得的，直接地或间接地。情感、意志、品德，包括审美，无不与劳动有关，而这不正是我们语文特别强调的吗？

一旦劳动了，你不学语文都不行，你不写作都不行。还没动手劳动，先要动手作文，你要"制订具体的劳动方案"，流水账式的节目单还不行，最好是"具有一定创造性的解决方案"，比如"设计有特色、易操作的环境美化方案""符合人机关系的创意设计方案"等；劳动的过程也离不开写作，比如要"记录某项新技术在改变传统加工方式、降低加工成本、提高工件质量方面带来的主要变化"，特别是要"根据劳动过程的进展情况适时优化调整"，也就是说，一开始写的不算数，还要反复修改。语文的作文课还没这么要求过，创个新作文名词，这应该叫"动态作文"；劳动结束了，还是要作文，因为要"撰写劳动日志""写劳动周志，记录自己的心得体会和任务完成情况"。

岂止是写作，语文的所有能力都在劳动中得到运用，也都可以在劳动中得到提高。比起我们的语文课，劳动中的听、说、读、写简直太丰富、太精彩了。比如听，劳动前我们要进行培训，要学习，就说最简单的家里的清洁劳动，如何"用笤帚扫地，用拖把拖地，用抹布擦桌椅等"，也要先听听爸爸妈妈的指导，更不用说那些越来越复杂的、技术含量高的劳动项目了。至于劳动中的一些活动如"与工人、技术人员交流劳动经验，聆听其讲述工作过程、奋斗经历""邀请当地的非物质文化遗产代表传承人、技能大师进校园，开展劳动实践指导"等都对我们听的能力提出了很高的要求。这是真实情境下的听，是任务驱动、问题导向的听，它事先没有现成的文字文本，完全是在陌生的语境中的听；在这听中，我们要仔细捕捉信息，把握住那些关键处，因为这些关键的信息事关我们能否正确地进行劳动操作，能否顺利地完成劳动任务。听与说常常相伴。在上述这些听的活动中，我们肯定有不懂的地方，这就要问，要说。在劳动过程中，成员之间的交流是必不可少的，比如要"交流不同烹饪方法的要点、难点，以及烹饪与营养的关系"等等，这也要说。再如"组织学生开展成果展示、讨论、演讲、辩论等活动"，更是不同形式的说了。

需要特别指出来的是《劳动》对阅读的要求。在我看来，它是对语文课程有力的补充与有益的拓展。语文中的阅读材料，不管是古代的，还是现代的，不管是中国的还是外国的，大都是典范的语文作品，大都以连续性的文字文本为主。而从类型上说，虽然现在已经十分强调实用文的阅读，但其比例并不大。如果从语文的实用性上说，实用文在我们的日常生活中的作用非常大，在我们的阅读材料中的比例同样大。粗略地分析一下《劳动》中的阅读，基本上是实用类阅读，文本形式也非常丰富，既有连续性文本，又有非连续性文本，还有其他非典型性文本。比如在选择传统工艺制作项目时要"了解其特点及发展历史"，可以想象那些工艺制作史资料，一定是图文并茂，但总体上还是文字为主的连续文本。到了"阅读产品说明书""识读简单的产品技术图样"，就包括图形、数据、图表等非连续文本了。至于

"借助视频、图片进行讲解"这种活动中的阅读更是涉及多媒体阅读。劳动项目无限多,许多项目包含了很高的专业知识,与之相关的阅读也就随之复杂了,必须借助于一定的知识支持。所以,看上去只是对一些文本的阅读,其实它的阅读行为是前置的,也就是说,要完成这样的阅读,必须先进行前期的支架性阅读。比如"根据家庭成员身体健康状况"制作食谱这一活动,何以知道家庭成员的身体健康状况?那就要阅读家庭成员的体检报告,不管这报告是全面的还是单项的。但是,如何读解报告上的数据,如何将数值转化为定性的健康提示,就必须知道相关的医学健康知识。简单地说,多大的年纪什么样的血压是正常的?这个例子是不是有点高深专业?那就说一个简单的。第二学段任务群1"清洁与卫生"中"能正确使用简单的卫生工具和日常消毒物品",这要不要阅读物品的说明?而阅读后是否能正确使用还要建立在相关卫生消毒的知识上。这样的复杂性的阅读对语文阅读训练就很有启发。

我最看重的是劳动中语文能力的综合体现。从来就没有抽象的语文,真正的语文一定是在生活中的。新的语文课程标准提出并强调了"语文生活"的概念,但是,如何在学习中体现出来,如何通过教材与课程实现,特别是将语文落实到生活现场中,以生活中语文本来的样态呈现,显示出语文在生活中的综合性,进而以跨学科、综合性的方式进行学习是语文课程需要认真考虑的课题。现在,《劳动》似乎轻而易举地就做了。我觉得,《劳动》中几乎所有的任务群都可以移植到语文学习中,成为语文综合训练的平台。上面的叙述主要是为了分类说明,其实,从语文的人文精神到语文的生活运用，从隐性的知、情、意的涵育到听、说、读、写能力的训练，也就是语文的四种核心素养在劳动课程中都是紧密联系不可分割的。《劳动》对每个任务群"素养表现"的描述都包含着显在的劳动能力和隐性的劳动观念、劳动习惯和品质、劳动精神。而在对一些任务的分解描述中，如"能简单表达自己的方案构想"看上去短短的一句话，听、说、读、写都在里面了。至于"尽可能地丰富劳动周的活动形式，如劳动项目实践、技能竞赛、劳模大讲堂、主题演讲或辩论、成果展示、职业体验等"，就更是把各种能力及其训练形式都点明了。在这一任务要求中，我们不但看到了语文综合能力的呈现，更看到了劳动与语文的紧密关系，在这里，两者已经高度融合，已经分不清哪是劳动，哪是语文了。而这正是语文原初的存在方式，它就存在于生活中，存在于劳动中。

对《劳动》如上语文视角的解读主要是为了挖掘劳动课程中的语文元素，突出劳动对语文学习的作用，其实，反过来说也一样，没有哪一样活动可以离开语文，劳动也离不开。所以，马克思说劳动为人所独有，又说语言（语文）也是人与动物的本质区别。我经常说一句话，任何事情说到底就是一个语文事件。想想是不是这样？这不但说任何事情都可以进行语文化表述，更是说，从事情或活动的起因，到思维谋划，再到实施，最后到成果的言说，语文水平的高下都起着十分重要的作用，甚至具有决定性的影响。所以，《劳动》的实施，给了我们语文新的用武之地。

说到这儿，就要对《劳动》在"课程实施"的"项目开发注意事项"中的"注意项目与其他课程的紧密结合"提一个建议了。课标几乎列举了义务教育的所有课程，单单没提到语文。而劳动课程几乎全程都在语文的支持之下，怎么偏偏忘了语文？编制者可能只注意到了劳动内容，其实，语文既是劳动课程要借助的工具，也是劳动课程的内容。我们语文提供了多少对劳动的哲学阐释？又对各行各业的劳动做了多少生动的描述？至于那些劳动的故事、劳动者的故事更是车载斗量，这些不都可以结合、渗透到劳动课程当中，成为劳动项目的设计元素吗？

是的，劳动与语文紧密相连，劳动与语文都是美丽的。

培养一个孩子需要一个村庄

培养一个孩子需要一个村庄。这是非洲的一句谚语。

对这句话的进一步追问就是：这个孩子知道他是这个村庄的吗？或者还可以这么说，一个人养成的标准就是他知道了自己是哪里人。换句话说，一个人的长成就是他获得了"地方感"。

一个人的自我意识并不是天生的，而是后天形成的。人的自我意识内涵非常丰富：我是谁？我来自哪里？我去往何方？我能做什么？我需要什么？别人需要我做什么？……可以说，围绕个体一切的存在都是自我意识的内容，其中包括个体对自身所处地方的定位，它也是自我意识重要的一部分。因为它意味着一个人在这个世界上的存在——我在哪里。只有知晓了"我在哪里"，个体的生命感才是具体的，自己的存在才会得到确认。

日常生活经验告诉我们，如果自己来到了一个陌生的环境，无法知道自己身在何处，就会产生疑惑、茫然甚至恐惧。只有知道了自己的位置，熟悉了周围的环境，我们才会心安，才会有安全感，也才会采取行动，建立起自己与环境的关系。

事物自身不可能说明自身，只有通过与他物的关系来定义。人也是如此。

在中国古典语文作品中，几乎所有涉及人的叙述与描写都开始于地方，否则叙事就不可能进行。"关关雎鸠，在河之洲。窈窕淑女，君子好逑。"（《诗经·关雎》）"君不行兮夷犹，蹇谁留兮中洲？"（《九歌·湘君》）不管这空间是大还是小，凡是生命都必须有所依傍。庄子曾经以鲲鹏和斥鷃的行为对比了空间的大小："北冥有鱼，其名为鲲。鲲之大，不知其几千里也；化而为鸟，其名为鹏。鹏之背，不知其几千里也；怒而飞，其翼若垂天之云。是鸟也，海运则将徙于南冥。南冥者，天池也。"（《庄子·逍遥游》）对鲲鹏如此浩大的空间，斥鷃认为很可笑："彼且奚适也？我腾跃而上，不过数仞而下，翱翔蓬蒿之间，此亦飞之至也。而彼且奚适也？"

地方不是空洞的，它不但是具体的，而且是与我们有关的，我们与地方是交互的互相塑造的关系。地方不仅是我们生活的处所，更是我们文化的象征。庄子笔下的南冥与蓬蒿都是象征性的符号，在这样的象征符号下，鲲鹏与斥鷃的文化身份不言而喻。孔子的一些理想就是通过他与地方的关系来表达的："莫春者，春服既成，冠者五六人，童子六七人，浴乎沂，风乎舞雩，咏而归。"（《论语·先进》）

这样的叙述方式已经成为中国文化哲学的通用手法，如："去故乡而就远兮，遵江夏以流亡。出国门而轸怀兮，甲之朝吾以行。"（《九章·哀郢》）"东临碣石，以观沧海。水何澹澹，山岛竦峙。树木丛生，百草丰茂。秋风萧瑟，洪波涌起。日月之行，若出其中；星汉灿烂，若出其里。"（曹操《观沧海》）"少无适俗韵，性本爱丘山。误落尘网中，一去三十年。羁鸟恋旧林，池鱼思故渊。开荒南野际，守拙归园田。方宅十余亩，草屋八九间。榆柳荫后檐，桃李罗堂前。暧暧远人村，依依墟里烟……"（陶渊明《归园田居》）由此，中国文人与地方建立了相对稳定的对应关系，地方因此成为个体性格、灵魂与精神气质的代言。

所以，一般来说，个体与地方的关系是相对固定的，一些人只能与一定的地方建立起理智与情感的关系，他与一些地方契合，与另一些地方则可能是违和的。汪曾祺出生在江苏高邮，曾经在云南昆明、武汉、上海、北京、张家口等地生活过，但是，这些地方并没有全部成为他的文学地理。其中，高邮题材最多，其次是云南，再次是北京，然后是张家口和上海，武汉在他的创作中就没有留下印记。当然，也有一些人有着广谱的地方适应性，所到之处都能与其建立起有意义的关系，比如苏轼。梳理苏轼的行踪，其因官场矛盾，起起落落，一生颠簸，从家乡眉州出仕后，曾在开封、杭州、密州、徐州、湖州、黄州、常州、登州、颍州、扬州、定州、惠州、儋州等地任职，这些地方遍及北宋当时的东西南北，既有富庶之地，也有穷乡僻壤，既有发达开化之区，也有闭塞蛮荒之所。但不管到了哪里，他都能融入地方，与当地的自然、社会和人文结为一体，找到心灵的依傍与生活的乐趣，建立起特色鲜明、各个不同的强烈的地方感，并且都在语文作品中得到了充分的反映。这样杰出的人物一般都具有强大的心灵、非凡的意志、不同寻常的修为、丰沛的情感与不可抵挡的亲和力。

地方感的养成是一个过程。这个过程的开端无疑是家庭，如果没有特殊的原因，个体地方感的形成总是从自己的家庭开始的。家庭是人类社会最小却是最基本的生产单位，进行着人类最基础的生产力、生产资料与生活资料的再生产。围绕家庭，人们形成了基于血缘关系的一系列社会、经济与情感关系。

个体首先认知的地方就是自己生活的家。这个地方虽然小，却是最重要的。有没有家，认识不认识家，是否回得了家，对个体而言都是十分重大的事情。对于家的记忆是一个人地方感中最为深刻的内涵。以家为圆心，人们随着自己生活半径的扩大而形成关于地方的同心圆。以家为原点，先家庭，再家乡，然后才是更远的地方。

现在有多少人明白地方感对一个人的重要性？地方感是一个人对地方自然风貌、历史传承、风土人情、生活方式、社会现实、生产劳动的认识与理解，是一个人对一个地方生活的身心体验、真挚情感和价值认同，它是一个人对自己从家庭，到家乡社区，再到地方，然后是国家，最后是世界的不断扩大的范围中的自我定位，并形成一个人对地方的认知、情感、理想、道德担当与行为自觉。

也就是说，不管是小到家庭，还是大到国家、世界，有地方感的人对自己所属的地方都应该是有感的，有情的，有义的，有为的。他因为知道自己属于哪里，所以才几乎是出于本能地要为自己的所属而工作，也会为自己的工作而感到幸福。地方感的最高境界就是一个人与他的地方融为一体，彼此不分。

所以，我们要从家庭，到学校，再到社会，让学生与地方在一起。这句话看起来好像是多余的，哪个学生不生活在家庭、学校和社会当中？其实还真不能这么说。可以毫不夸张地说，在现行的教育状态中，学生被限制得眼中只有学校，甚至学校也不过是一个学习的场所。准确地说，家庭、学校与社会在学生那里只不过是个说法。他们真的了解它们吗？了解家情、校情和社情吗？家庭、学校与社会都是施行教育的地方，也是学生学习的地方，但是这三者的教育功能并不一样，学生从这三个地方学到的东西也不一样。

然而，很长时间以来，这三者都同质化了，都成了窄化的学校。在学校，上课写作业；回家，也上课写作业；到社会上，还是进培训机构上课写作业。学科教育特别是教科书上的内容不是学生需要学习的唯一内容。现在我们要仔细地将学校、家庭、社会这三者区别开来，让它们各自发挥不同的育人功能，其中最重要的就是将它们都回归为不同的"地方"。它们都是社会的组成部分，而教育就是要建立起学生与社会的联系。而将儿童逐步带入社会，获得社会经验的过程就是他地方感形成的过程。

那么，改革教育教学方法，通过生活化教育，让学生在经验、体验与情感中形成并不断强化地方感就顺理成章了。地方感包含知识，但不等于知识，甚至主要的不是知识。作为一种感觉、一种态度和心理指向，它更多的是情感、经验与体验，是一种生理与心理融通对其所处环境的价值关系。因此，不论是从地方感的形成，还是从地方感的化育来说，恰当的方式与途径是个体与地方的紧密结合，是个体对地方的参与。只有在地方的实践中，在与地方的交互作用中，个体才能获得对地方的感性经验，也可以建立起他与地方的情感和对地方的信任与依赖。

所以，应该提倡儿童参与家庭活动，在儿童对环境形成认知后，在他确立了自己初步的自我意识后，就应该让他知道他在家庭的地位、他与家庭各成员的关系、他的养育来源、家庭成员对家庭的贡献、他们的劳动方式、他们与社会的关系等。他就是家庭的一分子，除了被养育，他也有责任与义务。他还应该走出家庭，熟悉他的生活环境，他的邻居、社区，他的自然与人文环境。

儿童应该多参加社区的活动，明白自己也是社区的一分子，在享受着社区提供的服务的同时，自然也应该为社区尽自己力所能及的义务。

要让他了解学校。学校不仅是他集中学习的场所，也是一个地方。学校有它的历史，有它的特色，它是一个小社会。孩子们应该尽可能地认识更多的教师与同学，应该多参加学校的活动，而不仅仅是学习教科书上的内容，要让他们成为学校的小主人。

我们更应该给孩子们提供走进社会的途径和机会。随着跨学科学习、综合实践活动与劳动等课程性质的进一步明晰和标准的确立，我们有了更多的方式让学生参与社会实践。只要学生的身心许可，我们应该让他们与国家和社会的发展处于共时性的状态，不仅让他们了解当下社会的进程，更应该让他们参与热点问题的讨论，走进不同行业的劳动现场，感受社会的变化、劳动创造的价值，并在直接劳动、实验劳动、仿真劳动与游戏劳动中获得体验、增加经验,培养劳动的信心和贡献社会的理想与责任。

而这一切的总体概念就是生活。要让学生获得地方感,根本的途径就是让他走进生活。既然是生活,那它就应该是活动的、真实的、当下的,而不是书本的、虚构的和过时的;同时,进入生活也应该是主体的、主动的和真诚的,而不应该是替代的、被动的和虚假的。只有这样,儿童才能进入真实的地方,也才能够在生活中形成稳定而真诚的地方感。

地方感是地方对人的接纳,也是一个人对自己的定义。它不但关乎个体的归属,更关乎他心灵的寄托,是他人生的意义和工作的对象。

地方感的养成几乎起于生命的开端并终其一生,无疑,教育,特别是基础教育在这一过程中至关重要。

大考前,我们怎样上一堂作文课

马上就要高考了,时间不多,废话不说,我们开门见山。

第一,不要谈平时。不管学生平时作文如何,都不要谈平时。这会儿再说平时,除了打击学生的信心没别的好处。要把高考前的最后一次作文辅导当作我们的第一次作文课来上。同学们都是平等的,都会写出好的作文。千万不能厚此薄彼,更不说要叫大家向谁谁谁学习,这不但给我们以为的好学生以压力,又会让我们以为作文不好的学生破罐子破摔——反正我写不过他,一下子泄了气。但我们真的不要这么说,我们以为的好学生有了压力可能会写砸了,而我们以为作文不好的却可能绝地反击。何况,作文好差是我们说了算的?所以,只管真心实意地鼓劲,人人都优秀。

第二,心中要有学生。这个学生是个别的学生。如果我们是负责任的老师和家长,我们一定知道每个学生的作文个性,他的性格,他的积累,他的阅读,他的语言,他的速度,他的优长,他的短板……否则,我们就是一个不合格的老师和家长了。

好了，这一点长话短说，我们就针对学生的性格与作文个性鼓励，让他发挥他的强项。没有一个强项高考用不上，因为现在的高考作文都是综合性的，命题人想考察的也是学生的综合语文素养。高考的作文是大文章的概念，包容性、模糊性甚至容错性都非常强，这给了每个能动笔的人以机会与可能，更给写有优长的人以舞台。所以，我们就去鼓励他的优长，不要去点他的弱项。因为这时再去训练他的弱项已经来不及了，不要去做伤害学生的傻老师，虎爸虎妈都当不得。

但这不是说我们除了说好话就全无作为，所以，第三，我们要教会学生几个救急的招数。这些招数不是我们平时讲作文的那些长线学习内容，写什么、怎么写等无穷无尽的东西，这些都不要再说了。首先，这些招数要学生个个会用，一说就会，是学生人人都要有也用得起的标配。其次，要考虑到学生在高考作文时可能遇到的困难，这些招数是学生作文受伤时的"急救包"。所以，从生生能有、生生能用的标配来说，我们强调要从生活出发。因为每个人都会有生活，有自己的生活、他人的生活，有读来的故事、听来的故事。所以，我们就对学生讲，不存在写不出来的情形，怎么会写不出来？就写自己的故事、同学的故事、老师的故事、亲人的故事、听来的故事、读来的故事。说知道的道理，不要问道理生呀熟的，深呀浅的。总之一句话，写自己知道的、熟悉的。不仅是内容，写作方法也是这样，告诉学生，写作就像说话，平时怎么说，那时就怎么写。说到这儿，关键到了，所以单列一点来讲。

第四，我们为学生准备的"急救包"该装些什么。我推荐如下几样：一是针对审题的。能审题会审题的不需要我们说，这是为不会审题的学生准备的。不会审题就不要去硬审。认字都会吧,就让学生去写他自以为重要的材料中或作文题中的一个词或几个词,肯定不会错。能写就多写几个词。林子里的鸟多了,总会打下一个来。二是针对文章写不长的。怎么写长?硬写,硬着头皮写,不要担心自己写的是废话,权当与陌生人聊天。在当时的情形下,考生不知道他的硬写是不是有用,歪打正着的例子实在太多。只要有点关系的都可以往上写。写一个不行,就写几个。多转转行,也就是写作文时多分分段落,这样不但文章显得长,而且显得思路有拓展,行文有节奏、有层次。真的,分行很重要,就这么另起一行,会显得很高级。三是文章思路打不开怎么办。告诉学生不要去死盯着题目,就讲故事,讲那些含义比较丰富的故事、含义有可能多解的故事,把故事讲生动就行了。这时不要多议论,一议论,含义就窄了,把包容性强的内容给整偏了题。学生不可能没故事,这一点我们大可放心,我们不知道为学生准备了多少了。这个库那个库的,"海"了去了。四是针对把握主题的。这与上面不一样,上面是根本不知道主题的,这儿是知道,但是没把握。那就正反都说或几方面都点一点。正反的情形和道理,说了这个说那个。比如"社会上有这种情形……,也有另一种情形……",比如"有人说……又有人说了……还有人说……",诸如此类。然后,要有独立思考,说到这儿,思考什么,并不要立即作出结论,即使到了这一步,还可以再讲个故事,意味深长地作结。要相信阅卷老师,他们对主题有先入为主的观念,他们会帮学生把握,不要说关键词了,那些隐藏的意思都会跳出来,他们会忽略学生的犹豫。五是针对语言的。那就是让学生写自己熟悉的，把握不准的话不要说，拿不准的字词不要写，网络语言少写，无厘头的网上的段子少写。与其想出风头，不如防止出错。写高考文，求的是过关，求的是平稳。写高考文不是考其他，我们要告诉学生，基本分是有的。要把精力放在那些出对错的地方。既然作文非一日之功，那就不要在上面纠结。

最后一点，第五点，最重要，但说不清。高考作文就是个应试文，跟"经国之大业、不朽之盛事"无关。既要当真，又当不得真。八股文是应试文，留下多少经典。自恢复高考以来，每年都有高分文、状元文，也就当时热闹一下，留下来的又有几篇？我们现在问问以前的学生他们的高考文，记住的又有几个？所以作家朱辉说，"作文不文学"，很有道理。我们的心态首先要平和。怎么说呢？有些道理不要点破，点破就没意思了。到了这儿，我这文章也写不下去了，那不妨抓住机会示范一下，写不下去就讲个故事。这故事是从钱钟书先生《诗可以怨》中看到的："有个李廷彦，写了一首百韵排律，呈给他的上司请教，上司读到里面一联'舍弟江南殁，家兄塞北亡！'非常感动，深表同情说：'不意君家凶祸重并如此！'李廷彦忙恭恭敬敬回答：'实无此事，但图属对亲切耳。'这事传开了，成为笑谈，有人还续了两句：'只求诗对好，不怕两重丧'。"这故事的意思阅卷老师看不明白？这个姓李的为诗为文的三观肯定有问题，但他把文章与人分开是有道理的，把真的与假的分开也是有道理的，一分开，脑洞一下子就开了。不就写诗嘛，有什么了不起的。

我们也要对考生说，不就写篇文章嘛，没什么了不起，爱怎么写就怎么写，放开来写。

说儿歌

我不记得小的时候是不是说过儿歌，因为在我的印象中，我的儿歌经验是从给孩子读儿歌才形成的。

大量的儿歌当中，绝大多数是按"寓教于乐"的原则创作出来的。我最怕念这样的儿歌，因为念完了，还要讲解，而女儿的善恶、是非、荣辱……一概空白，讲起来就很吃力，孩子听得也不耐烦，我就很泄气，进而怀疑创作这些儿歌的作家是不是有些自作聪明？以为自己了解儿童，以为自己写的东西小孩一定能懂。其实，就我当时有限的为人父的经验而言，成人和小孩的对话是很不容易的，成人怎么还原也不可能回到儿童的天地里去。于是，我就尽量拣那些没有什么大道理的、只是抓住日常事物的特征稍作想象的儿歌去念，就觉得很轻松，孩子也开心，容易记得住，如：

我有一双小小手，

小手像个小蝌蚪。
我和爷爷握握手,
只能握他手指头。

——《手》

小蝌蚪是孩子喜欢的小动物,而和爷爷握手又是孩子几乎每天要做的动作,于是便觉得有趣。再如:

小山羊,
年纪小,
你的胡子倒不少。
叫你老公公,
你说好不好?

——《小山羊》

这首也相当简单,一类比即可。有些儿歌,什么"技巧"也没有,如大白话一般,但孩子也喜欢:

小蚂蚁,
爬爬爬,
爬到树下不见啦!

——《小蚂蚁》

我并不反对在儿歌中讲道理,之所以偏爱浅显的儿歌是因为当时孩子还小的缘故，只能对付这类儿歌中的"轻音乐"。但在儿歌中讲道理实在不容易，翻阅了大量儿歌后我知道，不仅仅是讲道理难，即或不讲道理而旨在引导孩子去认识世界、发现情趣的儿歌也难写。难就难在成人不容易变成孩子。渐渐地，我发现，所谓儿歌，绝大多数还是成人的歌，即使成人自以为是为孩子写的，但自己既已为成人，便不可避免地要把成人的爱好、情趣、事理带到儿歌当中。这现象，可能成人自己还一时不觉得，因为情景不同了，他只注意儿歌中属于孩子的那一部分。其实，儿歌作为一种语言作品，它的意旨更可能是双重的；因此，儿歌不妨去掉文学惯性给它设置的阅读藩篱，让成人也去读（不是读给孩子听，而是给自己听，以成人的身份去读），儿童读儿童的，成人读成人的，两种角色，两种味道。我不妨举一些作品在下面，让大人们读一读：

> 叠手绢儿，做花裤，
> 送给小猴子，
> 小白兔——
> 它们全都长大了，
> 不该光屁股。
>
> ——《叠手绢儿》

"不该光屁股"，这道理是对的，但孩子觉得对的道理与成人一样吗？这道理的含义成人对小孩子只能讲对一半，如"讲卫生"，另一半就不大好讲，讲不透，这另一半就是关乎"人体与耻辱"的问题。

> 母鸡下了一个蛋,
> 咯哒咯哒让人看,
> 鹅不看
> 鸭不看,
> 气得母鸡红了脸,
> 满呀满院转。
>
> ——《母鸡生蛋》

儿童对这首歌的理解肯定不会如成人深刻,不会如成人有百般滋味。这首儿歌中,母鸡是个被嘲讽的形象,成人可以借它去体味生活中那些急于表功自炫的人,而鹅和鸭是正面形象,他们生了蛋就不叫,默默无闻地做着奉献。但若把母鸡理解为一个干出了成绩、作出了奉献而得不到承认的人也不是不可以。母鸡下了蛋,告诉别人,这是正大光明的,也是很正常的事情,不管怎么样总比不下蛋仍要叫好得多。这样,儿歌中另外的两个形象"鹅"和"鸭"就显得有些不厚道,至少缺少应有的胸襟。不管他们自己生不生蛋,对别人的成绩,总得予以尊重。引申开去,在生活中,"母鸡情形"实际上经常发生,更让人不平的是"不看"的往往是鹅鸭还不如的人。同样有讽刺意味的儿歌还有:

> 小剪刀,
> 嚓嚓笑,

> 铰下一件大红袄,
> 不倒翁,
> 穿红袄,
> 乐得摇头又晃脑。
>
> ——《不倒翁穿红袄》

孩子是不了解"不倒翁"的社会象征的,更不了解"红袄"可能产生的官服联想,面对这种场景,孩子可能觉得非常有趣,不倒翁穿上孩子自己铰的红袄的模样显得更逗,而成人对此却可能引发失望和不满之情,不倒翁作为社会上尤其是官场上的变色龙式的人物在此分明交上了好运。下面的一首更偏于情绪些:

> 树叶黄了,
> 树叶掉了,
> 小鸟飞来,
> 呜呜哭了。
>
> ——《树叶黄了》

孩子可以通过想象,进入小鸟的角色,对它产生同情,但成人看了,理解和体验就要深刻得多。这首儿歌的情绪本来是属于成人的,而且是相当传统的,即"悲秋",但它竟以儿歌的伪装出现了。这是一首成人情结有意无意潜入儿童文本的典范作品,它使我想到歌曲《送别》,在这首歌曲中,成人对儿童的入侵是公开的,它以儿童歌曲的旋律和演唱方式传达了成人的情感。说它公开，是因为它歌词的文本的话语形式也是成人的：

> 长亭外，古道边，
> 芳草碧连天。
> 晚风拂柳笛声残，
> 夕阳山外山。
> 天之涯，海之角，
> 知交半零落，
> 一壶浊酒尽余欢，
> 今宵别梦寒。

这种入侵可能有美学上的考虑，那就是由儿童的天真无知、无忧无虑构成的反讽，从而平添了成人情绪的悲凉。不过，这样一来，这首歌究竟属于谁呢？重点落在哪一边？"树叶黄了"也有反讽，但它是暗藏的，所以，从表层文本形式来讲，它依然是儿童的。

既然扯到了儿童歌曲，就不妨再说两句，因为上面的阅读情形也存在于儿童歌曲里，而且儿童歌曲比儿歌多了音乐这一表现形式，上述情形就变成双重的了，要知道儿童对音乐的理解与成人也有很大的不同。下面举两首歌曲，一首是《小学生》：

> 我背起了新书包，
> 第一次上学校，
> 老师欢迎我，同学把手招。

> 今天我也当上了一年级小学生，
> 我高兴得心儿嘣嘣跳。
> 小木马再见啦，
> 布娃娃再见啦，
> 弟弟陪你玩，妹妹把你抱。
> 今天我也当上了一年级小学生，
> 不能再贪玩耍，
> 功课一定要学好。

小孩子唱这首歌时，共鸣最强的是第一段，而令人别有一番滋味在心头的是第二段。孩子的心是向上的，他们渴望长大（比如小孩子总喜欢跟比自己大一些的孩子玩而不愿跟比自己小的孩子玩）。他当上了小学生，一种庄严的感觉伴随着虚荣、激动令他兴奋不已。但成人作为过来之人看法就不同了，成人作为有清醒的生命意识的角色，他时时感到时光的流逝和生命的可贵，他的企盼有时和孩子相反，他多么希望再回到童年。更重要的是，童年意味着天真、活泼、无拘无束和不负责任，而成人的世界则意味着复杂、奋斗、辛苦和不堪重负，若再回到童年便是后者的解脱。以这样的眼光去看兴奋的小学生便觉得孩子可怜，更可怜的是被可怜的孩子并不意识到这一点，他们竟然很快乐。孩子的长大、上学实在是一种不幸，那一连串再见的岂止是一些玩具，那是一个幸福得不可复得的世界，而结句又岂止是小学生自觉的自我告诫，那是一种理性生活的开始、不自由的开始，他不知道那一声告诫就意味着他长大了，生命发生了质变，过去的将一去不复返。所以说，对这首歌的理解，孩子和成人恰恰是相反的。当然，音乐在这首歌里的作用是不可忽视的，我不知道孩子的感觉如何，我之所以有上述想法正是它的旋律首先触动了我，那一连串的"再见"我听着总觉得有股说不出的感伤。再一首是《小蜗牛》：

> 我是快乐的小蜗牛，
> 背着房子去旅游，
> 伸出两只小犄角，
> 一天到晚乐悠悠，
> 我从来不回头。
> 我是快乐的小蜗牛，
> 天南地北去旅游，
> 刮风下雨我不怕，
> 躲进小屋乐悠悠，
> 天晴了我再走。

小孩自然会体会到小蜗牛的快乐，成人却从中看到一种难以得到的快乐人生和因之而对比联想后产生出的自爱自怜。社会风云变幻，古人就讲如临深渊如履薄冰，可见人生的险恶，而人又缺乏有效的自我保护，所以总免不了坎坷、不幸和伤害。面对社会的"风雨"，人是很难自信地唱出"我不怕"的。不过，这首歌也有启发，从积极角度讲，人是不是可以自我经营一个"小屋"呢？一个属于自己的、不关世事、不关他人的小天地？从古至今，不少人这么想过也这么做过，穷则独善其身，回归自然，返身山林，寻找一片世外桃源，亦即"退隐"。不过，这些方法在关系松散、自然人化不够、社会整体性不足的古典时期还可以，到了关系密切、社会整体性高的现代社会就行不通了。你到哪儿去找一片属于自己的净土？现代人面对的只能是疏而不漏的恢恢天网，无所逃避于天地之间，所以现代人的悲剧感、恐惧感就相当强烈，他们不时回顾古典、向往自然，而小蜗牛的快乐真是值得羡慕的了。"我的房子在哪里？"这实在是一个隐喻或象征。可以想象，这首歌旋律自由、欢快、诙谐，它是一种自炫，又是一种挑逗，让你高兴，更让你沮丧。尤其是它结句的处理最具效果，它加进了大量的衬字予以咏叹，从而很好地表达和强调了上述情绪。

暂且说到这里，虽然我愈来愈觉得这个话题的丰富。我知道人们大都不这样理解儿歌（曲）的关键是视角问题，换一个视角，习以为常的事物便会有另一番新的景观。谁谓不然？

请谁来讲文学课？
——从《外卖骑手，困在系统里》说起

年近岁末，又到了盘点一年文学业绩的时候，各种年度奖与排行榜竞相登场。如果要我说即将过去的 2020 年给我印象最深的作品，大概是《人物》公众号上的《外卖骑手，困在系统里》。我说作品，显然是包含了文学作品与非文学作品在内的，反正我是将它作为文学作品看待的。因为我对外卖这个行当不熟悉，我几乎没叫过外卖，在我的手机里，也没有任何外卖的 App，因此，我完全没有任何有关外卖的知识背景，也没有任何点外卖的经验，与文中那些外卖骑手也没有接触，在这样的阅读背景下，它在我的眼中就是一篇近于虚构的文学。

它的内容我在这儿就不赘述了，现在网上还可以读到。甚至它还没冷下来，就我在写这篇文章的时候，它下面的留言还在继续。我其至想，只要外卖还在，人们都会时时想到它吧。在 2020 年，有哪篇文学作品有这样的影响力呢？这是我要说的第

一点。当作家们抱怨自己的作品没人看,并且笼统地将原因归于文学边缘化的时候,为什么不想一想自己到底都在想什么,在写什么呢?大概二十世纪八十年代的流风还在,文学重要的不是写什么,而是怎么写。在忽视文学性的年代,提出这样带有纠偏的口号是可以理解的,但是,从文学的一般规律与情势而言,写什么总是比怎么写更重要。文学史对经典的认识首先是看它对人类贡献了何种经验。即使在日常阅读中,也没有哪个读者面对一本书会首先去问它是怎么写的。这种忽视写什么的观念对创作界危害极大,它带偏了写作者的视线,会视眼前的生活如无睹,弃火热的生活于不顾,特别是心中无人,眼中没有读者,将文学变成自己的自娱自乐。《外卖骑手,困在系统里》之所以能引发那么多的讨论,引起那么大的反响,就在于它的点抓得好,抓得准,这样的点不是作者的心血来潮,而是其长期观察的结果,是作者对这些年来渐渐成为人们重要的生活方式的"外卖生活"认知研究的结果。我们有些作家,要么囿于自己的个人生活中,两耳不闻窗外事,要么就随大流,别人写什么,自己也跟着写什么。特别是许多自带主题、自带题材、自带故事、自带人物的写法不知浪费了多少写作资源,挤兑了多少文学空间,毁坏了多少人的写作才华,比如许多宏大叙事、重大时间节点、翻着日历的写作都是如此。就没有想自己到生活中去寻找,更没有真正地深入生活,与普通民众交朋友,去想他们之所想,去写他们想看的内容。那么多千篇一律的宏大叙事与普通人有什么关系?那么多如传声筒一样的话语又有什么意义?我们的许多作家就是这样,他们的写作远远落后于生活,更没有深入民众的内心。可能有许多作家如我一样，不但不靠外卖生活，不点外卖，不懂外卖，甚至还鄙视外卖，认为吃外卖是一种不健康的生活方式。你为什么不下楼问一问，为什么那么多的人要点外卖？他们难道不喜欢可口的饭菜？难道不想热汤热水温馨的家？你为什么不去问问那些外卖骑手，为什么放着那么多收入丰、条件好、社会地位高的工作不做，而要风雨兼程甚至冒着生命危险去入这一行？你为什么不再花点精力去做一点更复杂的调研——为什么会有这个行业？它是一种什么经济，给社会又带来了什么以至成为一种生活方式？我想，如果我们的作家能做做这样的事情，并且把它们做到位，大概发现的就不仅是外卖的，而是更多、更新、为民众所关心的生活了。

我说它题材好，抓住了生活的热点，是一篇解决了"写什么"的典范。这么说好像它就是一篇有社会影响的新闻，其实不是。因为我对外卖相当陌生，所以它打动我的恰恰是它的非外卖、非新闻的因素，那就是它的情怀与思想。它起于渐成生活方式的外卖生活与背后的外卖经济，但是它关注的重点却是这生活与经济中的人，是一个个奔波在风雨与烈日下、蹿跳于高楼中、驾着电动车逆行于车流里的外卖骑手。文章要表达的就是题目所说的外卖骑手困在了系统里，这系统就是"算法"，是一种在大数据的支持下，通过人工智能为外卖骑手的每一单所规划的路线与所要耗费的时间，以及基于这些数据所建立起来的对骑手工作的评价标准。这标准为公司平台、点餐人也即消费者和骑手所知晓，看上去公平公开，但是骑手只有被评价的权利，却没有评价另两方和申诉与辩解的权利。更重要的是算法始终处在不断优化的过程中，如同许多游戏所呈现的那样，只有更快，没有最快。说到底，它揭示的是现代化社会技术对人的控制，是大数据对人的胁迫。我们都在抱怨技术与人的对立，我们都在声讨科学对人的伤害，我们都在讨要大数据时代个人的隐私与权利，为什么就没有像《外卖骑手，困在系统里》这样抓住日常生活中普遍的生活现象，从一个小的、常见的切口深入下去写出如此形象而具有说服力的作品呢？被系统伤害的不仅是外卖骑手，其实，平台的程序员、消费者同样是受害者，正是这种追求效率的系统将消费者变成了一个个只认数字的冷漠无情的人，他们可能只因为与推荐到达时间相差几分就会给外卖小哥差评，甚至委屈愤怒，他们不会去了解这数字背后的故事，不会在乎这个差评对外卖骑手意味着什么，正是这样的算法塑造了我们这个时代变态的消费人格。而程序员在无尽的技术开发中沉溺于成功的快感，他们看到的是一个个似乎更为精确的数字，至于这越来越精确的数字带来的越来越快的速度给外卖骑手造成的压迫远在他们的视野之外。因此，技术不是给哪个人造成困局，而是如文章的导言所说的，"一个在某个领域制造了巨大价值的行业，为什么同时也是一个社会问题的制造者？"作者在作品里很少议论，更没有如许多鸡汤文那样去煽情，它只有一个个的故事，只有一个个的人物，但是作者的倾向是一目了然的，特别是作者对人的生命的珍重，对生活于无奈中的人的同情与悲悯弥散于整个作品，这正是这篇文章的灵魂，也是我们当下许多文学的空白。对于文学而言，相比起问题意识，可能情怀意识更重要。这是我们不同的表达所决定的，也是我们的文明史所赋予文学的命定的职能。情怀的本质是什么？是价值。价值是什么？是关系，是人与人，是人与社会，是人与自然所应该具有的理想关系状态。在理想的关系状态中，人能够实现自己，能够自由地安排自己，能够与社会和自然和谐共存。人类的文明史就是在不断地制造价值，发现价值，传播价值。与追求财富和效率的工具理性不一样，人文学科特别是文学艺术追求的是价值理性，是价值优先。"为天地立心，为生民立命，为往世继绝学，为万世开太平"，这就是文学书写的目标，它的核心就是制造与传播价值。天地有大美而不言，自然的意义是我们书写的。芸芸众生如蝼蚁，他们生活的意义是什么？他们活下去的理由又在哪里？需要我们去解释、发现与伸张。《外卖骑手，困在系统里》就是一篇为生民立命的作品。外卖骑手都是一个个普通的人，他们为了生存、为了温饱、为了家庭冒险奔走。这就是他们生命的意义？这就是他们拼命的价值？当一个个外卖骑手被算法所逼的时候，他们还是人吗？他们的尊严、他们的权利、他们的自由乃至他们的生命都在哪里？他们已经是非人，只是血肉的机器，他们已经完全异化了。在算法链条中狂奔的他们连停下来思考自己的时间都没有，"系统仍在运转，游戏还在继续，只是，骑手们对自己在这'无限游戏'中的身份，几乎一无所知。他们仍在飞奔，为了一个更好生活的可能"。可惜，那个虚幻的"更好的生活"并不存在。

《外卖骑手，困在系统里》的文学品质不仅表现在题材、思想与情怀，同样体现在文学的手法，体现在文学的技术层面。在讨论文学手法之前先要简单地说一下，文学手法首先要有它们的用武之地。叙述的节奏、人物的刻画、细节、语言等，它们用在何处？这是许多文学写作者不大去考虑的问题。说出来大家可能有些意外，是知识决定了它们。读了《外卖骑手，困在系统里》，我最大的感慨之一是作者的文外功夫，是作者对外卖这个行当专业化的知识。知识决定了我们的视野，知识决定了我们书写的内容，知识也决定了我们写作的空间与深度，所以，没有了知识的帮助，我们的文学手法就没有了施展腾挪的场地。正是大到"数字劳工""订单劳动"，小到外卖的每个技术环节成就了这篇文章的文学表演。"收到"中算法系统对骑手的套牢，"大雨"对特殊情境中骑手的描写，"导航"中骑手的无所适从，"电梯"里骑手与空间的争夺，"守门"里骑手遭遇的人际困局，"佩奇与可乐"中骑手付出的交际成本，"游戏"中等级评定对骑手的二律背反，"电动车"里骑手的工具尴尬，"微笑行动"里滑稽的行业文化，"五星好评"中骑手与交警的复杂关系，"最后一道屏障"中骑手社会保障的缺失，"无限游戏"中骑手几乎无解的悲剧命运，这不仅是对外卖骑手工作与生活的全覆盖，而且是张弛有度、虚实相间的精彩叙事。它们不是报道，不是粗线条的叙述，是人物，是心理，是对话，是场面，是细节，是如果我们不深入、不面对就无法想象的文学场景。"外卖就是与死神赛跑，就是和交警较劲，就是和红灯做朋友"，"配送，是一种以顾客为中心的社会表演"，"除非有个交警跟在屁股后面，说你不能超速、不能超速，不然单子多的时候，所有的骑手都想飞起来"。这样富于生活气息与行业特色的语言如果不是与骑手们混得烂熟如何写得出来？"被配送时间'吓'得手心出汗的朱大鹤，也出过事儿。为躲避一辆自行车，他骑着超速的电动车摔在了非机动车道上，正在配送的那份麻辣香锅也飞了出去,当时,比身体的疼痛更早一步抵达他大脑的是,'糟糕,要超时了。'"这样的情节与细节如果没有下功夫又怎么写得出来?

我确实在这篇纪实文字上面花的笔墨太多了,因为我想请它来给我们上一堂文学课。文学课就一定是文学圈中的人才能讲?我看不一定,也许以前是,但现在我觉得越来越不该这样,甚至圈外的人比起圈内的人对变化中的文学有更大的发言权。前几天我在《南方周末》公众号上看到《什么样的内容才配得上这个时代》的课程广告就很有感触,应该让作家们,让那些有志于文学的青年们听听这堂课啊。我记得授课的都是新闻大咖、媒介翘楚,讲的都是他们从业的经验与深刻的体会,如何理解时代,如何提炼话题,如何经营案例,如何进行修辞,如何理解读者,甚至"没有妙招,只有写写写"这样朴素的道理,对我们都很有启示。我前些年就说文学是无边的,文学更在文学外,也说过文学的媒介化与媒介的文学化,现在想来越来越有道理。就以新闻的文学化而言,现在的新闻的读者意识非常强。新闻做给谁看、读者们想看怎样的新闻等,已经成为新闻从业者首先考虑的问题。一旦确立这样一种读者意识以后,新闻就必须尽可能地满足读者多方面的需求,这样就不仅仅是提供新闻事件与新闻人物的问题了,情感、态度、价值观、话语风格都需要考虑。而且,抽象的读者不存在了,新闻人眼里只有具体的读者,或是从行业,或是从性别,或是从年龄,或是从阶层,新闻越来越为自己特定的人群服务。另外,新闻越来越跟整个时代精神、社会风尚打成一片。传统的所谓的新闻独立性被悄悄地搁置了,时代的精神气质、社会的流行趋势、大众的审美风尚……这些都成为新闻研究和跟踪的兴奋点。走在前面的试图领导风尚和趣味,而更多的是唯恐被风尚和趣味所抛弃。所有这些最终都落实到新闻的话语风格,我们再也见不到一板一腔的新闻语言了,从引题,到正题,到摘要,再到正文,新闻的每个字都被精心打造,几乎到了"语不惊人死不休"的地步,更不用说许多新的、在传统的新闻文体之外的新兴的新闻文体了。许多的新闻文体都没有命名,因为整个传统的新闻报刊从分类到栏目设置都已经被天翻地覆地进行了改造。在这样的情形之下,许多新闻记者也已经分不清其身份,是新闻人还是文学人?他们如同明星一样,频频在报刊上亮相,评论、深度报道、专栏以及与读者的互动,许多新闻人获得了远比一些著名作家更多的读者和粉丝。他们以巨大的信息量、深刻的思想、敏锐的眼光、动人的情怀、亲民的姿态和个性化的语言风格以及独创的文体独步天下,而这诸多要素都是文学家们梦寐以求的。《外卖骑手,困在系统里》就是一个典型。

与文学互渗的岂止是新闻一族?几乎所有的媒体都加入了进来。没有哪个时代像今天这样注重信息与传媒。以往,文学的传媒是相对单一的,而如今,报纸、刊物、图书、网络、电视、广播、手机……构成了文学传播的庞大空间,市场与传媒互为要素。当文学与市场接轨以后,对传播方式的选择使传媒产生了强烈的竞争,而竞争的原则只有两个:一是利益,二是流量。这就是为什么今天网络能成为后起之秀,不仅在原创,而且在中介、传输上都是位于前列的原因。新兴媒体所催生出的写作形态如博客、微博、微信、电子杂志、公众号等与传统的出版或发表方式是有本质上的区别的。但在它们上面所呈现的文字也已经不是私人性的了，它同样进入了与他者的交流，进入了公共领域。这是怎样的量级呢？每天在网络平台上发表的作品是纸质媒介根本无法比拟的，它造就了怎样的文学人口啊！这都是值得关注的新的文学人际关系和亚文化类型。这样的人群，这样的写作，形成了我所说的"泛文学"，许多新鲜的文学观念与文学手法在这里孵化、发酵、成型，更不用说其他手法通过它们向文学的迁移。与此相关是社会美化的浸染。要知道，美化已经成为这个社会的重要表征与生活方式，它渗透到各个领域，"修辞"成为每一个人工产品的必要工序。即使在实用领域，也同样存在着不断更新的、追求极致与唯美的艺术设计，只有美化与实用功能高度结合才能得到大众的接受，日常生活审美化应该是不争的事实。而文字是美化程度最高的方面，我们的一切文字表达无不在如何美化上努力，广告、招聘、求职、策划书、纪实报道、即时新闻，以及几乎所有的文字出版物，连同原先严格规整的人文社会学科甚至自然科学的表达都莫不如此。在当今，人们可以在更多的空间进入文学的氛围，也可以从更多的媒介和更多的文字作品中获得文学生活的满足。

所以，我建议，拓宽我们的眼界，伸长我们的手臂，虚心地向别人学习。也许，引发文学变革的不是在文学之中，而是在文学之外。

好语文与好社会

说到语言，人们总会往文学上想，以为语言都是文学的事。其实，语言更多的是语文的事，在语文中，文学只不过是很小的一块，我们天天与语文打交道，但这当中，涉及文学的并不多。事实上，一年到头不碰文学也没什么，但不碰语文，我们一天都做不到。

既然要天天与语文打交道，那语文就非常重要了。如果追问一下，语文究竟重要在哪里，又该如何表述，说得严重一点，好语文是与好社会紧密联系在一起的，是互为因果的。也就是说，如果是一个好的社会，那它的语文一定是好的。如果一个社会是坏的，或者说这个社会出了问题，那它的语文也一定是坏的，也是出了问题的。要知道，没有天生的好语文，也没有天生的坏语文。坏语文的问题许多杰出人物和学者都谈过，毛泽东早在二十世纪三十年代就关注语文问题，他对文风问题尤其重视，在《中国共产党在民族战争中的地位》《反对党八股》《改造我们的学习》《整顿学风党风文风》等文章中都涉及这一论题。他从共产党的文风说起，将党内不好的文风命名为"党八股"，并将反对党八股作为延安整风运动的三大任务之一，号召全党反对主观主义以整顿学风、反对宗派主义以整顿党风、反对党八股以整顿文风。毛泽东将改进文风和改造学风提升到整顿党风的高度，他从来不是就文风谈文风，党风、学风与文风是三位一体的，所以才将"党八股"定性为"藏垢纳污的东西，是主观主义和宗派主义的一种表现形式。它是害人的，不利于革命的，我们必须肃清它"。

作家对语文肯定是敏感的。英国作家奥威尔在《政治与英语》中认为当时的"英语的情况很不妙"，在举例分析了语言的各种弊端之后说道："坏的当代文章不是为了表达意思而选词，不是为了使意思鲜明而创造形象，只是把别人写就安排好的长串字眼儿拼凑到一起，看起来挺像样，实际上是空洞的废话。"而其根源则在于"政治"，奥威尔一刀切地认定："正统的言论，不管它的政治色彩是哪一种，看来都是层层模仿、毫无生气的。小册子、社论、宣言、白皮书，各政府部门常务次官的言论等等，这些政治套话虽然因党派不同而各有千秋，但有一点是共同的：其中绝对找不到新鲜活泼、单纯朴实的语言。"捷克作家克里玛和意大利作家卡尔维诺也注意到了这一点。克里玛认为捷克语言"越来越变成退化的新闻语言，因为它充满着现成的词汇和短语"。卡尔维诺认为危害语言的"瘟疫"，侵袭了人类"使用词汇的机能"，"表现为认识能力和相关性的丧失，表现为随意下笔，把全部表达方式推进一种最平庸、最没有个性、最抽象的公式中去，冲淡意义，挫钝表现力的锋芒，消灭词汇碰撞和新事物迸发出来的火花"。他首先认为这种"瘟疫"的根源在于"政治、意识形态、官僚机构统一用词、传播媒介的千篇一律"。美国语言学家乔姆斯基对专制始终保持警惕，他以当时号称最自由的美国媒体为批判对象，揭露了媒体这一特殊语言的许多专制行为，描述了这种制度下人们习焉不察的、被愚弄的、可怕的语文生活。在这种生活中，媒体可以娴熟地选择事实，掩盖事实，乱贴标签，从而"制造共识"。媒体的市场控制欲与政府政治权力合谋，突破了语文的伦理底线。他在《恐怖主义文化》一书中将大量媒体报道与真实的事实进行对勘，掀出了媒体与美国政府的权力底牌。乔姆斯基坚决的立场和语言学家的专业功底使他在对社会语文的观察与描述中令人耳目一新，他突破了传统语言学家的视野，将当时无所不在的媒介纳入了语文研究的范畴。

其后的社会语文更为复杂，特别是多媒体时代的到来，一方面使语文的表现进入了多样化，但另一方面，也使好语文与坏语文鱼龙混杂，更加真假难辨，它所产生的语文之毒已经如鸦片一样在快感中麻醉了人们。卡尔维诺所处的时代多媒体还没到来，但图像已经开始大行其道，卡尔维诺说："我们生活在没完没了的倾盆大雨的形象之中，最强有力的传播媒介把世界转化成为形象，并且通过魔镜的奇异而杂乱的变化大大地增加了这个世界的形象。"卡尔维诺所描述的这种场景就是被捷克作家昆德拉在《不朽》中命名的"意象形态"。意象形态与意识形态一样具有"权力"的性质，从而也具有辐射、控制、改造语文的功能。卡尔维诺说："这些形象被剥去了内在的必要性，不能够使每一种形象成为一种形式，一种内容，不能受到注意，不能成为某种意义的来源。这种如烟如雾的视觉形象的大部分一出现便消退，像梦一样不会在记忆中留下痕迹；但是，消退不了的却是一种疏离和令人不快的感觉。"可惜他们指出的问题至今还没有引起人们的重视，相反，人们却沉溺其间而不能自拔，不愿自拔。

一个社会的风气首先就体现在语文风气上。社会成员是否好好说话，是否好好写文章，有无好的话风与文风都是一个社会文明程度的表征。毛泽东当年是从党内文风开刀的，其实，拓开去说，不论政党、国家、时代、民族、团体，还是个人，都有自己的话风和文风，而话风文风又都是自己文化、立场、行为、情感、价值观、知识水平、审美趣味等综合修养的表现。所以，话风与文风只不过是外在的表现，从它们的显现上可看出主体是否健康。话风与文风出了问题，那一定是我们身体内部出了问题。比如，现在就没有形式主义、官僚主义了？就看现在许多的文章、宣传，还有网络上流行的那么多千奇百怪的"体"，什么"跪求体""哭晕体""吓尿体""厉害体""鸡汤体"等，是不是一些"网八股""微（信）八股""博（客）八股"？不讲真实，不讲科学，不讲道德，不讲汉语规范，哗众取宠、危言耸听、博人眼球，这些不良"网风"折射的正是社会的许多问题和我们内心的病象。因为进入了多媒体、自媒体时代，党八股的表现形态比以前更多，危害比以前更大。

如果我们再仔细观察一下，许多社会矛盾都源于没有好的语文沟通，成员间的听说能力与水平都有问题。比如医患纠纷，很多情况都是因为医生不好好说话，多一句都烦，而患者或患者家属又不好好听,再加上专业障碍,又听不明白,于是产生了矛盾。产生矛盾了就更需要语文,这时的语文不仅仅是说与听了,而且要选择恰当的话语行为,因为话语,包括词汇甚至体态语都是与人的情感相连的,所谓一句话说得人笑,一句话说得人跳,就是这个意思。而这里面涉及的最根本的问题是一个人的语文伦理,所以,有时话语障碍与双方的语文水平无关,而与一个人的语文道德、语文伦理有关。比如,语文的目的是交流与沟通,但如果一个人他就是不想好好说话,他就是不愿意让人听明白,甚至他的语文手段与方法被用到了不正确的语文目的上,他就是要拒绝你,让你愤怒或悲伤,你怎么办?我们可以看看网络上的那些所谓"喷子",就是不想好好说话,就是想发泄,就是想激怒别人,这已经成为一种话语常态,这是一种很不好的语文态度与语文心理。再往社会上看,为什么充满了戾气?看上去国民教育程度提高了,社会成员的语文水平提高了,但为什么没有一个好的语文交往气氛?人们都被一种怨怼的话语风格裹挟了,三句话不到那言词的火药味就出来了。甚至,我们校园都处在一种紧张的语文氛围中,这实在令人忧虑。从历史上看,如果一个社会充斥着专制、虚伪、狡诈、阴谋、构陷、谩骂、张狂、愤怒、威胁……那不仅是社会问题,也是语文问题。在这样的社会,人的语文人格是扭曲的,也不会出现优雅的语文作品。

所以,语文问题不仅仅是一个学科问题,不仅仅是教育要关注的问题,而且应该是全社会都应该关心的问题,应该上升到社会建设的高度,要在社会当中营造好的语文环境。我一贯主张,评价一个人语文水平的高低不仅在于他的语文积累,比如能背诵多少诗文，更重要的是他语文的应用能力，而且，这样的应用不是纸上的，而是在实际生活中的，也就是运用语文来解决生活中的问题。人们为什么喜欢和尊敬袁隆平、张文宏，原因之一就是他们的语文水平高，他们在各自的领域都能成功地运用语文去发现问题和解决问题。袁隆平在说到自己的科研之路时说过这样一段话："我一直有两个梦，一个是禾下乘凉梦，一个是杂交水稻覆盖全球梦。禾下乘凉梦，我是真做过，我梦见水稻长得有高粱那么高，穗子像扫把那么长，颗粒像花生那么大，而我则和助手坐在稻穗下面乘凉。其实我这个梦想的实质，就是水稻高产梦，让人们吃上更多的米饭，永远都不用再饿肚子。"这不是最好的语文吗？这不是天下最美的、最有人情味的文章吗？在谈到"米质"这个专业问题时，袁隆平这么说："米质，我们说了是分几个阶段。大概七八十年代，当时是为了温饱问题，我们的重点是以提高产量为主，其他的都放在次要地位。你首先把肚皮喂饱了再说。那个时候谈不上什么米质，能够有饱饭吃就很不错了。过了九十年代之后，我们生活水平提高了，就不满足于吃饱，还要吃好，于是我们也做了战略的调整。就是说，把提高产量和提高品质摆在同等重要的地位。有一句老话，我讲过多次了，是我的一个原则：绝不牺牲产量来求优质，不以牺牲产量为代价来求优质。我们要既高产又优质。"这是袁隆平现场访谈时说的，口语化，如语家常，虽然朴素，但层次清楚，让人一听就明白，既解释了别人的疑惑，又重申了科学与人文结合的立场。这不是天下最平易近人而又准确的文章吗？

　　人们只要一听张文宏说话，心就定了，就放心了，不再焦虑和恐惧。他的真诚，他的真实，他的理解，他的善意，他的耐心，他的幽默，他的自嘲，他的喜剧式的话风，既充满了堂堂正正的语文精神，又充满了语文的魅力，他将语文的交际功能发挥到了极致。这是一个语文水平极高的医生，他能用语文解决他面临的医学与医疗问题，能将社会关注的公共医疗难题用语文进行普及，他用语文建立了医疗与社会的桥梁。喜欢张医生的人们把他的话收集起来欣赏，这不是偶然的，这与一般的追星不可同日而语。"你在家里不是隔离，是在战斗啊！你觉得很闷，病毒也给你闷死啦。""岁月那么静好，就一定有人在负重前行。谁在负重前行？就是我这样的人。""你没病的，没事少来医院，看我一次是很贵的。""注射血浆患者立刻康复？那是电影！""媒体上谣言满天，整个空气中闻到的，可能不是病毒的味道，是恐惧的味道。""在日常工作中，有些人可能已经成为潜在感染者。我们老是觉得和病人在一起，我们要防着他们。事实上，跟同事在一起也要防着。面对面的吃饭要少，然后一起讲话戴口罩。防火、防盗、防同事。把同事防住了，我想一切都防住了。""在寝室里一个人待着好吗？老老实实地不要串来串去。即使两个人待着，也没事。东西分分开，戴戴口罩可以吗？语言少了思想就出来了。所以，闷两个星期，对于广大的大学生是种很好的锻炼。"……每一句都浸透着语文的情怀与智慧。这样的人不仅在本专业成就卓著，而且能让人与他们一同享受高质量的语文生活。

每一个社会成员都应该意识到这一点，你的生活首先是语文生活，你所进行的所有活动，从日常起居到劳动创造，从个人独处到社会交往，语文无处不在，语文无时不用。你的成功在很大程度上取决于你的语文能力，而和谐的社会关系更是每一个社会成员用语文营造出来的。

四

博物的情怀
——刘旭东《吾乡风物》序

刘旭东兄的《吾乡风物》即将出版,嘱我写几句话放在前面,虽然力不胜任,但作为同乡和多年的朋友,我实在找不出推托的理由。

收在本书中的大部分文字,我已经在他的微信里读过了。旭东兄是个认真的人,他将这些文字先行放在微信里,不仅有求其友声的意思,也是在征求意见,验证自己的记忆和理解。地方性知识既庞杂,又专门,十里不同风,五里不同俗,我与旭东兄在老家仅隔一条大河,但在一些器物的说法和用途上就有不小的出入。朋友圈里老乡聚到一起,旭东的这些文章是大家兴味盎然的话题,有时会为一两种风俗的含义或三两种方言的读音和意思争得面红耳赤。

如同书名所言,收在这本书里的作品是旭东关于家乡风物的记叙和考订。所以,是不是旭东的同乡,或者再扩大一点,是不是苏中地区的人，并且是否在二十世纪六十年代以前出生，阅读感受是大不一样的。对于现在大部分年轻人来说，几十年前，不管是城市还是乡村，那时的生活都已经成为一种传说了。就以在想象中本来应该是较少变化的庄稼和植物来说吧，许多农作物因为产量低或不宜规模化种植而淘汰了，植被也因美化的需要变得整齐划一。随着农村的城镇化，繁茂的乡土植物逐渐被数得过来的几种景观植物所取代。

　　物的概念不知在什么时候出现了变化。在最初的意义上，无论是自然之物还是人工之物，都是选择与适应的结果。植物选择了宜于生长的环境，人在文明的进程中与自然相互协商，使一部分植物成为自己食物的主要来源而变为庄稼。水土之异，庄稼不同，所以塑造出的口味也差异很大。为适应环境，人们不断地创造和改进生产与生活用具，不用说，这些工具当然因不同的生产与生活方式而五花八门。所以，对一个地区的人来说，不管是自然之物还是人工之器，都是自己的亲人和朋友。所谓人化的自然就包含有这方面的含义。人们在它们身上投入了情感，寄托了思想，倾注了智慧，不仅为实用，而且使其成了亲情与审美的对象。比如乡土植物，它们不同的生活习性、色彩和外形，在长期地与人相处中不断被符号化和人格化，不但承载着自然的秘密，传递着时间的节律，也是人们抒发情思的形象。不同地区的人们长年地与生长在他们身边的植物对话，并以其作为乡情乡思的代言。如果稍稍留意一下，会发现南方与北方的文人，他们笔下的植物是有明显区别的，特别是在他们漂泊在外，乡愁涌上心头的时候。

现在还有这样的物吗？人们还会这样与物相处吗？农耕时代，工具和器物几乎是我们身体的一部分，某一种工具在制作与使用中也会因人而异，材料、形状、重量都会不同，更不用说在长期的使用中浸润了汗水、因摩挲而生的光亮和亲如兄弟的情感了。如今呢？已经很难和工具培养出这份情感了。在通用化、标准化、格式化、程序化、规模化的时代，工具都是一样的。追新逐奇成为潮流，更新换代成为常态。在使用中，工具与我们不是越来越近，而是越来越远，一样工具，几乎从到手的一刻起就被我们抱怨，抱怨它的落伍、落后。工具不但不能成为我们的朋友，反而成为急于扔掉的垃圾。仔细想想：有多少器物能与我们相守终身？连住所都变来变去。我们正在失去乡土的植物，也在失去可以长久依赖的器物之友，连同被外语和普通话取代的方言和被外卖快餐侵占的饮食，我们的乡愁已经无处安放。故乡变成了抽象的地名。夸张一点说，现代人已经无乡可归，都是没有了故乡的流浪者。

当然，旭东的《吾乡风物》并不全在表达乡愁，更无今不如昔的忧伤和愤世嫉俗，相反，倒是处处透出幽默和有趣。从草木、禽鸟、虫兽到农本、交通、风俗、方言，可以说是苏中地区乡村生活的百科全书。由此我想到了中国文人的"博物"传统。对万事万物的兴趣，对人与物关系的体察，使得中国文人很早就在与物的交流与对话中建立起了丰富的精神世界与审美关系，在物我交融中领悟自然的神奇、生命的奥秘和人生的况味，感叹天工开物与匠心独运。看得出旭东对物的专注。有时为了一样器物、一种风俗、一句方言，他会反复求证，多方比照，追根溯源,务求其真。但令我生出更大兴味的还是字里行间的气息,一种人生态度。一花一世界,一木一精神,自然与生活中本来琐屑细小或已经湮没不闻的事物因之而变得生趣盎然,雅致可喜。

所以,我还想对《吾乡风物》的文体与文字讲几句。这本书不但承续了中国文人的博物传统,而且在文体与语言上也很有些中国古代笔记与小品文的味道。书中文章的篇幅都不长,行于所当行,止于所当止,虽杂花生树,却笔墨省俭。林语堂对小品文很是推崇,他说"小品文,可以发挥议论,可以畅泄衷情,可以摹绘人情,可以形容世故,可以札记琐屑,可以谈天说地,本无范围,特以自我为中心,以闲适为格调"。大约从六朝开始,经唐宋、明清,直到现代散文史上,小品文都代有名家。到了当代,也还有黄裳、孙犁、汪曾祺等。若细细考察过去,对生活的热爱,对生命的关注是小品文精神的底色,所谓性灵,即之谓也。由于这样强大的传统,文体格式古今都有着心照不宣的呼应。所以,小品文一般都形制短小,语言文白相间,即或当代人为之,亦颇有古风。旭东于此显然浸淫日久,很有心得,能于尺幅之中穿插盘桓,勾画点染,触处生春,率尔随性,自在洒脱。

这样的文章现在并不很多,如同旭东家乡的风物渐渐流散模糊一样,许多文体与文心现在也见不到了,所以,忍不住多说了几句,权当对这种博物的态度与为文的情怀的提倡。

其实,在这儿最想说也最应该说的就一句话:祝贺旭东新作出版!

一夜飞渡镜湖月
—— 写在葛芳《白色之城》的前面

江南实在太强大了，像葛芳这样在苏州工作和生活的作家，非常容易让人先入为主地想象其作品的南方元素，甚至苏州风格。

上次给葛芳写评论已经是近十年前的事了，一边读着葛芳近年来的小说，一边回忆当年的阅读印象，江南和苏州还真是当年十分强烈的感受。不管自己在意不在意，地方或空间对一个人的影响总是相当大的吧。对写作者就更是如此了，再怎么精鹜八极，御风而行，写作者总要从生活中找题材。生活不是抽象的，而是具体的，所谓具体，就是有着实在的时间和空间的背景，不必刻意，一切都是自然而然的。所以，葛芳小说中的江南地理的辨识度还是比较明显的，虽然葛芳像现在许多小说家一样，已经很少去做风景描写，但夹杂在人物话语或叙事中的点滴交代还是能透出江南的气息。比如《安放》中的阿丁与北方来的女子说：

"江南很少落雪。"再比如《听尺八去》中难得的几句环境描写："江南的雨越下越大了，噼噼啪啪，雨里还夹杂着几声狗叫。天色渐亮，空气里散发着清寒之味。日子走得太快，不觉已是中秋了。"有时就是人物偶然的一瞥，便告诉了我们他身在何处，"江南的秋天和夏天连接得那么紧密，就在一片模糊不清的季节里"（《去做最幸福的人》）。葛芳的一些作品干脆拿江南的城市作为故事的发生地，南京就是她经常让人物去的地方。如："我在一楼咖啡区眺望玄武湖。我不知道是云影的关系，还是我心绪烦躁的缘故，南京这个古城让我喘不过气来，我并不是第一次来，我和城市的关系也不至于如此挑剔……"（《最后一把扫帚》）再如："她（林子）和同室的樱子、中秀去找南京航运学校的男生玩，地点就是绣球公园。粉蓝、纯白的绣球花，开得明媚淘气，一团团，一簇簇，樱子的红裙子撒开来，色彩搭配得令人叫绝。"（《绣球花开》）葛芳也给自己的作品想象了一张"邮票"，那就是乔平市，我怀疑这乔平市大概就是苏州，只是为了避免真实与虚构的纠缠，她才给自己的文学地理起了这么个平淡无奇的地名。但是，这乔平显然是江南之地。在葛芳笔下的乔平市，我们随处可见古寺、小桥、流水、深巷、孤山、花窗，还有太湖石，这不是典型的吴越风物与置景吗？

当然，关键的可能不是风景与物候，而是人与故事，是情调与语言。江南确实是复杂的、多面的，人们甚至刻意从苏州东林党人、江阴屠城和扬州十日等历史中去伸张江南的血性，但是江南已然被塑形，特别在生活情调与审美风尚上。在葛芳的小说中，日常生活构成了她叙事的总体，江南的村落，特别是江南城市小巷中的平常百姓，他们的生活、命运、情感是作品的主体。葛芳基本上没有宏大叙事，人物也没有什么显赫的社会身份，有个什么副市长、企业的老总就是体面得不得了了。甚至，很少看到葛芳对"外面"世界的描绘，她的人物都生活在白墙粉黛、寻常巷陌中，外面世界与他们有什么关系呢？然而，关起门来，那是什么都有，人间的离散聚合、生死跌宕、喜怒哀乐、儿女情长、种种的算计、不可预料的偶然……实际上，这些人物虽然不处在时代的洪流中，但一样身不由己，同样的波澜壮阔，步步惊心。所以，我曾经说："葛芳叙述的是人物如何过不下去日子，葛芳对日常生活有准确而精微的把握，但这种把握是要将这日常生活成为一种氛围，一种力量，使其与人物对抗，在人与日子、人与生活的对抗中形成叙述的张力，逼出生存的意义。"葛芳是能深入江南的内里中去的，她能在美丽富庶、悠长慵懒中看出生命的杂色。然而再怎么说，将她的作品放到文坛上，也依然是江南的，尽管不是明媚的，但也是江南的另一副面孔，哪怕稍显阴沉。所以，只要仔细辨析，这地方与人，与故事，与这讲故事的腔调，真是配的。

在这种调子中叙述没有什么不好。但葛芳不知哪一天心里起了变化，我猜这与她年年都要跑到国外去不无关系。有了微信，就看她东欧西欧、南美北美地跑，甚至南极、非洲她也去。人虽然去了外面，但心里装着的还是家里的事。一样吗？一样，又不一样。一是在家里想着家里的事，一是在外面想着家里的事，背景不同了，这人与事的意义就可能不一样了。

所以，空间对一个作家，对文学的叙事实在是不能小看。

从这本小说集看，葛芳对江南以外空间的兴趣大概是从2011年的《天色青青》开始的。这是一个家庭叙事，出轨的父亲、心有所冀的母亲、顽皮而又恋母的儿子，实在是混乱、无聊、令人无法忍受。在这沉闷的日子里，是儿子的游戏给开了天窗，先是鱼肠剑，再是莫邪剑，最后是魔兽世界里巫妖王的"霜之哀伤"剑。与换剑并行的是一个个突破了现时江南的异域空间，尤其是魔兽世界，"诺森德山脉起伏，上面白雪皑皑，沉寂了几千年的冰雪在太阳下发出耀眼灼人的光芒。他是阿尔萨斯，力敌千钧，无人能及"。这不仅是儿子武南心理的投射，更给通篇打上了奇异的光带，这是葛芳以前少有的。接着是2015年《一夜长途》。小说提到了一部著名的德国电影《罗拉快跑》。这与《一夜长途》的故事看上去没有什么关系。小说叙述的是一个女人与一对父子的荒唐事，但是，这荒唐，这故事中人急于逃跑和解脱的心理，往高里说就是堕落后救赎的慌不择路该如何表现，葛芳想到了《罗拉快跑》，不一样的荒唐与无望，一样的紧迫，对小说来说，这实在是一个不错的镜像。到了《要去莫斯塔尔吗》，空间的融合与并峙就更自然了。通过引入、想象，哪怕是知识性的，这叙述就有另一番情趣、另一种味道了，人物的心理、情感，那察言观色、寻思琢磨的逻辑亦不一样了。"莫斯塔尔为波斯尼亚和黑塞哥维那南部城市。莫斯塔尔以一座古老石桥著称。老桥将居住在河两岸的穆斯林族和克罗地亚族居民联系在一起，被联合国教科文组织列为世界文化遗产。1993年9月9日，波黑战争期间，因老桥两边的民族互相仇杀，老桥被炸毁。"这个远在中国江南之外的波黑老桥不仅暴露了闺蜜与自己老公的婚外情,更通过遥不可及的空间距离使生活中常见的情感纠葛变得无奈和无解。在《幻影》中,很难想象的细节被葛芳设计出来。一个来自乡下的年轻 SPA 女技师,面对自己的客户,会频频穿越到巴黎,想到那里的诸多艺术大师,特别是莫迪利亚尼,他的绘画,他的妻子。比起此前的一些空间位移,《幻影》变得实在,与人物也越来越贴合。"秀玲的惶惑感越来越强,她好像看到莫迪利亚尼穿过塞纳河畔失魂落魄坐在树下抽烟。那是 1917 年的冬日,一家巴黎小画廊的玻璃橱窗显露出一幅裸体女子作品,画中女子曲线妩媚、神色妖娆,引来了不少围观群众。而画廊边便是当地警局,面对如此大尺度的作品,警方勒令画廊关闭展览。莫迪利亚尼生前唯一一次作品展览因为'色情'关闭。"主人公深入进去了,忘情了,她会时时游离于自己的想象与生活,将眼前手下的客户与远方的艺术家及其作品混合重叠。"莫迪利亚尼的眼神,是飘忽不定的。他借酒精麻木自己,糟糕的生活,世界了无生趣——只有珍妮死心塌地跟着他,她也吸毒了,绯红的脸颊,眼睑下垂,可能因为吸毒和爱情的滋润,画面上的她好似在仙境中升腾。""秀玲怎么看,怎么觉得裸女和现实中的小莫相似。"这对阅读是有诱惑和挑战的,因为人物、她的性格与心理,都会由于他者的加入而变得不确定起来。

  有了这样的尝试与铺垫,葛芳小说的空间艺术变得更为自觉,已经不是文本元件的引入,也不是人物的幻影与想象,而是人物故事现实场景的转换,比如近作《消失于西班牙》《白色之城》等等。由这些作品,我们看到了葛芳对类似人物与情节不一样的处理,当然,更准确的说法应该是,虽然人物带着原有空间的故事，但是场景变了，心性便随之改变。还有一种情况，因为场景变了，人物内心的许多东西便显露出来。总之，空间的变化，不仅仅让人物看到了异域的风景与情调，更看到了自身与伙伴不一样的甚至陌生的内心世界。《消失于西班牙》就是这样。伊丁与小男友来西班牙旅游时绝没有想到故事会这样，小男友显然没有意识到在这样一个陌生的环境中自己的天性竟然会那么不堪而又匪夷所思地暴露出来，而伊丁更没有想到，她会做出"消失于西班牙"的决定。原先不知道的世界会突显出来，原来觉得很重的东西会变得那么轻飘，更不可能预料到，偶然的一场行走会让自己做出改变人生轨迹的决定。

《白色之城》对空间的意义更加强调了，它让冲突的双方处于两个空间中，一端是塞尔维亚，一端是江南，一样的话题，竟然成了鸡同鸭讲。小月眼前是欧洲的风景，是眼前飘过的人物和她对人物关系的想象。因为遥远，那一边是那么松散、轻飘，轻如鸿毛，因为陌生，所以没有牵挂，无须提防。小说的结尾，淋浴中的小月欢快地唱着那首著名的歌曲与往事告别，"啊，朋友再见吧再见吧再见吧，把我埋在高高的山岗，再插上一朵美丽的花。"

我要说，葛芳给我们带来了新小说，这是新的处理方式，是葛芳自己悟出的空间美学。我忽然想起行旅小说来，这是一个久违的小说种类了。在交通不发达的时代，行旅是许多艺术作品钟情的叙事模式。漫长的时间，陌生的人们，共处的旅店，都是产生故事的契机。但是，随着交通方式与入住条件的改变，更是生活方式与旅游方式的改变，行旅中新鲜故事发生的概率越来越低。京沪高铁一天往返,能有什么故事呢?我不能说葛芳的小说使行旅小说这一古老的文学类型焕发了生机,但是,她的近作确实使行旅重新拥有了创造新叙事的可能。她告诉我们,不能寄希望于行旅中外在奇迹的诞生,而应该从内部寻找,是空间的改变将人物与故事推上了新的生活与艺术轨道。

可见,小说是有无限可能的。你的脚步将决定你的叙事空间,而叙事空间又决定了你的小说走向。

一部诗性的教育叙事
——读唐江澎《好的教育：把理想做出来》

也许是教育论著看得多了，不是学院腔就是教辅腔，知道唐江澎的《好的教育：把理想做出来》（以下简称《好的教育》）"说的不过是常识"，便以为它的行文风格大概也是常识型的，平白如话，如语家常。不料打开书一看，却并不是自己想象的风格。我以为遇到的是一位老师、一位教育家，然而却不仅如此，我还遇到了一位鼓动者、一位演说家、一位格言体作家。《好的教育》是一部教育文集，更是一部好的语文作品。我一直有个顽固的想法，任何事件最后都是一个语文问题，教育更是如此。我所说的语文已经不是一个学科，而是一个大语文的概念，它关系到这个世界所有事物的语文化，关系到我们的思维、认知、行为过程以及事后的语文呈现。我不是说唐江澎是一个语文老师出身才这样说，语文对任何一个从业者来说都是至关重要的素养、技能、工具，甚至是人格与伦理。难道不是这样？坏的教育一定以坏语文的面貌呈现出来，它充斥着功利、虚伪、欺骗、歧视、暴力与腐朽、落后的价值观，这些都在我们的家庭、学校与社会以语文包括书面与口头的形式存在与流行。而好的语文一定是善良的、审美的、真诚的、平等的、进步的、现代的，一定承继与传播着人类优秀的价值观，体现对人的尊重，对生命的敬畏与呵护，它也必定以语文，包括书面的、口头的形式甚至以交际方式存在于我们的生活中，温暖而优雅。

所以，我们不但在《好的教育》中看到了好的教育，也看到了好的语文。当好的教育与好的语文结合在一起时，这是世界上最美的事。大概任何一个人打开《好的教育》都会忍不住大声地朗诵起来，就像唐江澎在许多不同的现场一样，那些话语的道出，曾经迷醉了多少人！它们确实是中国教育最好的声音。这是唐江澎对教育的理解："在我看来，好的教育，应该是培养终身运动者、责任担当者、问题解决者和优雅生活者，给孩子们健全而优秀的人格，赢得未来幸福，造福国家社会。"这是唐江澎眼中的他山之石："以色列母亲对孩子的称谓，表达了一个民族的价值崇尚：崇尚工程师，便崇尚创造；崇尚医生，便崇尚健康；崇尚律师，便崇尚正义。这三种职业最突出的特征，是利他性。"唐江澎不是看不到困难，他甚至一针见血地指出："对于今天的教育改革来说，比认识更重要的是决心，比方法更重要的是担当，比批评更重要的是行动。"所以，与困难同在的是理想和行动，与失望同在是信心与乐观，是积跬步而至千里的坚韧不拔："改革不可能一蹴而就，问题不可能迎刃而解，在长期累积、互为因果的问题面前，我们朝向理想前方，设定有限目标，相信时间的力量,哪怕做出不那么起眼的微小变化,也总能在历史中呈现我们这种作为的价值与意义。"所以,当这样的教育人以他的教育行为,以他身后的江苏省锡山高级中学作为背景说出这样的话时,掌声当然应声而起:"用我全部的生命来理解老师职业的价值和意义,对教师职业有刻骨铭心的爱,促使我努力把真正的教育办出来。"

价值与意义是这本书中出现频次较高的语词,我想,在唐江澎的教育实践中,它更是一直在场的话语,是贯穿唐江澎教育实践的核心概念。因为只有价值与意义,才可能支撑起一个教育主体的教育哲学,而没有教育哲学支撑的教育不是真正的教育。如果教育哲学出了问题,那更是教育的灾难。可惜,虽然我不想做对比,虽然我更不想因为谈论唐江澎而否认另一些教育,如唐江澎一样,我们不能对未来生产力的培养工程失望,但是,又不能不看到,我们很少听到教育人在构建或阐释教育哲学,更多的令人失望的情形是,对大大小小许多教育主体来说,教育哲学是一个被遗忘的词,是一个空洞的词,是一个只在专家嘴里和论文中出现而很少能落地生根的学术术语。然而,在唐江澎这里不是。是不是可以这样说,与其说唐江澎在办教育,不如说他在建构自己的教育哲学,与其说他在办"好的教育",不如说他一直在以行动诠释什么是正确的教育哲学。没有哪个行业与人类行为比教育更需要哲学,因为它事关生命,事关人的成长,事关一个人一生的精神信仰,事关一个人一生的幸福,事关他的生活、家庭、家族直到整个社会,事关人类文明的赓续,更不要说它事关一个国家的创新创造与它所有的未来……如果说我们教育缺失了哲学的引领，如果说我们的教育只关注教育者眼前的利益，如果说我们的教育成了一地鸡毛的事务，如果说我们的教育自我矮化到了尘土中……那还有真正的教育吗？教育是专业的领域，现代教育更是在一大堆科学技术的支持下变成了只有具有特殊资质的人群才能从事的职业，但是总有比这更重要的，那就是它的灵魂、它的哲学、它的价值意义。只有这，才是教育行为的最终解释，也是教育行为的终结引领。当一个社会都在为教育焦虑的时候，当教育评价简单到唯分数的时候，当怎么也凝聚不了社会的教育共识的时候，当某项教育政策的出台总是责难蜂起的时候，那一定是我们遗忘了教育的哲学，或者是我们的教育的价值与意义出了问题。每一个教育主体都应该时时抬起头来，仰望我们头顶的星空，每一个教育主体总要在夜深人静的灯光下反思自己行为的目的与意义，不能总是从眼前的利益着眼，也不能只从即时的因果链中寻找自己教育行为的理由与合法性，更不能随便地使用"价值"与"意义"这样的词与概念。事实，是许多实用主义、目光短浅的说辞披上了价值的外衣，更是有许多眼前虚假的"成功"成了意义的借口和论据。教育是围绕人的成长实施的人与人的交往行为，它的价值只能建立在"人"，这个大写"人"之上，建立在人的生命之上，建立在人的终生之上，这是教育哲学的核心，它的所有意义只有以此为原点才能被演绎、被书写、被实践。哪怕只是一次偶然的教育行为，哪怕它是在下游与末端被呈现，但那条"人的"脉络总是清晰的、坚定的和有力的。

记得去年新冠疫情刚刚暴发的时候，我应约写了一篇《我们需要怎样的抗疫文艺》，唐江澎看到后马上打电话给我，要把我的这篇急就章列入他们正在开展的综合实践课上去。我后来看到锡山高中这堂课的实录时，说不出的感动与激动。这是怎样的教育意识与教学行为！这是怎样的生命意识、自然意识与科学意识！这又是多么生动、扎实、真正的大情境、大任务的综合实践课！当我在《好的教育》中读到《用我们的善良和智慧，向世界贡献一个问题解决的行动》的时候，真的有别样的感慨。这是唐江澎在疫情后的开学演讲，也是受教育部新闻发言人约请，在教育部《战"疫"公开课》栏目中向全国居家学习的学生讲的题为《向世界贡献一个问题解决的行动》的公开课的主要内容。正是在这堂课上，唐江澎向孩子们说道："这个世界上人们所能感受的温暖与美好，常常并不在宏大的宣示而在于细节，在于困境之中闪现着人性光芒、可以解决问题的行为细节。""每个人都需要在泪流满面中滋养我们的善性，在泪流满面中坚定我们价值体系中对于正义与伟大的定义和高尚！"当很多人还在为缺课而焦虑的时候，当许多人都在忙着线上补课的时候，唐江澎和锡山高中却在这场人类灾难的时刻为孩子们无比及时地上了一堂生命教育的课。这堂课显然远在年度教学之外，但就是这堂看上去的偶然之课、遭遇之课，唐江澎依然于其中贯穿了他的教育哲学、他对教育的价值与意义的追求，那就是人，是生命，是善良，是人面对生存时的应对之道。这样的例子太多了，特别是锡山高中的那些校本课程，它们不但诠释了唐江澎教育哲学的内涵，也是唐江澎教育哲学显现的特色。有人将教育哲学的论文写在纸上，唐江澎把他的教育哲学写在学校、写在课堂、写在孩子成长的道路上。哲学从来有这样的两条道路，哲学也从来是这样的两种呈现方式，一种是经院的，一种是实践的。我们在唐江澎身上看到了许多先行者艰难跋涉的影子，那些平民的、大地上行走的哲学家，看到了古老的知行观在现代教育人身上生动而成功的实现。《好的教育》就是唐江澎的教育哲学之书，但它不是高头讲章，它是一部经验之书，是一部生动的、充满激情与精彩故事的诗性的教育叙事。看它的结构，从"面对面的答问"到"百年坚守"，从"'分的教育'走向'人的教育'"，从"青春的刻画"到"教育，让心飞起来"，都是实践，都是现场。无论是面对观众的提问，还是政协会议的履职，无论是在面对学生还是老师，无论是一堂课还是五光十色的教育场景，唐江澎始终是在场的，他是一个永远在教育实践中的教育哲学家。

"却顾所来径，苍苍横翠微"。大概每个认识唐江澎的人、到过锡山高中的人都会有这样的想法与疑问：这个教师型的教育哲学家是如何成长起来的？在他的引领之下，锡山高中又是如何走出一条真正的教育之路的？这样的提问是有价值的，它并不是一般的成功学的提问。因为教育的特殊性在于，教育者总是与被教育者一同成长的。按照现代教育理念，按照亨利·米德的观点，教育者与被教育者是一同成长的，甚至教育者是在更年轻的被教育者的引领之下一同完成了各自不同的成长，教育授受关系早已不是原先的主、被动关系，教师与学生是平等的合作者。因此，一个教育者的成长之路就不仅是他个人的成长之路，更是他与他的教育同路人共同的成长之路，是一个教育人教育理念最生动的显现与说明。也许，这也是唐江澎特别在这本书中特辟"教育，让心飞起来"这一章的原因吧。于是，我们看到了一个因身体原因而被拒于大学门外的高中生，这样的经历与唐江澎主张教育民主有没有关系？与他将"终生运动者"排在他著名的"好的教育"的"四者"之首有没有关系？我们还看到一个高中助教的一堂课被校长偶然发现而真正走上讲台的故事，这与唐江澎人才观的形成有没有关系？贫困的山区、有疾的身体，曲折的求学之路，从未停止学习的思想旅程总是在人生的关头遇到知音……或直接，或间接，唐江澎的生命总是或明或暗地投射到了他的教育道路上。他一方面在孩子们的身上看到了自己的影子，一种生命的共情、心同一理的生命认同总是让他对孩子们多了一份爱与情怀，而另一方面他又总能以他者的眼光看待今天，看待不同的教育情境中的成长者，警惕自己对孩子们的忽视与取代，谨慎于孩子们的代言，尽最大的可能让孩子们拥有独立的空间，拥有比自己更幸福、更成功的人生，让他们成为比自己更能解决问题的"问题解决者"。我十分看重《好的教育》中的"百年坚守"这一章，可惜，因为篇幅的关系，我不能做尽兴的解读。我也曾经做过二十年的语文教师，我从教的学校也是一所百年老校，因而深知一所学校深厚的传统对于今天的重要性。如果说唐江澎比起其他的教育者有什么特别幸运之处的话，那就是他所在的锡山高中不但是一所百年老校，更有着优良的办学传统，而且更重要的是，它的办学传统即使今天看起来依然是值得发扬的，甚至还是我们需要追求的理想。当然，这样的幸运最终在于唐江澎，他不但发现了这一传统，更在现代化的教育语境中重新诠释了它，发扬了它，实践了它。在"百年坚守"中，唐江澎先是一位校史整理者，后是一位宝藏发掘者，然后是理念诠释者，再然后是现代性转化者,最后又回到传统践行者。唐江澎谈起他的百年老校,真是如数家珍,说起学校创始人匡仲谋老校长,崇敬之情溢于言表,对学校当年立下的"十大训育标准"更是奉为圭臬,至于"成全人"的教育理论早已成为唐江澎教育哲学的核心所在。而当唐江澎一次次惊叹于学校传统的深厚与先进时,他又总会警醒自己,当学校的创始人为今天留下这样的财富时,我们又能为未来留下什么,当百年前的学校早已是"人的成全"教育时,我们又怎能置"人"于不顾,置人的全面发展于不管?所以,传统让唐江澎拥有了教育的财富,更让唐江澎有了创新与创造新的传统的责任与担当。

唐江澎用他"好的教育"创作了他好的语文作品,这样的作品值得每个教育参与者阅读与分享。要知道,不仅是教育工作者,我们每个人都不能置身于教育之外,我们都应该创造好的教育。只有《好的教育》,才会有如此好的语文。

让我们唱起那些歌
——戴军《心谣》序

戴军的新著就要出版了,她让我在前面说几句话。在听说了作品的内容之后,我很高兴地答应了,因为我觉得这是个非常好的选题,这方面我本来就有话要讲,正好借戴军的新书说说。

戴军的这本《心谣》写的是宜兴的民谣。过去,我们说文学,经常要分门别类,事实上,也不可能有一样的文学。而在传统的文学中,民间文学一直是个重要的存在,并且对文人文学有着相当大的推动作用。中国最早的诗歌总集《诗经》里的风就是民歌,楚辞也受民歌的影响。魏晋南北朝的民歌更是一时之盛。唐诗宋词那么发达,也还是难掩民歌的光彩。到了明清两朝,民歌不但很盛,而且因地域、音乐有了流派与体式,几乎每个地方都有自己的民歌民谣。民歌民谣的作用怎么夸张都不过分。在教育与书面表达不发达的漫长的历史时期,口头创作与传播成为文化产品重要的生产方式,几乎每一种书面产品都有它的口头副本，或者有另一种属于民间的口头文本。历史、宗教、教育、工艺、农事、军事等，民间的口语文本几乎构成了与书面文本平行的百科全书，当然也包括文艺内容。而其中，口语文本中的韵文因其朗朗上口而易记易诵，其传播之盛、影响之大远不是现今书面与网络文明时代所能想象的。怀想遥远的年代，行吟诗人与民间艺人们风餐露宿，走街串巷，一把琴，一面鼓，或者就凭一张嘴，便能口生莲花，咳玉吐珠，上至天文地理，下至日常百用，贵到皇亲国戚，贱到贩夫走卒，远者盘古开天地，近者城头大王旗……这是多么宏大的叙事，又是多么亲近的吟唱。它们如风似雨，吹遍田野，滋润人心。戴军对此有极深刻的认识。没有这些歌谣，就没有那"无处不在的文明教化。尤其在民间，它们融进了歌谣里，戏文里，评书里，融进一切传统的娱乐活动里。它们生动有趣，曲折感人。有的新鲜刺激，人们闻所未闻；有的就像发生在自己身上的故事，让人有强烈的代入感。那种润物无声的功力，真的令现代人叹为观止"。正因为民间文艺包括民歌民谣在内这么大的创作量和影响力，特别是因为书面表达的限制而转移到口头创作的审美冲动，使得它们对其他艺术门类具有了源头活水般的滋养，以至于官方与文人艺术家们经常要到民间采风，搜集民间文艺作品。历朝历代都有有司及文人对民间口头创作进行整理，许多经典的文艺作品也都源自它们，以至形成了具有艺术史、语言史与传播史意义的互文现象，比如戴军书中锡剧《珍珠塔》与当地唱道情《十二月花名唱方卿》的比较。这本书里收录的许多作品令人称赏不已，像《长工歌》《哭嫁歌》《闹新房》《十二房媳妇》《十个姐姐梳头》《田家乐》《我同小妹》《卖杂货》

《织十景》《小孤孀》《十二瓜铜钱》《劝夫戒赌》《耥青稞》《远亲不如近邻》《鱼做亲》等等。在我看来，《阳羡十景》比许多导游词好多了；《十二月鱼鲜歌》完全可以制作成美食的文创；《廿四节气》让孩子唱唱也是很好的科学教育；《十劝人》其实与当今社会的文明导向也是相融的。我对《思情郎》的叙事结构感到十分惊奇。闺怨是中国文学中常见的题材，但我还没见到过这么唱的。作品以一个年底盼望在外做生意的丈夫回家的妻子的口吻，一天一天唱过去。年关岁底，每天都有每天的艰难，更有不满、担心和埋怨。唱到正月初五，终于把丈夫唱回来了。那丈夫为什么过了年这么久才回来呢？好像这才是重点，不料曲子不管不顾地就一句话作了结："奴家你莫骂，官司打天下，洋钱钞票用了一大把，没回来看奴家。"什么官司，用了多少钱，哪儿用的，怎么用的……都不说了。这真是大胆的艺术，才开了头就结了尾。文人们显然不敢这么写。

　　看得出，戴军在收集整理当地的民歌民谣上花了相当多的工夫，而且有着较深的研究。民歌民谣是专门的领域，涉及历史、风俗、语言、音乐、表演，以及方志、科技，甚至文化学与人类学。研究者要有这些方面的素养才行。当然，更重要的是情感，是对乡土文明与民间艺术的敬畏。戴军显然是民歌民谣的知音："民谣就像茅草根，苦叽叽，甜蓁蓁，它来自泥土。草木本无心，不求美人折。你不能离开实际去要求它做到独特、新颖、深刻、唯美。事实上，它若真的依了你，它就不是民谣了。"本书不仅是对地方民谣的搜集、打捞，更是怀着深情，对这些日渐湮没的民间艺术的解读与鉴赏。每个读到此书的人都会对戴军的评赏报以会心。

拿到书稿之前，对戴军的这部作品是有一定的想象的。在倡导挖掘传统艺术，保护文化遗产的今天，各地都在开展民歌民谣的收集整理，成果也不少。但是，戴军的这部作品却不是我以为的诸如宜兴或阳羡民谣集之类的，而是一部完整的叙事作品，一部集小说与非虚构于一体的很有创意的作品。它以省城的姚老师也就是"我"为叙事人，以搜集整理阳羡民谣为故事线索，串起了一次完整的叙事，塑造了胡阿喜、陈三林、赵姨、马师傅、小满婶等众多人物形象，中间还又故事套故事地安排了唐依依与建生、尹雪梅与魏老师的插叙，他们是唱着故事的人，是本身充满了故事的人，或者是活在故事中的人，最重要的是，他们都是民谣人物。我没有问过戴军她为什么要这么写。在我看来，她搜集的宜兴民谣资料一定很丰富，编一本当地的民谣集应该绰绰有余，那为什么要这么写？我以为怎么写不只是个形式问题，更是作家对题材的理解，它根植于作家的文化思考。戴军一定遇到了诸如此类的问题，或者是困惑：过去唱遍家乡山山水水的民谣哪里去了？民谣应该在哪儿？是在书本里，博物馆里？它们只能是遗产？还是应该在生活里，在人们的口头耳畔？我想她的答案一定是后者。这也是今天所有所谓非物质文化遗产面临的普遍问题，是每一个接触到非遗产品前世今生的人都会陷入沉思而又深感无奈的事情。所以，戴军采取了这样的写法，她复活了民谣，她重新让民谣回到了这方土地，回到了百姓中间，在舞台，在茶肆，在乡村的红白喜事上，在人们的日常生活里。因为民谣，不相识的人们走到了一起；因为民谣，失散的人们得到了团聚；因为民谣，民间的创造重新迸发出了活力。戴军特别写到了新媒体。看得出，她在努力，她希望古老的民谣能在全媒体的时代焕发出新的活力。她相信，老去的不过是那些曾经的旧时光，不老的是民谣的心。戴军真是个善良的人。

我真的希望民间依然是个有创造力的民间，希望还有那些活泼泼地散发着天真与本色、野蛮生长、不事雕琢的民间艺术。虽然，我知道民间文化的土壤已经大量流失；我知道以现代消费为基础、以现代技术为支撑的流行趣味统治了几乎所有文化产品的生产；我也知道城市的虹吸差不多抽空了乡村，而扁平化的社会实际上使民间已经变得非常稀薄。但是，对文化多样化的呼吁一直没有停止过。人们不应该唱同一首歌；相反，我们每个人都应该有自己的歌，这些歌说着自己的故事，我们的故事，别人或他们不知道的故事、情感和梦想。当民间的基础得到夯实，当平头百姓敞开了自己的歌喉，随着时代的发展，不一定是行吟诗人、民间歌者的模样，就在新媒体上，人们依然能唱着古老的民谣，更重要的是，贡献出我们新的民谣。这才是一个美美与共的、良好的、可持续发展的文化生态。不知道这番话戴军同意不同意？

我想她会同意的。在书中，她曾这样表露过看到当下民谣境遇时自己复杂的心情："我不甘心古老的艺术最后都变成了活化石，变成现代人窥探历史的敲门砖。当然，相比那些淹没在岁月尘埃里的古老艺术，活化石和敲门砖也算是一种幸运的存在。但我还是希望它们以一种生命的形态活在当下，带入现代人的精神生活。"说得真好。

不甘心好,不甘心是改变现状的动力。戴军已经在书中为我们塑造了一群"民谣人"。希望这本书能够撒豆成兵,聚拢起传承与创新的力量。那样,民谣以及民间文艺的复兴就一定会到来。

谢谢戴军,给了我一吐为快的机会。最重要的话竟然到这会儿都还没说,那就是祝贺戴军新著的面世。这是一本有温度、有情怀的书。

我的诗从钢铁走来
——月色江河诗集《淮钢记》序

月色江河的《淮钢记》即将付梓，承他信任，要我在前面说几句话，作为多年的朋友，理当祝贺。

和月色江河结识是因为他的文学批评。那是许多年之前了，经朋友介绍，我知道了业余从事文学评论写作的月色江河，看了他的文字，真诚，朴实，和他的人一样。月色江河在淮安，供职于企业，可偏偏爱上了文学，他的评论主要以地方的作家作品为主要研究对象，不好高骛远，怀着一颗热诚的心为身边的文学摇旗呐喊，且能成一家之言，这是非常不容易的。后来，我又知道了他的诗人身份，他不仅自己勤奋创作，而且热心诗歌事业，益发令人钦佩。我时常想，中国的文学之所以有深厚的土壤、丰茂的林木，正是因为无数的月色江河们的坚持与耕耘吧！

月色江河的这本诗集是一本主题性的作品，正如书名《淮钢记》所提示的，它是以诗人长期工作的淮安钢铁集团为书写内容的，是一本工业题材的诗集。

这当然非常有创意，也有难度与挑战性。现代工业近几百年才兴起，工业文学或工业诗歌的出现就更短了。中国的工业诗歌几乎是与"五四"新文学一起成长的，算起来不过一百多年。从审美经验史说，人类经过漫长的农牧文明，形成了与之相适应的审美方式，包括生活场景、内心世界、自然万物以及在此基础上的虚构想象，所以人类迄今为止的审美内容以及对事物的审美处理方式大都完型于农牧文明。相对而言，这些方式还不能自如娴熟地处理自十八世纪以来的工业世界，虽然当今的世界以及生活方式已经非常现代化了，但是人们的审美还基本上是前现代化的，不管是审美内容还是审美形式。因此，工业诗歌在今天仍然是一种未曾定型的、需要探索的、更需要人们自然接受的审美类型。

中国的现代工业诗歌大概有过四次浪潮。一是五四以后的二三十年代。非常幸运与巧合的是，这也正是中国新诗发生的时期，如果不是新诗的出现，还真不好说中国的工业诗歌到何时才能出现或者以什么形态出现。当然，这是个不可证伪的话题。但是，中国古典诗歌目前尚未贡献出成功的工业书写经验确是事实。这第一次的工业诗歌浪潮是与中国现代性的发生，与中国工业的现代化和民族工业的兴起同步的，诗人们一边欢呼现代工业的伟大以及它对社会与国家带来的巨大变革，欢呼工人阶级这一新的社会力量的诞生，一边又对现代产业工人的艰苦生活与不公命运表达同情与抗争。第二次工业诗歌浪潮是在二十世纪五六十年代。当时的中国迎来了社会主义经济建设的高潮，国家建设的成就以及以工人阶级为主体的建设者的巨大热情成为这一次浪潮的主题,同时又承载了当时的国家话语,表现出浓重的主流意识形态色彩。第三次工业诗歌浪潮起于二十世纪八十年代,其内容与表现形式呈现出复杂性。有对思想解放与改革开放的欢呼,有对多种社会文化思潮的探究,有对现代性与工业文明的反思,加上以朦胧诗为起点的现代诗歌形式的实验,中国的工业诗歌迎来了前所未有的革命与蜕变。第四次中国工业诗歌浪潮开始于九十年代末新世纪初。以南方工业城市群落和打工群体为基料,这次工业诗歌对新的工业生态与新工人群体的命运进行了审美发酵,表现形式趋于沉潜和写实;同时,在现代工业的诗歌化上进行了更自觉的审美探索。

  作为一个批评家和诗歌工作者,月色江河对中国现代工业诗歌的历史演变一定有过深入的思考,当然,它们也是《淮钢记》写作的背景。看得出月色江河的作品是对中国现代工业诗歌传统的继承。他的淮钢专题作品表现出很强的时代特色,虽然从题材上看,《淮钢记》有着明显的企业界限,但是,月色江河始终将这一题材镶嵌于中国现代化的进程,将钢铁工人的形象以及他们的命运作为作品重要的表现内容,注重在宏观的社会与文化背景上去书写"淮钢"。从创作时间看,《淮钢记》的大部分作品写于新世纪,因此,它与前几次中国现代工业诗歌有着明显的区别,它有自己审美上的向度,有自己的美学个性。具体说,月色江河试图解决工业诗歌化的问题,力争在农牧文明审美传统上形成工业时代新的审美方式。我以为这是抓住了工业诗歌乃至工业文学的根本。

在月色江河看来，既要看到农牧文化和审美与工业文化和审美的区别，又要看到它们之间的联系。毕竟作为审美主体的人在长期的历史积淀中已经形成了普遍的审美心理结构；同时，作为人类的生产劳动实践，农牧与工业在形而上层面也有着本质的联系。所以，借鉴农牧审美经验书写工业不仅可以迁移人们的审美体验，而且可以接续和延长人类的审美文化史。比如，在以钢铁和钢铁工人为书写对象时，月色江河注重从生活、人与审美风格这些较普遍的审美领域去把握审美对象。《一颗心》《落雪的冬夜》《蹲在生产线上吃饭的人》《炉长的笔记本》《躺在地上休息》《车间的"福"字》等作品从不同的角度描写了钢铁工人的生产与生活场景。车尔尼雪夫斯基说，美就是生活，抓住了生活，就抓住了人的本质，抓住了人的感性状态；不管人在何种空间，生活总是相通的，也总会引发共情。《给标致小妹张艾萍》《汪师傅》《精心给邵文同》《老吴》《闯进我梦中的工友》《马龙之死》等作品都是写人的。不管表现怎样的生活与生产场景，人都应该是审美的中心，文学是人学，这在任何题材的作品中都是适用的。可以说，《淮钢记》是工业诗歌，是钢铁诗歌，更是人的诗歌。所谓人的诗歌，就是说月色江河始终把人放在中心，去写人物，或者以人的眼光去看这个钢铁的世界。一旦将人放在诗歌的中心，许多传统的审美维度就会再次被打开，比如情感。《这些年》《好兄弟》《表达》《我不知怎样才能离开你》《叫一声钢铁》《遇见》《多一块骨头》《多想》《对你的爱越深》等诗作可以说都是深情之作，它们写尽了亲人之爱，工友之爱，写尽了钢铁之爱。

如前所说,《淮钢记》一个重要的特色是对劳动的赞美,这也是月色江河打通工业文学与传统农牧文学的一个成功的审美策略。马克思美学从历史唯物主义的角度说就是劳动美学。马克思反复强调,劳动是人与动物本质的区别,正是人的有意识的生产劳动创造了美,所以马克思说,人是按照美的规律来造型的。工业美学与农牧美学不同的是劳动对象与生产工具,不变的是创造,是人的本质的对象化,是人的全面发展与自我价值的实现。月色江河不仅凭此将工业诗歌统摄到了劳动美学中,更由此克服了现代工业在审美上与人的隔阂。这是一个坚强的审美基石,它不但承续了人类的审美史,而且可以克服自工业革命以来人们对技术的恐惧以及拒绝科学的、打着生态主义旗号的幼稚的"人文主义"。这是《淮钢记》给我们的启示。《我不会写我的劳动是卑微的》《让劳动回到最初的状态》等作品就直接讴歌了劳动。一旦将劳动作为审美的中介,我们确实可以超越现代工业与农牧的历史差别,形成审美的融合。在月色江河的笔下,现代工业、钢铁、农牧、自然可以共处于同一个审美的天空下,可以一起分享审美的规律与诗歌的经验。这使得《淮钢记》的许多作品退去了火气,将钢铁置于古典语文的优雅之中。《这是一片森林》《最后的麦子》《庄稼汉》《种着庄稼》《钢城秋色》《锄禾》《放牧》《马群》《雷声响起》《布谷声》《瞧见星星的地方》等作品都是以农牧美学的方式书写钢铁与钢铁生产场景的,这里面不仅动用了古典诗学的许多经验,更涉及大量具体的诗歌手法与语言技巧。

需要说明的是,月色江河是在劳动美学的基础上去认识现代工业与农牧之间的审美共性的,而不是将两者进行简单的比附与喻指,将它们合二为一。正是在这一点上,《淮钢记》体现的是真正的现代诗学。也因为这一坚强的美学基石,月色江河并没有停留在古今审美的共通上,更没有去以古代审美经验同化现代工业,而是努力探索如何将现代工业审美化、诗歌化。除了上述有效的途径外,他在如何直面和正面书写现代工业,描写、提炼、塑形、净化钢铁上的努力更值得重视。对现代诗歌而言,困难的不是如何处理那些被古典美学成功美化过的,从而自带诗意的内容,而是如何面对不断涌现的现代生活、现代事物与现代的人,特别是现代科学技术,这些陌生于传统美学的未被诗化的领域,它们需要我们去审美化。我以为,在这方面月色江河做了成功的探索。《淮钢记》是可以作为现代工业审美化、抒情化与诗化的样本的。不妨仔细读读这些作品,如《你好钢铁》《一块碎石的今生》《我是钢铁的一部分》《小憩时,我写诗》《我的诗从钢铁走来》《我是个懂钢铁的人》《致一块焦炭》《与钢铁交谈》等,这些作品有一个共同的对话性的结构,那就是"我"与"钢铁",不要小看这个结构,这是月色江河寻找或建立起来的人与钢铁的审美关系。没有这样的关系,人与钢铁永远是陌生的,钢铁永远不可能成为人的真正的审美对象,不可能在美学意义上成为人本质的对象化,也不能作为自然的人化在审美上得到表现。我非常欣赏《阅读钢铁》《钢铁工人的语言》《词汇表》等作品,它们可以称得上"钢铁审美指南"。在这些作品中,我们不但体会到了一个钢铁人的精神世界、他对钢铁的爱,更有他对钢铁的思考,对钢铁与钢铁工业审美元素的梳理、理解与认知。这类作品的意义超越了钢铁,它对如何将现代技术审美化具有启发意义。

《淮钢记》有一个特色，那就是创作与评论并重。除了月色江河的诗作，评论家苗雨时和胡健先生都撰写了卓有见地的评论。他们对工业文学与这本主题诗集的特点进行了认真的分析。这对我们理解月色江河的诗作，特别是思考中国工业诗歌有着很大的帮助。

祝贺月色江河新作问世，更赞赏月色江河对工业诗歌所作的成功探索。

落花时节读华章
——写在徐循华《另一种情感与形式》前面

循华兄的评论集即将出版,要我写几句话,作为同乡,自然推辞不得。

我和循华虽然是同乡,但认识得很迟,大概是我十几年前调到南京工作才见上面,他确实属于那种久仰久仰相见恨晚的人。这不是客气话,大学毕业后我一直在如皋师范,他在海安工作,先是在学校,后来到政府机关,一直未有交集。但我早就读到他的文学论文。我们都在县城,却写些文学研究和文学评论的文字,那是非常少见的。所以,有不少熟人见到我,总会说海安有个徐循华你认识吗,他也写文学评论。故未谋面,我们却自然有种惺惺相惜的意味,就在老家,也有个人在做着让人看上去奇怪的事,感觉吾道不孤。

后来,我们先后到了南京,就经常见面,好像要把以前欠下的都补回来。循华兄实在是个有趣的人,他在政府机关,还坐着不大不小的位置，却没有一点架势，没有那种我们都知道的腔调和习气，总是那么幽默、喜庆。只要他在场，笑声是断不了的，他聪明、智慧，读书广，见闻多，再加上反应快，这样的人实在招人喜欢。他早就自称徐老汉，我怎么总觉得他更近似一个顽童。在文字上，循华有好几套笔墨，学术论文、文艺评论、文学创作，样样不凡。他的散文和小说大多离不了老家，写故乡的老街，写家乡的人物与故事，颇有一些汪曾祺的风味，只是没有汪老那么文气，而更近乡野。前些日子刚读到他的一篇小说《通扬河畔的男人》，全篇由几个近似素描的人物组成，用的是传统的白描与细节的功夫，寥寥几笔，却非常传神。作品的语言尤其让我们这些里下河长大的人会心，因为循华几乎全部用的是里下河地区的方言。我相信，有许多语汇里下河方言区以外的读者是看不懂的，即使读懂了，那味道肯定和我们品咂出的不一样。沿着这方言的路子走到小说的内部，一种乡愁就弥散开来了。本来，作品像循华的人一样，是有喜感的，但读着读着就有些沉重起来。那样的地方，那样的时代，那样的日子和那样的人，让人怀念，又让人不忍和唏嘘。常说文如其人，其实，细究起来，人与文还是不一样的。人与自己的内心有多远？有时大概连他本人都不知道吧。表面开朗、诙谐，甚至时时自黑的徐循华，他的内心有着怎样的世界呢？

　　徐循华这本论文集主要有两部分内容：一是文学研究与文学批评，二是文艺评论与文化研究。而这两部分内容大致与他的学习和工作经历是对应和重合的。第一部分的文学研究与文学批评大致写于二十世纪八九十年代。徐循华是钱谷融先生的高足，他的文学研究与批评就是在华东师大读研究生时起步的，看得出受到钱先生很大的影响，非常重视文本与人本。重视文本就是从作品出发，从文本细读出发，不尚空谈，不被现成的观点和结论束缚，从文本中去发现秘密，发现问题。如《诱惑与困境——重读〈子夜〉》《论"〈子夜〉模式"——对中国现当代长篇小说的一个形式考察》《〈生死场〉：另一种情感与形式》《〈寒夜〉：最令人痛苦的小说》等就是这方面的代表作。在这些论文中，循华或者跳出文学史既定的说法，或者与这些说法正面碰撞，都显示了当年八十年代青年学人的理论勇气。在《诱惑与困境——重读〈子夜〉》中，循华对比了茅盾前后期创作后指出了《子夜》艺术上的缺陷，又在《论"〈子夜〉模式"——对中国现当代长篇小说的一个形式考察》中将这些不成功的艺术表现概括为几种模式。循华还进一步分析其原因："当一位作家抛开自己已经具备的把握现实世界的审美视角，弃自己的生活经验于一旁而不顾却单纯地从某种先验的政治观念出发来构筑自己的小说世界时，他怎么可能获得成功呢？"在《〈生死场〉：另一种情感与形式》中，循华认为文学史上对萧红的《生死场》评价过低了，经过细致的分析，他认为："《生死场》是一部现代文学史上的'古典'主义作品，同时又是一部真正的'现代'长篇。它给我们提供了另一种长篇小说的范式。"

由文本，徐循华进入了人本，由作品论进入了作家论。在作家论上，他受到钱谷融先生的影响更明显，那就是十分注重作家的创作心理。二十世纪八九十年代，文艺心理学逐渐得到了重视，成为文学研究重要的方法论，这与当时的思想解放不无关系。正是思想解放使人、人性回到了该有位置。也是思想解放运动，打破了诸多学术禁区，使被当作唯心主义的心理学得到了飞跃式的发展。顺理成章，文艺心理学、创作心理学被广泛用于文学研究创作过程、解释创作与接受现象。朱光潜、钱谷融、王元化、金开诚、童庆炳、鲁枢元等都是当时这一学科有影响的学者和批评家。受钱先生的影响，徐循华在这方面也取得了不俗的成绩。收在这本文论集中的《寂寞中绽开的苦闷之花——用心理学眼光看〈朝花夕拾〉》《彷徨于两极之间的痛苦灵魂——论中国现代文学家的二重性格》《徘徊于都市与村庄之间的心灵——对中国现当代作家一种心态的探寻》《激情与艺术创造——论巴金的小说创作》《"人类苦难的歌手"——论巴金小说中的苦难意识》等文章都是这方面的成果。在这些论文和评论中，循华以文艺心理学为方法，将影响文学创作的诸多因素辩证地整合起来，既以作家的创作心理为讨论内容，又以文本作为心理的投射予以探讨，更重要的是紧密结合了作家的成长经历与创作时的社会背景，这样就使得他的研究避免了常见的假想甚至神秘倾向，而具有了历史唯物主义的坚实根基。在《寂寞中绽开的苦闷之花——用心理学眼光看〈朝花夕拾〉》中，循华对鲁迅的生活道路特别是童年经历作了仔细的梳理，运用弗洛伊德的理论，在文本的坚强支撑下，深入了作家的心理，"生活的寂寞与心灵的苦闷，驱使鲁迅产生艺术表现的冲动。《朝花夕拾》表现了他幼年时期的悲哀与欢乐，在难忍的寂静中，通过对亲人、师友的深情回忆来抒发自己的万种情怀，倾泻郁积于心中的苦闷情绪"。而在《"人类苦难的歌手"——论巴金小说中的苦难意识》中，循华在考察了巴金的创作历程后说:"巴金正是一位'掌握住世界'的艺术家,'苦难'是他创作生涯的一个总体出发点。现实生活使人体验着痛苦、孤独和失望。然而,对于巴金这位富有艺术激情的小说家来说,这恰恰是他进行艺术创造的必要前提和准备。苦难仿佛一汪深潭,他将自己深深地沉浸其中,生活的压力与人生苦难惨象的刺激越大,他的创造力就越旺盛,越要将自己所体验到的生存困惑与沉痛的心理负荷排解,外化为艺术形式。"世界、心理、艺术形式,三者有机地统一在一起。

　　说实话,现在阅读这些论文,作为一个同龄人和差不多同时在文学研究与文学批评上起步的真是感慨良多。这些文章大部分的写作年份正值思想解放时期。那是一个充满梦想与光荣的时代,也是一个自由奔放的时代。在循华的微信中,我时常看到他翻出来的那些年代的老照片,那时的徐循华留着长发,不修边幅,或仰天大笑,或面带嘲讽,这些都是那个时代年轻人典范性的表情。他的文章又何尝不是这种风度?风格是有时代性的,文体也是有时代性的,徐循华的这些文章没有丝毫的学究气,更没有什么学术的禁忌。他虽然年轻,虽然是学界新手,却敢于对传统说"不",敢于质疑那些看上去不容置疑的定论。这样的勇气不仅体现在论题的选择和内容上,也体现在文字上。轻灵、洒脱,将论证、叙述乃至抒情融于一体,处处能见出自我。这就是八十年代的文体,是青春的文体,它们是学术,也是诗,是自我的抒发和感喟,是那个岁月年轻人与时代的呼应。在一起回忆那个时代的激扬文字的同时,我要强调一下徐循华的学术取向。我没有特别评价循华收在这本书里的当代评论的文字,因为我一直认为，中国现当代文学应该是一个整体，不认真研究现代文学就无法面对当代文学。相比较而言，研究现代文学要有谨严的学术规范，要面对大量既定的研究，要做烦琐的资料工作，但正是这些前提性的学术训练，可以培养起一个文学研究者的专业素养。所以，我总是对现在许多年轻的批评家说，最好做一点现代，甚至古代，搞一两个现代文学的专题。我曾对循华说，人生有许多的岔路与变迁，如果能重来，他真是一个有更大发展的现代文学研究者。限于篇幅，还有另一个方面我也没有展开，这就是理论研究。收在文集中的不多的几篇理论文章所透露出的信息对徐循华非常重要，对年轻人也有启发。一个文学研究者，一个文学评论家，一定要有自己的理论兴趣。八十年代是一个理论的时代，是一个方法的时代，那个时代的学人大都有着浓厚的理论取向，不管从事哪种研究，理论一定是他的必修课。现在好像不是这样了，批评归批评，理论归理论。当理论不与文学现场结合，它的生命力在哪里？当文学研究与批评不与理论结合，它又能走多远？

循华的文学研究与文学批评随着他工作的变化而发生了迁移。我们在这本文集中看到了另一类文章，他从文学走到了文艺，走向了文化。按照现在通行的说法，徐循华是不是一个学者型官员？我想应该是的。写作是有瘾的，特别是一个人将表达视为他的一种生活方式时尤其如此。研究同样有瘾，当一个人养成了怀疑的精神、探究的习性、思考的喜好时，不管他从事什么工作，他总要去问个为什么，他不但去问，而且要得出自己的看法，他不但要得出自己的看法，还要将自己的看法表达出来。于是，我们看到了徐循华对电影、戏剧的研究和评论，对表演的思考，对域外的文化考察。随着工作的变化，也许我们今后还会看到他在旅游方面的思考。如果前面的文章主要反映了徐循华的学习、研究，体现出的是循华学术上的才华的话，那从后面这些作品中我们还能看出他的实践，呈现出鲜明的文艺与文化现场感。对于传统艺术日益式微与观众的流失，徐循华从文化大趋势转型的角度指出："不是京剧本身有多大问题，而是演戏的人有了问题，管艺术的体制更有问题！"（《数字化大众传媒时代京剧传承与创新刍议——以观众的眼光看京剧创新》）对传统艺术的出路和走向，人们常常从其本身的古老，从新兴艺术的挤压，从观众特别是年轻观众审美趣味的转变来寻找原因，而徐循华坚定地认为关键在改革："加快文化体制转换，加大国有、集体剧团民营化的改革步伐，尽快让戏曲回归民间。这才是当今拯救戏曲、让戏曲求得生存与发展的正途！"（《回归民间：从历史视角看当今文艺表演团体的改革方向》）在"非遗"上，也缠绕着许多看上去无解的悖论，有些问题涉及民间文化和民间艺术的本质。民间是一个大生态，它树木丛生、泥沙俱下、良莠并存，甚至用陈思和教授陈语新解的话说是"藏污纳垢"，正是这样的原生态才能让民间文化野蛮生长、生机勃勃、充满活力，任何企图净化民间的努力都可能是对它的伤害。徐循华在这个问题上可以说是发声大胆，全无顾忌，"只有做到兼容，才能给非物质文化遗产创造一个宽松的生态环境。任何急功近利的行为只会对非物质文化遗产造成伤害。在非物质文化遗产中，'精华'与'糟粕'是一个密不可分的有机整体，是打断骨头连着筋的一个'生态链'。因此，兼容并保的这一举措是针对阉割非物质文化遗产行为的有效遏制"(《兼容并保：非物质文化遗产保护的一种认识与方法》)。主旋律创作也总是令人不太满意，有高原无高峰，叫好不叫座已经成为其瓶颈和顽疾。这里面牵涉的问题很多，而创作主体的保守、惰性和路径依赖是比较大的障碍，徐循华指出："目前艺术界缺少的并不是技术，剧团缺少的不仅仅是艺术生产资金，舞台上缺少的也不是顶尖的舞美、灯光、音响。当我们的目光穿过美轮美奂的舞台，透过美不胜收的布景映衬着的苍白无力、缺乏生气与生命活力的艺术形象，我们发现，艺术作品缺失的恰恰是艺术的灵魂——真诚与艺术创新的勇气。"(《精品的诞生与艺术家的创新勇气》)这些话看上去朴实、平常，却一语中的、直指命门，如果不接触实际是断然说不出的，而且在它的背后是强大的专业理论的支撑，有着不容置疑的现实逻辑与理性力量。它不仅显示出一个文化管理者的职业担当，也是一个文艺批评家的专业介入。由此，我想说，我们应该对文艺评论有新的认识。文艺评论应该是多样化的，并不仅仅是学院与专业院所的专家教授的事，其成果也不仅仅是纸上的论文，它可以是研讨，可以是发布，可以是街谈巷议，可以是排行榜和评奖，更是渗透在文艺生产的管理过程中的。文艺项目的立项评估、过程管理、终端评审、接受反馈与宣传推介，都离不开文艺评论，都离不开文艺思想的指导。在中国现行的文艺体制下，文艺管理部门、生产部门、宣传部门的领导者、决策者和参与者都应该是文艺评论家，起码能以一个文艺评论者的眼光分析问题，以各自的工作方式进行着文艺评论，影响文艺生产。正是这些特殊的批评形态在文艺管理与生产中发挥了实践性的作用。

循华将他的书稿发我的时候,正值春暖花开。等到断断续续读完,写下以上文字时已是初秋。出差京华,西山层林已经开始染红。落花时节读华章。感谢循华的文章陪伴我寂寞的旅程,特别是那些年轻时的文字一次次让我回忆起过往的岁月,感念生活的沧桑与温情。文字是美好的,它留住了时间,记录下了生命。所以,能够拥有文字的人是幸运的,也是幸福的。

祝贺循华。

乡村大地上的书写
——杨刚良《田野上的歌谣》序

杨刚良的《田野上的歌谣》就要出版了,这是件非常值得高兴的事,我要特别地表示祝贺!

因为这部非虚构作品的创作过程我大体上了解,并且很期待。还记得几年前我到徐州去,饭后,刚良兄到我房间,我们说了好长时间的话,主题就是这部作品。那时,刚良已经挂职结束,积累了许多的素材,心里也有不少想法。当时具体怎么说的我已经模糊了,但有一点记得很清楚,就是觉得他应该写。不要太多的加工,就把自己看到的、了解到的农村,那里的历史与现实、人与事,农民们真实的生活状况,农村建设的艰难历程,乡村干部的努力与辛苦,农村的社会与文化生态,特别是正在消逝的"小传统"等等,把它们好好地写一写。我说不要在所谓的"文学"上考虑太多,就是本真地呈现,就是质朴地书写,你就是一个记录者。我还说:你有许多想法,更有许多现在还想不太明白的地方，那又有什么要紧呢？有时，想不明白反而是好事，甚至放下自己的思想也是好事。那样，真实的生活会以它们本来的面目呈现出来。什么是思想？要全面地理解，理论的方式是思想，事实的形态也是思想，你的挂职、你的行走、你的观察、你与乡亲们的交往，特别是你的记录，这些都是思想。它们是行动着的思想，是思想的源泉，而且它们不仅是你的思想，也是他们的思想。这样的思想比什么高头讲章都有说服力。

刚良是一个有性格的写作者，他坚定而又谨慎。对他而言，这是一次创作上的转型。至少在我的印象中，他是个在工业题材上深耕多年并且做出了成绩的作家，他的《白乌鸦》《大爆临界》等都产生了不小的影响。这次转到农村题材的创作，对他来说确实是次不小的跨越和挑战。不过我想也是好事。一般而言，作家都有自己相对熟悉的题材领域，有自己的创作惯性，在自己熟悉的题材里劳动日久，自然思考得更为深广，也更容易驾驭。不过，是不是也会产生惰性、产生框架，出现重复？所以，如果行有余力，跳出来不见得是坏事。陌生化的情境与认知反而少了束缚，会产生因习焉不察而被遮蔽的新意。我以为刚良对这些是做了思考的，这也许是他并没有急于以他较为顺手的虚构的方式来处理这部作品的原因。对他来说，这不仅是一次创作，不仅是他写作生涯中又一部作品的事，更是他人生中重要的一站，是他认知中重要的一环。我们整天挂在嘴上的"三农"现在怎么样了？说农村空心化了，这空心是怎么个空心？城乡一体化，农村真的变成城市了吗？脱贫攻坚，成效到底如何？新世纪以来，从社会主义新农村建设，到美丽乡村建设，到脱贫攻坚，再到现在的乡村振兴，我们如何叙写这条不平凡的路？中国是一个农业大国，有着几千年的农业文明。在这几千年中，农村不仅为国家提供生产资料与生活资料，不仅为国家的延续提供绝对多的人口，而且为国家与民族创造着精神价值。基于血缘关系基础上的人伦道德，基于乡土基础上的人际关系与社会结构，一直是千百年来维系国家与社会的基本规范与情感遵循。礼失而求诸野。乡村一直是国家与民族生存的压舱石。所以，我们从《田野上的歌谣》看得出，刚良是谦逊的，他放空了自己，不带任何的偏见，甚至没有任何的预设。他来到了乡村，来到了那片广袤的田野，来到了农民中间，与这片土地上的人们交朋友，和他们拉着家常，把心中的疑惑说出来，向他们请教。耳闻目见，有无数的故事，无数的场景，无数的人们。结束了挂职的刚良，收获的是一大堆鲜活的素材。面对堆积的笔记，刚良选择了最好的表达方式，那就是原汁原味地写出来，让生活说话。他只做一个记录者。

这样的写作策略实在是太重要了。面对历史悠久的中国农村，面对日新月异的中国农村，恐怕谁都不能说自己全知全能。任何一个试图了解农村的人，任何一个想为中国农民做点事的人，都要踏踏实实地去了解农村，去理解农民，去认真地做一点田野调查。在我看来，《田野上的歌谣》就是一个田野调查的样本，一个作家、一个学者、一个文化人的朴素、认真而全面的农村书写。我们在这部作品中见到了农村的基层政治、不管在什么时候都在明里暗里起着重要作用的乡规民俗。国家治理进入乡村的复杂路径，错综叠加的农村经济生活、虽然地位已经大不如从前但依然享有话语权的乡村知识阶层、在流行文化与现代艺术挤压下的顽强的民间文化，以及北方平原的自然地理和几十年来不间断的土地治理与水利改造……我十分钦佩刚良的这种谦逊的态度与认真的精神。当我看到他与农民们倾心交谈的时候，当我看到他一言不发专注地聆听农民们倾诉的时候，当我看到他以同情之心面对乡村干部们许多无奈的时候，看到他出现在忙碌的地头，出现在乡下的暗夜，我真的感动了。只有这样的态度与情怀，才会为我们呈现大地，呈现炊烟，呈现农民劳作的身影，刻画出他们的表情。

这就是纪实，这就是非虚构。不要执念那些复杂的文体与技术，贴着对象的书写是最恰当的书写，能够实现自己写作意图的书写是最好的选择。我说过，非虚构的出现是文体的新变，而任何文体的变化都出于表达者的需要，出于表达者、表达内容与接受者三方的合作与默契。刚良用这样的体式再恰当不过了，一切都那么自然，仿佛不是他自觉的书写，而是他乡村之行欲罢不能的不得不说。作品既有转述，又有呈现，既有独白，又有对话。虽然重在叙事，但是生活在那片土地上的各色人等无不形象生动，个性鲜明。这不是刻意为之，也不是艺术修辞。他们的举止言行，就是他们内心的流露，是他们生活中本能的状态，是他们的精神气质、喜怒哀乐，是他们与这个世界千丝万缕的联系和他们背后绵延深厚的乡村文化，是他们面对社会变化的从容、彷徨、挣扎、沉沦，是他们的智慧与愚昧，同情与麻木，平和与固执，是他们的一切。

中国农村太大了，中国农民依然是这个国家庞大的人口。几千年来的国家治理，农村都是重中之重。不说远的，从五四以后现代民族国家的建立到现在,围绕乡村建设,我们有过多少的制度与实践,有过多少的经验与教训。其实,又何止于中国,农村治理、乡村的现代化也是当今世界的重要课题,从北美到东亚,从非洲大陆到古老欧洲,人们都在探索。随着第一次工业革命,这一进程不断加速,乡村在世界范围内都在发生深刻的变化。对于作家们来说,这是个大题目、大题材,值得一直写下去。中国文学古有田园诗,今有乡土文学。今年,中国作家协会又启动了新山乡巨变的写作计划。相信,在向两个一百年奋斗的新征程上,中国农村一定会得到新的表现,也一定会出现新的农民形象,提炼出新的主题,抒发出新的乡土情怀。而所有的创作都应该从大地出发,从扎扎实实地对乡土去除先入为主的叙述与描写开始,就像刚良《田野上的歌谣》这样。

再次祝贺刚良新作问世!希望刚良的乡村文学之路继续走下去,我知道,这才是开始。

思想的魅力
——张华随笔集《幸福的尺度》序

张华的随笔新作《幸福的尺度》里的文章我读过不少,是在张华自己的公众号"五点出发"中。我也开了一个公众号,刚开的时候还很兴奋。记得一开始,我三天两头就去更新。一个朋友看到后私信我说:你这频率可以啊,和我以前差不多,希望你坚持。不过,坚持很难。果然如此,没过多久,我的公众号就放那儿不动了,有时几个月都不更新。张华的不一样,他的公众号一直很活跃,经常是一早醒来,微信里"五点出发"就跳了出来。公众号是不是经常更新原因很多。就张华来说,与年轻人熟悉新媒体、利用新媒体有关,但更与他的生活方式、思想方式有关。他好像在不停地记录和思考,"苟日新,日日新,又日新",他真的做到了。关注过"五点出发"的人一定有这样的感觉,张华就是这样一个勤于思想、善于思想的人。

如果要对"五点出发"的公众号文做一个概括的话,可以称之为思想的轨迹,这也是这本随笔集内容上的特色。

人人都在生活,但不是人人都在思想,更不是人人都在记录自己的思想,用思想为自己的生命留痕,为自己塑形。我们天天都在动脑子,但这并不能说我们天天都在思想。所谓思想一定是有目的的,一定是自觉的和专注的,它是我们的一种特别的行为。我们天天都在考虑问题,但是我们并不是都把这些问题上升为思想,把它们从"考虑"中提升出来,把它们对象化,成为我们认真思考的内容。而一旦如此,它就成为一个自满自足的议题,会有它的缘起、它的发展、它的推理与结论。我们会调动此前的积累,获得充足的证据,使其牢固;我们会引入与此相同或相异的内容,进行比较,使其独特;或者,借助其他理性的力量,进行拓展,使其深入。一个习惯思想的人会使这些变成自己的日常生活,更准确地说,他总是会让自己的思想伴随自己的生活,或者,总会在完成某项工作时将其纳入思想的程序,复盘、假设、类比、论证、推演,享受思维的乐趣。因此,与专业的思想家、哲学家不同,张华是日常生活的思想者。他不以思想为职业,不为思想而思想。他很少从个人生活之外去寻找思想的论题,他思想的对象就是他的生活。遇到的事,碰到的人,时令与节候,读书与休闲,故乡与远方,历史与现实,甚至做一回体检,打一次扑克……什么都能引发思想,什么都可以启发他人生的感悟,成为他思想的对象。所以,读过《幸福的尺度》,我们就知道了张华,或者说,它就是张华。思想是张华的直接现实。

如果这样定性《幸福的尺度》,只不过指出了它与张华生活的关系,却未能见出这本书的力量,当然,也就未能体会到张华这些年生活的坚实，换句话说，也就未能体味到张华思想的独特性。这个独特性就是实践。而这也许是这本随笔集最大的特色、最大的亮点。随笔是"五四"新文学以来最为活跃也最为普及的文体，略一思考，随便就能举出许多随笔大家来。而且，思想也确实是随笔的文体特征之一，所以随笔又常常称作随感。我不是要将张华的随笔与那些耳熟能详的大家比肩，更不是说这本《幸福的尺度》就有多优秀，包括在思想上多么的出类拔萃。但是，将思想与自己的日常生活紧密结合，特别是将思想与自己的社会实践紧密相连，还确实是它的长处。张华的文章就是他的实践，他的实践就是他的文章，这大概不多见吧。

我们可能从来没有在一个人的思想与实践的框架中思考过随笔写作的问题，因为这要将人与文比照起来一起看。而一旦这样去看，就会发现张华文字的魅力，它让我们感受到，与实践结合起来的思想是最有力的思想，也是最有生命力的思想。一个具有思想力的人总是能将他的思想体现在他的实践中，同样，他又能将他的实践转化为深刻的思想。一个思想型的实践者在他的实践中总能体现出思想的光辉，又总能在他的思想成果中体现实践的分量。所以，我要再次强调，我们不能在一个作家身份、一个随笔作者的身份上去阅读《幸福的尺度》，而要从一个社会实践者、实验者、探索者的角度去阅读它。这样，它就不仅是一本随笔、一本思想的记录，而且是一个社会实践者的田野笔记。

仔细阅读《幸福的尺度》，会发现两个关键词，也是高频词，那就是张謇和新疆。这是张华这几年着力思考的对象，也是他在实践中大胆探索、用力甚勤、收获最多的领域。张华基层工作的第一站就是张謇的故乡江苏海门长乐镇，这让张华对这位中国近代著名实业家有了深入的了解。短短几年，张华举全镇之力建成了国内理念最新、布局最美、展品最全的张謇纪念馆。正是这一过程使张华成了一名年轻的张謇研究专家，出版了专著《一个伟大的背影》。如果说张华的张謇研究有什么独特的地方，那就是他对张謇当代意义的充分认识，并有意识地在自己的工作实践中发扬光大。在他看来，张謇并没有远去，因为虽然张謇是从传统走出来的，但他开辟的却是新时代的事业。这个从传统走出来的晚清状元做的都是四书五经里没有的事情，都是开天辟地"第一"的事业。他的事业几乎无所不包，涉及政治、经济、教育、社会保障等广泛的现代社会领域，给传统中国的现代社会生活转型创立规矩，模范成型，其影响之大已经到了让我们身处其中而习焉不察的地步。所以，与其说张謇开创的是事业，不如说他创造的是生活，这种生活一直延续到现在。因此，张华主张科学地传承张謇精神，他对张謇的事业做了仔细的梳理与分析，对张謇在各个领域的实践与主张进行了认真的研究和评价，认为张謇的许多"先进的理念，即使放在当下，仍然可圈可点。在新的历史时期，如何更好地传承张謇的家国情怀、国际视野、责任意识、勤勉品格、坚强意志等"都是具体而现实的课题。

如果说张华在海门工作期间对如何在现实层面传承张謇精神还处在萌芽阶段的话，那么他的九年援疆，终于将这一理念落地生根。我特别向读者推荐这本书的第六辑《他乡的故乡》，这是张华援疆工作的感悟，也是他援疆期间情感的结晶，更是他人生不可重复的历练的记录。他说道："到了新疆，才知道什么叫边境、民族、文化、宗教、团结,什么叫朴实无华、一望无际、大漠孤烟、大美无言。"他这样感慨:"来到新疆,是我这辈子最正确、明智、成功的选择。人生有两条路:一条叫经历,一条叫心历。有心历的人,才明白快感和幸福的不同,欲望和需求的差异,才能看到那个一直存在,但不曾真正看到的世界。"而其中,以实践的方式读懂张謇是张华思想的升华。作家周桐淦先生考察南通援疆工作时采访了张华,周桐淦后来在长篇报告文学《和你在一起》里这样写道:"张华在领悟张謇先生关于'父实业,母教育'的社会发展思想上,有其独到的见解。张謇说:'惟是国所与立,以民为天。民之生存,天于衣食。衣食之原,父教育而母实业。'张华认为,'父教育'与'母实业'不是先后关系,不是递进关系,而是父母之间的相互依存、相互补充、相辅相成、不可或缺的至亲至密关系,教育可以改良实业,实业可以辅助教育。用张謇先生的话说,'实业与教育迭相为用'。通过实业壮大国力,又通过教育为国家培育英才。"用当地干部的话说:"张华就是一位活脱脱当代实践版的张謇。张华对伊宁振兴教育、发展实业的思考与实践,脱胎于张謇在南通的实践,又融进了当代社会发展的鲜活理念,冷静、客观、务实,既有宏观思考,又有辩证分析。"在中央关于新疆发展的方略的指导下,这样的理念与实践在伊宁结出了丰硕的成果。在新疆伊宁,张华和他的团队以及各行各业的援疆工作者将理想播撒在那片土地上,与新疆各族干部群众结下了深厚的感情,推动了伊宁经济与社会的全面发展,开创了许多前所未有的事业,创下了许多的"伊宁第一"。在我看来,说《幸福的尺度》是本随笔集真是说小了,张华是一个将文章写在大地上的人。

我经常向朋友和学生推荐"文章立身"这四个字,我不是说要像古代那样用文章博取功名,而是以文章的态度、文章的理念去安排我们的人生。我们生活的过程就是在写文章,人的一生就是一篇大文章。这样的大文章又是由人生不同阶段的小文章构成的。但不管大文章小文章,都要"立主脑",都要谋篇布局,起承转合,都要修辞立诚,每个细节都不能马虎,每个词语都须推敲,都要虚心学习,借鉴别人的文章为自己所用,成就自己……看了张华的《幸福的尺度》,我又一次想到了这四个字。张华是一个天天在写文章的人。他以自己的笔写文章,更以自己的实践在写文章。当一个人的生活实践风骨精劲、元气丰沛时,他纸上的文章一定会自然洒脱、坚实饱满、触处生春。

谁谓不然?